目次——盤上の向日葵（上）

序章　7
第一章　35
第二章　70
第三章　106
第四章　127
第五章　168
第六章　194
第七章　223
第八章　254
第九章　288
第十章　298

盤上の向日葵（上）

序章

駅のホームに降り立つと、冷たい風が吹きつけた。

空は寒々とした鈍色の雲に、覆われている。

佐野直也は、冷たい風から身を守るため、コートの襟を立てた。

佐野に続き、石破剛志が電車から降りた。身を竦め、声を震わせる。

「やっぱり北国の冬は、寒さが違うな。肌が痛えわ」

佐野は後ろを振り返り、自分の上司を見やった。若いころに柔道で鍛えたというがっしりとした身体を、コートでぐるぐる巻きにしている。まるで蓑虫だ。

「天童市は、山形県のなかでは暖かい土地ですよ。積雪量は県内でも一番少ないはずです」

普段でも機嫌が悪そうな顔が、さらに険しくなった。気分を害したらしい。

「三十過ぎたばかりの若造と一緒にするな。年寄りにゃァ寒さが応えるんだよ」

石破は今年で四十五歳になる。いったん帳場が立つと、昼夜を問わず捜査に傾注する体力は、若手にまったく引けをとらない。年寄りどころか、捜査一課を牽引する中堅刑事だ。石破の自虐めいた弱音に、佐野はあえて言葉を返さなかった。石破は自分の都合で、老け込んだり若返ったりする。

ホームからあたりを眺めながら、だがよ、と石破は言葉を続けた。

「寒いがたしかに雪は少ねえな。来る途中、すげえ雪深いところがあったが、そこの半分もねえや。おなじ県内でこれだけ違うもんなのか」

石破が言う雪深いところとは、米沢のことだろう。下りの新幹線つばさが山形県に入り最初に停まる駅だ。車両の窓の高さまで積もっている雪を見た石破は、驚きの声をあげていた。

「県境近くにある地域は雪が多いですが、ここは盆地だし地熱が高いから、雪が降っても溶けやすいんです」

石破が感心したような目で、上背のある佐野を見上げた。

「詳しいな。そういえばお前、天童に来たことがあるって言ってたな」

佐野は一瞬ためらったが、正直に答えた。

「二回ほど」

石破は視線を前方に向けると、ふうん、と鼻を鳴らした。

「それはあれか。やっぱり将棋関係か」

「ええ、まあ」

歩を進める石破の隣を歩きながら、佐野は曖昧に答えた。

改札を出た佐野と石破は、タクシー乗り場へ向かった。

階段を下りて駅前広場へ出た佐野は、目に飛び込んできた光景に、自分の段取りの悪さを呪った。

タクシー乗り場には、客の行列ができていた。

天童市は、県庁所在地である山形市から、車でおよそ三十分ほどのところにある。将棋の駒と温泉が有名な、山形市のベッドタウンだ。人口およそ六万人の静かな街で、平日の朝九時に、乗車を待たなければいけないほどタクシーが混んでいるとは思わなかった。

しかし、少し考えれば、タクシーの予約を入れておくべきだと気づいたはずだ。

昨日から、天童市内のホテルで、日本公論新聞社主催の将棋のタイトル戦、竜昇戦の第七局が行われている。全国から将棋ファンが駆けつけることは、容易に想像できた。

佐野は手にしていた週刊誌を、恨みがましく見つめた。発売されたばかりの「週刊毎朝」平成六年十二月二十三日号だ。なかに、タイトル保持者と挑戦者に焦点を当てた竜昇戦の記事があった。

【師走を迎えたいま、将棋界が盛り上がっている。

名人になるために生まれてきた男、と呼ばれる若き天才棋士・壬生芳樹竜昇（二十四）に挑戦するのは、プロ棋士の養成機関である奨励会を経ず、実業界から転身して特例でプロになった東大卒のエリート棋士・上条桂介六段（三十三）。特異な経歴と天賦の才能がワイドショーで何度も採り上げられ、世間一般の知名度はいまや、壬生を凌ぐとの説まである。注目の対決は両者譲らず、三勝三敗のタイに縺れ込み、勝負は第七局の最終戦に持ち込まれた。

壬生は現在、七つあるプロ棋戦のタイトルのうち王棋位を除く六冠を保持し、来年一月にはじまる王棋戦への挑戦権もすでに獲得している。今回、竜昇のタイトルを守れば、前人未到の七冠もいよいよ現実味を帯びてくる。壬生にとっては、史上初の七冠制覇に向け、絶対に負けられない一戦である。

一方の上条にとっても、タイトル初挑戦で、棋界の最高峰と謳われる竜昇位を手にすれば、壬生時代に待ったをかける最強のライバルとして、名実共に棋界のトップランナーへ躍り出るチャンスだ。

将棋ファンのみならず世間やマスコミが注視するこの大一番は、今月十五、十六日の二日間、山形県天童市にある神の湯ホテルで行われる】

　新幹線の車中で記事を読んだ佐野は、自分がプロ棋士を目指していた奨励会時代を思い出し、改めて隔世(かくせい)の感を抱いた。あのころは将棋がワイドショーで話題になることなど想像もしなかった。

　テレビや雑誌で将棋の特集が組まれるようになったのは、ここ最近だ。正確には、将棋の特集というよりも、壬生と上条の特集だった。

　壬生は、小学生のころからすでに注目されていた。

　小学三年生のときに、将棋の小学生日本一を決める小学生将棋名人戦で優勝し、小学生名人となった。翌年、奨励会に入会。その後、順調に勝ち進み、十四歳で四段に昇進してプロになった。

　日本人で将棋という盤上ゲームを知らない者は、おそらくいないだろう。本将棋は指せなくても、子供のころに将棋崩しやはさみ将棋で遊んだ人は少なくないはずだ。最近は趣味に将棋を挙げる人も多く、将棋人口は一千万人ともいわれている。

　しかし、どうすればプロ棋士になれるのかという質問に、正確に答えられる者は多くない、と思う。日本将棋連盟の制度が何度か変わり、その形態も複雑だからだ。

　プロ棋士になるには、養成機関である奨励会に入会しなければならない。それも十六歳までにだ。むろん、誰もが入れるわけではない。大人が参加するアマチュア棋戦で県代表になったとか、壬生のように小学生名人を勝ち取った、などという優れた実績がないと無理だ。少なくともアマチュア四、五段クラスの実力が必要だ。加えて、プロ棋士の受験推薦状がなければいけない。すなわち、実績があり、現役のプロ棋士に弟子入りを認められてはじめて、試験を受けることが可能になる。

晴れて受験でき、入会試験に合格しても、浮かれてはいられない。ここからが、本当の意味での地獄のはじまりだからだ。

よく、奨励会を卒業しプロ棋士になるのは、東大に入るより難しい、と言われる。それは、奨励会に厳しい年齢制限があるからだ。

奨励会会員は6級から三段までの級段位で構成されているが、満二十三歳の誕生日までに初段になれなかった者は退会しなければならない。さらに、そこをクリアしても、満二十六歳の誕生日を含むリーグ終了までに、プロとして認められる四段にならなければ、やはり退会させられる。

しかも、四段になれるのは、半年に一度、三段の猛者（もさ）たちが競い合う三段リーグと呼ばれるリーグ戦を勝ち抜いたふたりだけだ。年に四人という狭き門で、奨励会全体の比率で見れば、プロになれるのは、地元で神童と呼ばれた天才少年たちのほんの一握りに過ぎない。東大に合格するより難しいといわれる所以（ゆえん）だ。

その狭き門を、十四歳という若さで突破したのだから、世間が注目しないわけがない。

十年にひとりの逸材と呼ばれた少年は、周りの期待を裏切ることはなかった。裏切るどころか、期待以上の成績をあげた。

十四歳で四段昇進を果たしたあとも無類の強さを発揮し、弱冠十八歳で初タイトル・王棋を獲得する。その後も、棋戦最多勝、最多対局、最高勝率など、将棋界の記録を次々と塗り替え、棋界のタイトル六つを掌中に収めた。そして、いま、七冠目に王手をかけようとしている。

かといって、壬生の人気は、将棋が強いから、というだけではない。端整な顔立ちをしている壬生は、知的でソフトな話し振りが受けてメディアからもよく声がかかり、テレビコマーシャルやゴールデンタイムのクイズ番組などに出演していた。こうしたテレビ出演で、将棋を知らない層が壬生に好感を抱くようになり、女性ファンが多くついた。

今回、捜査のために話を聞いた将棋雑誌のライターが、壬生の特集を組むと雑誌の売り上げが倍になる、と言っていた。普段は雑誌を買わない壬生のファンが、購入するからだ。

壬生は万人の認めるとおり、将棋界の第一人者でありスターだった。

しかし、いまの将棋界の盛況振りは、壬生ひとりの人気によるものではない。どの世界でも並び称される好敵手がいてこそ、盛り上がる。

壬生にとっていま、スター性においても才能においても最大のライバルになりそうなのが、上条桂介だ。

上条の経歴も、壬生に劣らず華々しい。とはいえ、その華々しさは壬生とは正反対のものだ。壬生が正統派のスターなら、上条は異端の革命児だ。

まず、上条は奨励会に入会していない。

地元である長野の高校を卒業したあと、東大に入学。東大卒業後は外資系の企業に就職し、その企業を三年で退職した。その後、自分でソフトウェア会社を立ち上げると、事業は軌道に乗り、たちまち年商三十億を達成する。一躍、ベンチャーの旗手となった。

ここまでなら、ひとりの若者の成功譚だが、上条はこのあと、信じられない行動に出る。順調に売り上げを伸ばし、業界のトップスリーにまで成長した会社の株式を突如として売却し、実業界を引退したのだ。売却益は数十億、と真しやかに囁かれている。

上条の引退を、マスコミは大々的に報道する。引退を知った誰もが上条の行動に驚き、その動向に注目した。政界に打って出るという噂もあったし、ファンドを立ち上げ株の仕手戦を仕掛ける、との噂もあった。いずれにせよ、上条は業界から忽然と姿を消した。そして世間の誰もが想像していなかった道に進む。目指したのは政治でも株取引でもなく、将棋の世界だった。

実業界を引退した上条は、いままで封印していたなにかを解き放つように将棋に挑み、アマチュアのタイトルを総嘗めにしていった。アマチュア名人位の資格で参加したプロ公式戦の新人王戦では、指し盛りの若手プロを相手に連戦連勝し、アマチュアがプロを下して新人王の座につくという、前代未聞の快挙を達成する。

そのときについた異名が「炎の棋士」だ。

不利な将棋でもひたすら耐えて受け続ける粘り強さもさることながら、我慢に我慢を重ねた終盤、一瞬の隙をついて、まるで火がついたように相手の玉を追い詰める寄せの迫力からついた異名だった。燻っていた炭火が一気に炎となり、すべてを焼き尽くすがごとく、怒濤の攻めに打って出る上条の圧倒的終盤力に、プロの誰もが目を見張った。

破竹の勢いでプロ棋士を倒していく上条の存在を、プロ棋界を束ねている日本将棋連盟は無視できなくなった。

尋常ならざる上条の実力を、アマチュアにとどめておくのは惜しいという意見とともに、世間が注目する上条がプロになれば、いま以上に将棋界が盛り上がり将棋人口が増える、との理由から、特例でプロ試験を受けさせてはどうか、という声があがりはじめた。

通常、プロ棋士になるには二十六歳までに四段に昇格しなければならない。しかし、上条はすでに、新人王になった時点で三十歳になっていた。本来ならば、プロになる資格はない。

そう異議を唱える連盟の理事がいる一方、前例がないわけではない、と反論する理事もいた。戦前、賭け将棋の真剣師として名を馳せた花田源治九段が、やはり特例でプロ試験に合格し、五段付け出しでプロになった例がある。前例があることを鑑みても、プロ棋士を何人も破っている上条にも特例を認めるべきとの声が、プロ棋士の総会で大半を占めた。

この議論は将棋ファンにも広がり、パソコン通信の将棋フォーラムでは連日、上条のプロ試験に関する熱い議論が交わされた。意見の大半は、上条にプロ試験を受けさせるべきだ、というものだった。

結果、上条のプロ試験の受験に反対していた少数の理事たちも、将棋ファンの声を尊重すべきと判断し、特例で上条に試験を受けさせることを許可した。

試験は五番勝負で、勝ち越せばプロ試験に合格。三敗した時点で不合格となる。合格すれば、奨励会を経ない戦後初のプロ棋士が誕生する。

多くの者が注目するなか、上条はプロ相手に三勝一敗の成績で合格した。

上条は、プロになってからも鬼神のごとく勝ち進み、三年後にはついに、新聞社が主催するタイトル戦の挑戦権を得るまでになった。

壬生が勝って六冠を保持し七冠への足がかりとするか、異色のプロ棋士・上条が、初の栄冠を手にするか。その大一番を見るために、マスコミのみならず、多くの将棋ファンが会場である天童市のホテルに駆けつけることは、こうした事情をふまえると佐野にも容易に想像ができたはずだ。

自分の血のめぐりの悪さを、いまさら悔いても遅い。佐野は石破に詫びた。

「段取りが悪くてすみません。自分が列に並びますから、石破さんは駅のなかで待っていてください」

　タクシー乗り場へ駆け出した佐野を、石破が呼び止めた。

「まァ待て。急ぐこたァない。ホテルまで歩いて行こう」

　石破は駅の側にある喫煙所でショートホープを一本吸い終わると、歩道を歩きはじめた。

　駅からホテルまで、徒歩で十五分くらいかかる。石破は重度の腰痛持ちだ。佐野はあとを追いながら、石破の持病を案じる言葉を口にした。

「腰、大丈夫ですか」

　石破は顔だけ振り返ると、眉間に皺を寄せた。

「年寄り扱いするな」

　歩道を歩きながら、石破は感心したような声を漏らした。

「さすが将棋の駒で有名なところだな。あちこち駒だらけじゃねえか。タクシーの行灯までとは恐れ入った」

　ふたりの横を、タクシーが駅に向かって走って行く。屋根についているマークが、将棋の駒を模していた。それだけではない。駅のロータリーにあったモニュメントをはじめ、街灯のアームの部分や、川にかかっている橋の親柱の上に取り付けられている装飾も、将棋の駒の形をしている。足元のマンホールの模様も、将棋の駒だ。中学生名人戦ではじめて訪れたときは、驚くと同時に、ついに将棋の町に来たんだ、とわくわくした覚えがある。

「将棋の駒生産量、日本一の街ですからね」

石破は佐野の言葉を聞き流し、歩道沿いのショーウィンドウを、横目で眺めた。棚に地酒がずらりと並んでいる。悔しそうに舌打ちして言った。

「これが旅行なら、いい温泉に浸かって美味い地酒を飲んで、命の洗濯になるんだが、仕事で来てるんじゃァ、そうもいかねえ。酒はご法度(はっと)、泊まりは所轄の仮眠室。目の前に人参(にんじん)ぶら下げられて、食うに食えねえ馬の心境だ」

石破は大の日本酒好きだ。若いころは一晩で二升空けたという伝説を持っている。

「くそ、目の毒だ。さっさと行くぞ」

足を速めた石破は、すぐに歩を止めた。酒屋の三軒先にある店の前で立ち止まり、ガラス越しに店のなかを眺めている。

急いで追いついた佐野は、石破に訊(たず)ねた。

「どうしました。なにかありましたか」

石破は顎をしゃくり、店のなかを見るよう促した。視線を追い、店内に目を移す。

将棋の店だった。店の壁に備え付けられた木製の棚には、王将や左馬(ひだりうま)の文字が書かれた置物用の駒が鎮座している。箱入りの将棋駒もずらりと並んでいた。

引き戸の入り口の上を見ると、年季の入った木製の看板が掲げられていた。『丸藤(まるふじ)将棋駒店』とある。かなり古い店のようだ。

入り口のガラス越しになかを見ると、広い店内は土間になっていて、店の隅に二畳ほどの小上がりがあった。畳の上に、紺色の作務衣を着た男性がいた。小さな文机の前に座り、背を丸めて、手を動かしている。どうやら、駒を作っているらしい。

石破は腕時計に目をやった。佐野もつられて自分の腕時計を見る。午前九時半。石破が佐野に確認する。

「おい、決着はまだつかねえよな」

対局開始は九時だ。三十分で決着がつくなどあり得ない。呆れて聞き返す。

「本気でお訊ねですか」

石破は口角を引き上げると、皮肉めいた笑みを浮かべた。

「念には念を入れての確認よ。歳も刑事としても俺のほうが先輩だが、将棋に関しちゃァお前のほうが詳しいからな」

石破は入り口の引き戸を開けると、腰を屈め店内に入った。佐野もあとに続く。

駒彫りをしている男性は、店に入ってきたふたりの客には目もくれず、自分の手元を一心に見つめながら、手を動かしている。

客は石破と佐野のふたり以外、誰もいなかった。店の隅に置かれている石油ストーブが、赤々と燃えている。

佐野は男性へ近づいた。

男性は、駒形に切られた駒木地を彫台に乗せて、印刀で文字を彫っていた。年のころは佐野より少し上くらいに見える。まだ若いが、熟練した手つきだ。この仕事が長いことが窺える。

「いらっしゃいませ」

土間と住居を仕切っている暖簾の奥から、年配の女性が出てきた。家のなかなのに毛糸の帽子を被り、厚いセーターの上にダウンベストを着ている。男性の母親くらいの年齢だ。

「これ、ちょっと見せてもらっていいかな」

石破は女性を見ながら、店の壁一面に飾られている将棋の駒を指さした。女性は愛想のいい笑みを返した。

「ごゆっくりどうぞ。お客さん方も、竜昇戦を見に来たんですか」

「はい、そうです」

駒を熱心に見ている石破に代わり、佐野が答える。

石破はしばらくのあいだ、壁に並んでいるいくつもの駒を眺めていたが、ある一組の駒に目をとめると、感心したように溜め息を吐いた。

「こいつァ、高そうだなあ」

肩越しに、佐野は石破が眺めている駒を見た。

将棋をよく知らないと言いながらも、石破の目は確かだった。言い換えるなら、誰が見ても、いい駒だとわかる名品ということだ。板木地は駒の双璧と呼ばれているもののひとつ、伊豆の御蔵島でとれる島黄楊で、木目が虎の模様に似ていることから虎斑と呼ばれている高級品だ。駒字は、一番手間がかかる盛り上げ駒と呼ばれる製法で彫られている。駒はかなり使い込まれていて、飴色の光沢を放っていた。

　値札はついていない。売り物ではないということだ。

「これ、買うとしたらいくらかね」

　石破が女性を振り返り訊ねた。

　女性は困ったように、首を捻った。

「値札は、主人がつけてるんですが、いま出てしまってるんです。私は駒の値段はよくわかりません」

　女性は作業をしている男性に話を振った。

「亮、あんたならわかるでしょう」

　亮と呼ばれた男性は、手を休めずぶっきらぼうに答えた。

「駒そのものの価値で百五十万。永世十段、米原太一が第十二期竜昇戦で使用した駒という付加価値が五十万。合わせて二百万。親父ならそう言うと思う」

「これより高い駒は、置いてあるのかい」

　値段の高い安いで、駒の価値を決める客だと思ったのだろう。亮はふたりが店に入ってからはじめて顔をあげ、石破をきつい目で睨んだ。

「駒は芸術品と同じだ。値段はあるが、それがすべてじゃない」

怒りを隠さず、突っかかるように言葉を投げる亮を、石破は、まあまあ、と軽く往なした。

「素人の下世話な興味だ。気を悪くしたなら謝る」

謝罪の言葉を聴いて、冷静になったのだろう。客にきつい言い方をしたことを悔いたのか、亮はばつが悪そうな顔をすると、下を向いて再び手を動かしはじめた。

店内に気まずい沈黙が流れたあと、亮がぽつりと言った。

「それが、うちにあるなかで、一番上等な駒です」

石破は強面の顔に、目一杯の愛想笑いを浮かべた。

「仕事の手を休ませて悪かった。じゃァ――」

片手を後ろ手に振り、石破が店を出る。

続いて店をあとにした佐野に、石破は独り言のようにつぶやいた。

「六百万もの駒ってのは、やっぱり相当の品なんだな」

佐野の頭に、土塗れの正絹の駒袋に収められていた将棋の駒が浮かんだ。菊水月作、錦旗島黄楊根杢盛り上げ駒。日本の三大駒師のひとりに数えられていた名匠、菊水月が七組しか作らなかった駒だ。依頼した鑑定士が出した駒の値段は、六百万円だった。

佐野は、いましがた亮が口にした言葉を思い出した。

——駒は芸術品と同じだ。値段はあるが、それがすべてじゃない。

佐野は空を見上げた。

「六百万円もの価値がある駒を、遺体の両手に握らせて土に埋めるときって、どんな気持ちなんでしょう」

石破はコートのポケットに両手を突っ込むと、背を丸めながら歩き出した。

「さあな、将棋を知らねえ俺にはわからん。ただ、これだけは言える。俺だったら、そんな真似はしねえ。然るべきところに持ち込んで、売っ払う」

空から白いものが落ちてきた。

佐野はコートの前を片手で閉じると、石破のあとを追った。


神の湯ホテルの正面玄関には、大きな立て看板が設置されていた。『日本公論新聞社主催　第二十四期竜昇戦会場』と墨字で書かれている。

玄関を入ると、目の前にロビーがあり、その奥がラウンジになっている。ラウンジの、床から天井まである大きな窓からは、手入れがされた日本庭園が見えた。

テーブルやソファなどの調度品は新しくなっているが、建物の造りは、かつて訪れたときと変わっていない。ロビーに立ってあたりを眺めていると、気持ちが過去に逆行しそうない。

佐野は意識をしっかり保つため、首を左右に振った。感傷に浸っている場合ではない。自分はいま、重大な責務を担ってここに来ているのだ、と己を叱責する。

隣で石破が、げんなりした顔で言った。

「おいおい、なんだよこの混雑は。みんな、将棋を見に来てんのか」

ロビーとラウンジを合わせると、かなりの広さがある。バスケットの試合が優にできるほどだ。そこに、大勢の客がひしめいていた。気をつけて歩かなければ、肩がぶつかるほど込み合っている。

石破は驚いているが、佐野にすれば、当たり前の光景だった。

泣いても笑っても、今日で勝負が決まる。正統派の天才が勝つか、異端の鬼才が勝つか、将棋界の歴史が変わるかもしれない大一番だ。プロアマ問わず、将棋を愛する、または関わる多くの者が、観戦に来るのは当然だろう。

「おい、将棋はどこでやってるんだ」

石破が訊ねる。佐野は即答した。

「竜昇の間です。本館の七階にあります。毎年、対戦はその部屋で行われると決まっているんです」

「そこには、入れねえのか」

「えっ？」

佐野は思わず声をあげた。

知らないということは、恐ろしい。

基本、対局室には、棋士二名と立会人と副立会人、秒読みなどをする記録係や観戦記者しか入れない。お茶出しなどをする手伝いや、カメラを操作する関係者は、対局室と襖で仕切られた六畳ほどの控えの間で、対局の行く末を静かに見守っている。

対戦中は、棋士の集中力を乱すようなことが、決してあってはならない。足音ひとつにさえ気を配る空間に、部外者がずけずけ入っていけるわけがない。

佐野は半分呆れながら説明する。

「無理です。関係者以外入れません。部外者は、大盤解説の会場で、将棋の指し手を見守るんです」

「大盤？」

石破が片眉を上げる。

「テレビ将棋の解説などで使われている、大きな将棋盤のことですよ」

石破が、ああ、と納得した声を漏らす。

「あの、ホワイトボードみたいなやつか」

佐野には、棋譜を再現する大切な盤を、ホワイトボードと一緒にする感覚がわからない。

「その会場ってのは、どこなんだ」

石破があたりを眺める。

「ホテルの関係者に確認してきます」

佐野はフロントで、従業員に訊ねた。二階のコンベンションホール、藤の間で行われているという。

礼を言い立ち去ろうとすると、従業員が引き止め声をかけた。

「お客様、チケットはお持ちですか」

会場へ入るには、チケットが必要だと言う。持っていない、と答えると、済まなそうに従業員が詫びた。

「申し訳ございませんが、チケットをお持ちでない方は、会場にお入りになれません」

当日券も完売だった。

戻って説明すると、石破は苦い顔をした。

「お前、将棋に詳しいんだろう。なんとかしてこい」

将棋に詳しいからといって、チケットが手に入るわけがない。道理の通らない無茶を言うのが石破の悪い癖だ。

佐野は会場に入る手立てを考えた。

タイトル戦の会場には、たいがい、プロ棋士や奨励会員が見に来ている。見知った顔がいれば、なんとか頼み込んで裏から口を利いてもらえる可能性がある。それが無理だったら、ホテルの従業員に詳細を伏せて公務であることを明かし、入れてもらうしかない。

佐野はロビーとラウンジを見渡し、知っている顔を探した。

あちこち移動するが、知己は見当たらない。おそらく、連盟の関係者がいる検討室か記者室にいるのだろう。諦めてフロントへ行こうとしたとき、見覚えのある顔を見つけた。ラウンジの隅で、ソファに腰掛けてコーヒーを飲んでいる。奨励会時代のライバル、酒牧(さかまき)航大(こうた)――現在、五段のプロ棋士だ。

佐野の胸に、苦い記憶が込み上げてくる。

気づかれないうちに人混みに紛れよう、と踵(きびす)を返したとき、後ろから声がした。

「おい、直(なお)。直やないか」

奨励会時代の呼び名が、いまだ癒えない心の傷を抉(えぐ)る。連盟の関係者を探していたのに、振り向く気になれない。こいつだけには会いたくなかった。

聞こえない振りをして立ち去ろうか――そんな怯懦(きょうだ)が、頭を擡(もた)げる。しかし、身体が石のように固まって動かない。

「直」

近寄ってきた酒牧が、背後から肩を摑んだ。

佐野は覚悟を決めて、振り返った。酒牧と視線が合う。

「やっぱり直や」

酒牧の目には、驚きの色が浮かんでいる。

表情が強張らないよう意識して、佐野も頬を緩めた。

「やあ、酒牧じゃないか。来てたのか」

酒牧は手にしていた扇子を、片手で勢いよく振り下ろして開いた。

「将棋界の歴史が覆るかもしれん世紀の一戦を、この目で見ないわけないやろ」

暑くもないのに、扇子で自分の顔をパタパタと扇ぐ。酒牧が若いころから尊崇している、本島十段の揮毫をあしらったものだ。

扇子は棋士にとって、大切な小道具だ。片手で扇子をカチカチと開閉することで思考のリズムをとったり、熱くなった頭を冷やしたり、相手に顔色を悟られないために顔を覆ったりと、なにかと重宝する。たいがいのプロ棋士は対戦がないときでも、お守りかアクセサリーのように、扇子を持ち歩いている。

酒牧に悪意がないことはわかっている。だが、プロになれず志半ばで奨励会を去った佐野にとっては、寒い季節に必要のない扇子を使う酒牧が、自分はプロ棋士だ、と暗に誇示しているように思えてならなかった。

「それより、お前」

酒牧は開いていた扇子をパチンと閉じると、先端を佐野に向けた。

「地元の埼玉に帰ったたと聞いてたけど、どうしてここにおるんや。退会するとき、もう将棋とは縁を切る言うてたやないか」

奨励会退会者には、二種類いる。退会後、規則に従い一定の年月を置いてからアマチュア棋戦で活躍する者と、将棋ときっぱり縁を切る者だ。

佐野は後者だった。いや、後者のつもりだった。しかし、かつてのライバルと顔を突き合わせて、痛感した。自分はいまだに、プロになれなかった挫折から解き放たれていない。

内心の屈折した思いを悟られまいと、佐野は努めて明るさを装った。

「たまたま出張で訪れたんだ。一緒に来ている上司が大の将棋ファンで、どうしても大盤解説を見たいと言うもんだから来てみたんだけど、前売り券は完売だ。当日券も売り切れで、困っているところだ」

奨励会時代の知り合いとは、退会後、いっさい連絡を取っていない。佐野が刑事になったことは、誰も知らないはずだ。いま、なんの仕事をしているのか、と聞かれたら、地元の企業に勤めている、と答えるつもりだった。

だが酒牧は、仕事については訊ねなかった。夢破れた者にいまの生活を訊くのは、憚られるのだろう。

「なんや、そういうことか」

酒牧は再び扇子を勢いよく開くと、得意げに胸を張った。

「俺に任せとき」

酒牧はあたりを見渡し、少し離れたところにいた若い男性を見つけると、大声で呼びつけた。

「おい、前田(まえだ)くん。ちょっと来てくれるか」

前田と呼ばれた男性は、急いで酒牧の元へ駆けつけた。連盟の関係者か、佐野が退会したあとに入った奨励会の会員だろう。酒牧は閉じた扇子で佐野を指すと、前田に向かって言った。

「こいつ、佐野いうんやけど、俺の古い友人でな。職場の上司と竜昇戦を見に来たんやけど、チケットがのうて会場に入れんのやと。なんとかならんかな」

元奨励会員と言わなかったのは、酒牧の配慮だろう。気を遣われたことが、逆に辛(つら)い。

前田は肯(うなず)き、その場を離れると、すぐにふたりの元へ戻ってきた。手に、首からぶら下げるストラップがついたネームホルダーを携えている。名札の部分には、日本将棋連盟関係者、と印字されていた。

前田から関係者パスを受け取ると、酒牧は佐野に差し出した。

「ふたり分でええんやろ」

酒牧と顔を合わせたことは不本意だったが、目的は果たせた。差し出されたネームホルダーを受け取り、礼を言う。

「助かったよ。これで面目が立つ」

「東京に来ることがあったら声をかけろよ。一杯やろう」

　本心か社交辞令か、軽い調子で酒牧が言う。

　佐野は精一杯の笑顔を作って肯くと、会釈してその場を離れた。

　ロビーを見渡し、石破を捜す。石破は正面玄関の外にある喫煙所で、煙草を吸っていた。

　佐野が声をかけると、まだ吸いかけの煙草を備えつけの灰皿で揉み消した。

「どうだ。入れそうか」

「はい」

　佐野は手にしていた関係者パスを石破にかざした。

　石破がにやりと笑う。

「上出来だ」

　石破はパスを受け取ると、大股で解説会場へ向かった。

　大盤解説が行われているコンベンションホールは、大勢の人間で埋め尽くされていた。広い会場に、立ち見も入れるとざっと数えて、二百人を超える人間がひしめいている。

　石破と佐野は、入り口の係員にパスを提示すると、ホールの奥へ向かった。

　階段一段分ほど高くなっている壇上には、解説用の大盤があり、その両側に男性解説者と聞き手の女性が立っていた。洒脱(しゃだつ)なトークで知られる崎村賢太(さきむらけんた)八段と、若手女流棋士の広岡知美女流三段だ。

大盤の右斜め上には、大きなモニターが天井からぶら下がる形で設置されている。

画面には、対戦が行われている竜昇の間の模様が映し出されていた。将棋盤を挟み、壬生と上条が向かい合って座っている。

壬生は鶯色の羽織に紺の袴、上条は全身グレー一色で統一した羽織袴姿だった。上下を同色でまとめるのは珍しい。棋士歴も異色なら、服装もまた、常識を覆すものだった。局面は、上条の手番だった。盤上をじっと見つめたまま、上条はぴくりとも動かない。

壇上では崎村が、前日までの局面を解説していた。

竜昇戦は、双方、持ち時間八時間の二日制だ。初日の最後、封じ手をしたのは上条だった。上条は三間飛車穴熊、対する壬生は、居飛車穴熊。互いに、自分の玉をがっちり囲い、仕掛けの時期を窺う状況で前日を終えた。

そして、今日の定刻、午前九時に封じ手が開封され、勝負が再開された。上条が大方の予想どおり、玉側の端歩を受けたのに対し、壬生は☖9二香。飛車側の香を、ひとつ上げる手だった。

前日から考えてきた作戦なのだろう。一分の少考で放った勝負手だった。この手は相手の出方を見る手待ちというより、挑発の意味合いが強い。角交換になれば、9一に角打ちの隙ができる。☗9一角が実現すれば、壬生の飛車は逃げる一手で、上条の飛車が捌ける状況だった。

――仕掛けてこい。受けて立ってやる。

壬生は無言でそう告げていた。

モニターに、壬生と上条の顔が、交互に映し出される。会場にいる誰もが、壬生の挑発に上条がどう応じるか、固唾を呑んで見守っている。

佐野の隣で、石破が鼻で笑う気配がした。

見ると、石破はモニターを睨みながら、口角を引き上げるように笑っていた。囁くように言う。

「いい面構えだ。人ひとり殺してもなんでもねえって面ァしてやがる」

石破の視線を追いモニターを見ると、上条の顔がアップで映し出されていた。

短い髪を、整髪料で整えている。もともと細面の輪郭は、鉋で削ったように鋭角な顎のせいで、さらに細く見えた。切れ長の目はそれだけでも冷たい印象を与えるが、目じりが吊り上がっているいま、冷たさを通り越し冷酷にすら見えた。雑誌やテレビで、顔はすでに知っている。しかし、実際にこの目で見ると、きついだけではなく、相手を威圧する迫力があった。石破の言うとおり、なにがあっても動じない、ふてぶてしさが感じられた。

人ひとり殺しても――

佐野の耳に、石破の言葉が暗く響く。

モニターのなかの上条が動いた。静かに駒に手を伸ばし、盤上に打ち付ける。

ピシッ。

乾いた音が、会場に響いた。

第一章

——平成六年八月三日

大宮北署の三階にある大会議室には、五十名ほどの捜査員が集まっていた。みな椅子に座り、神妙な顔で壇上を見つめている。

佐野は後方の窓際の席に座っていた。部屋のなかは空調が効いているが、窓から差し込む夏の日差しは、かなりきつい。佐野は手にしているハンカチで、額の汗をぬぐった。

雛壇の机には、中央に大宮北署署長の橘雅之(たちばなまさゆき)警視、両隣に県警捜査一課管理官の五十嵐智雄(いがらしともお)警視と、北署刑事課長の糸谷文彦(いとたにふみひこ)警部が座っている。長身痩軀(そうく)の五十嵐と恰幅のいい糸谷に挟まれて、三十代後半ですでに贅肉を持て余すキャリアの橘は、いかにも居心地が悪そうだ。

雛壇と対峙する形で前列中央に座っている本間敏警視が、椅子から立ち上がった。本間は県警捜査一課の理事官で、会議の進行役を務める。

本間が声を張る。

「ただいまから、天木山山中男性死体遺棄事件の、捜査本部会議をはじめます」

号令に合わせて、捜査員全員が一斉に立ち上がり、頭を下げて着席する。

「では、署長から一言お願いいたします」

橘は椅子の背に手を置きながら立ち上がると、ひと息吸って声を発した。甲高い、女性のような声だ。

「なによりも求められるのは、事件の早期解決です。この事件は、死体遺棄のみならず、殺人の可能性も秘めている。殺人事件であることも視野に入れ、全員一丸となり、被害者の無念を早急に晴らしていただきたい。以上」

型どおりの署長挨拶が終わると、五十嵐が立ち上がった。

五十嵐は軽く咳払いをすると、手元の書類を開いた。

「今回、捜査指揮を執る五十嵐だ。ここにいる捜査員にとっては周知のことだが、改めて、鳥井巡査部長から事件の概要を説明してもらう」

鳥井は北署刑事課で強行犯係主任を務めている。この事件では、遺体の身元割り出し担当班の班長だ。鳥井は軽く会釈をすると、ブリーフィングに入った。

佐野も多くの捜査員と同じように、鳥井の説明に沿いながら手元の捜査資料を捲った。

白骨化した遺体が天木山の山中から発見されたのは、一週間前のことだった。第一発見者は、山林の伐採を引き受けていた株式会社フジトーヨーの社員、清水淳、四十一歳。

天木山は大宮市内から北に十五キロほど離れたところにある小高い山だ。面積にして約十二ヘクタール。東京ドームおよそ二・五個分ほどの広さだ。個人所有のものだったが、名義人が他界したため、長男が引き継ぐことになった。しかし、相続税が支払えないとの理由から、長男は遺産相続を放棄した。

引き取り手がいなくなった山を買ったのは、都内の企業だった。太陽光発電を手掛ける会社で、買い取った天木山に、試験用の太陽光パネルを設置したいとのことだった。

速やかに権利譲渡が行われ、七月半ばから太陽光パネルを設置する予定地の山林伐採がはじまった。

清水は、ハーベスタと呼ばれている伐採重機を操作していた。三十年近く手入れがされていなかった山の斜面は、苔に覆われた樹木が生い茂っていた。清水はアームの先についているトングを操り、樹を切り倒していく。

鬱蒼とした山中に、チェーンソーの金属音と樹が倒れる重低音が響くなか、作業は順調に進んだ。が、ひときわ太い巨木にぶち当たり、これを伐採したら昼休みにしようとトングで幹を摑んだとき、根が腐っていたのか樹は自ら倒れた。

倒れた樹の根元が、深く抉り取られている。

湿った黒い土のなかに、清水は白いものが埋まっているのを見つけた。汚れたスーパーのビニール袋かと思ったが、もっと固いもののようだ。

清水は舌打ちをすると、重機のエンジンを止めて運転席から降りた。

人目につかない山中に、いらなくなった家電や大量のタイヤなどが不法投棄されていることはよくある。大型の冷蔵庫や廃棄処分されたドラム缶のような頑丈なものをへたに摑んだら、トングが破損する虞があった。

清水は倒木の側にしゃがむと、穴のなかに目を凝らした。運転席から見えた白いものは、縦長の状態に散らばっていた。細長く尖っていて、海に流れ着いた流木のように見える。

こんな山奥に流木でもないだろう。では、いったいなんなのか。

清水の頭に浮かんだのは、獣の骨だった。キツネやタヌキといった小動物の類が、死んで骨になったのだろう。が、その考えは、一瞬で捨てた。キツネやタヌキにしては、長すぎる。どう見ても、成人した人間ほどの長さだ。

清水の背中に、夏の暑さのせいではない汗が、どっと噴き出した。

弾かれたように立ち上がり、近くで重機を操作している作業員を呼ぶ。

「おおい、ちょっと来てくれ！」

重機の音がうるさく、清水の声は作業員の耳に届かない。地面の土を蹴り上げながら、清水は作業員のもとへ駆け寄った。両手を口に当てて、自分の背丈より高い位置にある運転席に向かって叫ぶ。

「ノブさん。ちょっと来てくれ。見てほしいものがあるんだ」

現場でノブさんと呼ばれている作業員は、この道四十年以上のベテランで、名前は高田（たかだ）伸広（のぶひろ）という。現場の責任者だ。

作業を中断された高田は不機嫌な顔で重機のエンジンを切り、運転席から降りた。

「なんだよ。埋蔵金でも出たのか」

がに股で清水のあとをついてくる。

「これ、なんだと思う」

清水は穴のなかを指さした。

高田は穴の側にしゃがんで、白いものをしばらく見つめていたが、顔色を変えて、勢いよく立ち上がった。

「清水、事務所から会社へ電話して、課長に伝えろ」

高田がいう事務所とは、作業現場に設置されている、プレハブの仮設事務所のことだ。緊急のときのために、大型の無線電話が置いてある。

高田の緊迫した声音に、清水は頰を強張らせ訊ねた。

「なんて、伝えるんですか」

高田は穴を見つめたまま、ぽつりと言った。

「人骨らしいものが、現場から出てきたと言え」

やはり――心臓が大きく跳ねあがる。

念のため、改めて聞く。

「キツネやタヌキのものじゃないんですか」

高田が首を振る。

「太さが違う。獣はもっと細い」

清水は改めて、穴のなかを恐る恐る見た。

たしかに、白いものの一部は、去年、病気で亡くなった父を焼いたときに見た、大腿部の骨くらいの太さがある。

「ここは昔、墓場だったとか」

葬式といえばいまでこそ火葬だが、戦後しばらくのあいだは土葬が多かった、と誰かから聞いた覚えがある。そのときに埋められた者の骨だろうか。

高田がまた首を振った。

「俺は生まれてからずっと、この土地に住んでる。親父もおふくろも地元だが、このあたりが墓地や引導場（いんどうば）だったなんて話は聞いたことがない。それに、この山はずっと個人が所有していたもんだ。寺でもあるまいし、自分の山を墓場にするなんてことがあるか」

「じゃあ、この骨はいったい……」

言いかけて、清水はやめた。やめたというより、それ以上は怖くて口に出せなかった。

ふたりの様子がおかしいことに気づいたほかの作業員が、次々に集まってきた。

「どうした。なにかあったのか」

あとから来た作業員の問いに高田は答えず、清水に向かって怒鳴った。

「なにぼうっと突っ立ってるんだ。さっさと課長に電話しろ！」

高田の怒声で我に返った清水は、急いで事務所へ向かって駆け出した。


人骨らしいものが現場から出てきたとの連絡を受けた株式会社フジトーヨーの課長は、すぐに警察へ通報した。埼玉県警の機動捜査隊と鑑識課の捜査員が現場へ臨場して調べたところ、人骨である可能性が高いことが判明した。

現場を封鎖し、周辺を慎重に掘り起こすと、土中から骨以外のものが出てきた。かなり傷みが激しいが、男物と思われるシャツやズボン類。一組の靴。そして、将棋の駒。駒は紫の駒袋に入ったまま発見された。

鳥井が報告を続ける。

「掘り起こした骨を鑑定に回した結果、人間の骨であることが判明しました。白骨化した遺体は、死後およそ三年が経過。性別は男。推定年齢四十～五十代。血液型はA型。骨長から割り出した推定身長は百六十五センチ前後とのことです」

「復顔はいつできる」

五十嵐が厳しい口調で訊ねる。

復顔とは、さまざまなデータをもとにして、遺された頭蓋骨に粘土で肉づけして頭部像を作製する作業のことだ。

鳥井は捜査員たちに注いでいた視線を、五十嵐に向けた。

「昨日、復顔を依頼している科学捜査研究所(かそうけん)から聞いた話では、ひと月以内には完成する見込みとのことでした」

五十嵐の無言を了承と見做(みな)したのだろう。鳥井は捜査員たちへ顔を戻した。

「骨と一緒に埋まっていた衣類は、おそらく遺体が身に付けていたものと思われます。シャツの繊維は綿とアクリル。色は赤。ズボンの繊維は綿で、色はグレーと白のチェック。下着は紺のトランクスです。靴は合皮(ごうひ)のローファーで色は黒。いずれも、全国どこの衣料品店でも手に入る安価なものです。これらの遺留品を、遺体が身に付けていたと思われる根拠は、血液型です」

発見されたシャツの腹部には、鋭利な刃物のようなもので刺されたと思われる裂け目があり、周辺に血痕が付着していた。血液型が人骨のものと一致したことから、遺体は殺されてから埋められた可能性があると判断し、とりあえず死体遺棄事件として捜査本部が立ち上がった。事件現場の管轄である大宮北署の地域課に勤務している佐野は、応援要員として駆り出されていた。

「注目すべきは――」

鳥井が声を張った。

「遺体とともに発見された、将棋の駒です」

佐野は資料に落としていた目を上げた。

「将棋の駒は、駒袋と呼ばれる袋に入って、一組発見されました。袋は紫の正絹。巾着型の袋は、上部についている組紐でしっかりと結ばれていました。この将棋の駒ですが」

鳥井はもったいぶるように、言葉を切った。

「初代菊水月作のものでした」

思わず立ち上がりそうになるほど、佐野は驚いた。あたりを見回すが、ほかの捜査員たちは何事もなかったかのような顔で、報告を聞いている。誰も、菊水月を知らないのだ。

「依頼した鑑定士の話によると、この駒は錦旗島黄楊根杢盛り上げ駒といって、大変高価なものだそうです。値段をつけるとしたら、およそ六百万円」

ここにきてはじめて、会議室にどよめきが起こった。

値段を聞いても、佐野は驚かなかった。熱心な駒の収集家だったら、もっと値がついても欲しがる品だ。

佐野は奨励会に入って以降、駒に興味を持った。タイトル戦で記録係を務めたとき、名工が作り上げた駒の美しさに、魅了されたからだ。

菊水月は、江戸後期から明治にかけて活躍した駒師だ。景山(けいざん)、静風(せいふう)とともに、三大名工と呼ばれている。菊水月の名は、弟子である後継者が受け継ぎ、いまは五代目だったと記憶している。

初代菊水月の駒を、現在、見ることができるのは、将棋の駒で有名な山形県天童市にある将棋資料館と、駒木地の生産地として名高い伊豆の御蔵島にある御蔵島美術館だけだったはずだ。どちらも、鍵つきの分厚いガラスのなかに展示されている。駒としても美術品としても、初代菊水月作の駒は貴重なものだ。

錦旗島黄楊根杢盛り上げ駒の錦旗とは、駒に書かれている書体のひとつで、古くから広く親しまれているものだ。島黄楊は駒材の採れた樹木のことで、根杢は木地表面の模様を示している。根杢は樹の根元の部分を使用しているもので、一本の樹からわずかしか採取できない。木目が複雑に入り組んでいて、ふたつと同じ駒はないといわれる希少価値が高いものだ。そして、盛り上げ駒。駒には四種の製法がある。駒木地に漆で駒字を書いた書き駒と、駒木地に印刀で駒字を彫り、そこに漆を付着させる彫り駒。彫った駒字を漆で埋めたものが、彫り埋め駒。漆で埋めた駒字をさらに漆を重ねて盛り上げたものが、盛り上げ駒だ。一番手間がかかり、駒師の技術が求められる盛り上げ駒が、最高級品といわれている。

書体、駒木地、製法、どれをとっても、初代菊水月作のこの駒は、最高級品だった。三大名工のひとりが、最高の素材と技術をもって作り上げた名駒が、なぜ、遺体とともに発見されたのか。

会議室のざわめきがおさまるのを待って、鳥井が報告を続ける。

「この駒は、遺体の肋骨あたりから発見されました。遺体が胸元に握りしめていたか、もしくは、遺体を遺棄した人間が、胸に抱かせたまま埋めたものと思われます」

「私は後者だと思いますね」

橘と五十嵐に視線を向け、糸谷が言う。

「犯人が駒の価値を知っていたかどうか、それはわかりません。どちらにせよ、足がつくようなものをそのまま残して、遺体を埋めたとは考えづらい。駒は、犯人が意図的に遺体の胸元に置いたものと思います」

糸谷の推察に、五十嵐も同意する。

「犯人がなにか理由があって、遺体とともに駒を埋めたのだとしたら、遺体と将棋の駒には、それ相応の繫がりがあるということだ。この駒が犯人に結びつく、重要な手掛かりになるな」

両者のあいだで、署長の橘が深く肯いた。

五十嵐と糸谷の会話に、鳥井が割って入る。

「鑑定士の話によると、初代菊水月は、遺体とともに発見された駒と同じ製法で、七組作っているそうです。これは古い資料によって確認されています」

「間違いないのか」

糸谷が確認する。

鳥井は糸谷に向かって、大きく首肯した。

「駒の底の部分に、駒銘と呼ばれている、駒師の号と書体が記されていました。鑑定士によると、間違いなく初代菊水月のものだそうです」

納得したように、糸谷が首を縦に振る。

「七組の駒のうち、二組は天童市の資料館と、御蔵島の美術館が所有しています。残りの五組の駒の所有者は、これから割り出します」

佐野の後ろの席から、小声で囁き合う声がした。

「案外、簡単に犯人（ホシ）は割れるかもな」

「どうしてそう思うんだ」

「そんな有名な駒なら、資料に所有者の記録も載っているだろう。しかもたった五組しかないんだ。そう時間もかからんだろうよ」

佐野は後ろに気づかれないように注意しながら、大きく息を吐いた。

名工が作った駒は多額の金で売買され、所有者が替わる場合が多い。しかも、初代菊水月作となれば、制作されてから現在まで、相当の年月が経っている。そのあいだに、何人が所有したか探るだけでも、かなりの時間がかかるだろう。なかには、祖父や曽祖父から駒の価値がわからないまま受け継ぐことになり、適当な店に売りさばいてしまったケースもあるかもしれない。そうなると、駒の行方を追うのは極めて難しい。将棋の駒を知らない捜査員の多くが考えているほど、簡単な作業とは、佐野には思えなかった。

ひととおり報告を終えた鳥井が、椅子に座る。

代わって管理官の五十嵐が、今後の捜査方針を説明した。

「捜査は大きく四班に分けて進める。まずは遺体が発見された天木山の元所有者および親類関係者の聞き取りを行う鑑(かん)取(ど)り、遺体発見現場周辺の聞き込みを行う地取り、それから、遺留品である駒の所有者を辿(たど)る、品(ナ)割(シ)りの捜査班だ。最後に、被害者特定のための捜査を行う班に――遺体の条件に該当するような行方不明者および家出人を捜し出してもらう。遺体の復顔が完成したら、さらなる絞り込みを行う」

続いて北署刑事課長の糸谷が、手元の書類を捲りながら、捜査の組分けを発表した。捜査は二人一組で行うが、たいていの場合、県警本部と所轄の捜査員が組むことになる。自分はいったい誰と組むことになるのか。

糸谷が佐野の名前を呼んだ。

「佐野巡査、君は県警捜一の石破警部補と組んでくれ」

「え？」

意外な名前に、佐野は思わず短い声をあげた。

埼玉県警捜査一課の石破剛志といえば、口が悪く、嫌味な性格で人づき合いのよくないことで有名だ。上司部下問わず、言いたいことをはっきり言う性格で、煙たがっている捜査員が多い。一方、刑事としての腕は第一級と噂されている。ひと言でいえば、変わり者の捜査官だ。

変わり者とはいえ、石破が優秀なベテラン刑事であることは間違いない。本来、刑事に成り立ての下っ端が、それも地域課という畑違いの捜査員が、組む相手ではない。どうして自分が選ばれたのか。

表情から佐野の戸惑いを感じ取ったのだろう。糸谷が理由を伝える。

「君は元奨励会員だそうだな」

佐野の胸に、前科をばらされたような気まずさが込み上げてくる。

「おそらく、ここにいる捜査員のなかで、君が一番将棋に詳しいはずだ。重要な遺留品——遺体に残された駒の捜査を、石破警部補と組んで行ってくれ」

奨励会を辞めたときに、将棋とはもうかかわらないと決めた。対局はもちろんのこと、将棋と名のつくものすべてから、距離を置いていたかった。しかし、上司の命令には逆らえない。佐野は戸惑いながらも、はい、と答えた。

捜査会議が終了すると、佐野は石破を探した。

石破は会議室の前から三列目の席にいた。椅子の背にもたれ、捜査資料に目を通している。

佐野は石破の前に立つと、一礼した。

「今回、一緒に捜査をすることになりました、大宮北署地域課の佐野です。どうぞよろしくお願いします」

石破は資料から目を上げもせず、ああ、と気のない返事をした。それ以上、石破はなにも言わない。無言で資料を目で追っている。

佐野はどうすべきか迷った。なんの指示もないまま、立ち去るわけにはいかない。かといってこのまま突っ立っているのも、間抜けだ。

「あの」

今後の指示を仰ごうとしたとき、石破が手にしていた資料を机に乱暴に置き、佐野を見た。

「お前、元奨励会員だそうだな」

佐野は息を呑んだ。上目遣いに見る石破の目は、まるで被疑者に向ける眼差しのように鋭く、棘を含んだ口調は、尋問のようにきつかった。気の弱い被疑者ならば、石破の気迫に圧され、すぐに真相を吐くだろう。

「奨励会ってのは、あれだろう。プロを育成する機関だろう」

「そうです」

佐野は直立のまま答える。

「そこに何年いたんだ」

「十六歳から二十六歳までの十年です」

「十年ねえ」

石破は感心とも呆れとも取れる声でつぶやいた。

「十年もやるほど将棋が好きなら、退会なんかしなきゃよかったじゃねえか。続けていれば、いずれプロになれるんだろうが。根性ねえなあ」

頭にかっと血がのぼった。

続けられるものなら、何年でも何十年でも続けたかった。しかし、年齢制限の壁が越えられずに退会した。いままで生きてきた人生の大半を将棋に費やしてきた者が、一瞬にして夢を絶たれたときの絶望は、経験した者でなければわからない。

「石破さん、将棋をどのくらいご存じですか」

「動かし方ならわかる」

将棋は広く親しまれている。しかし、それは縁台将棋クラスのものだ。駒の動かし方しか知らない石破が、奨励会の制度を知らなくても、さほど驚くことではない。石破は別に嫌味で言っているわけではないのだ。単に、将棋の世界を知らないだけなのだ。

佐野は熱くなった頭を、必死に冷やした。石破の言葉を聞き流し、どこから捜査をはじめるか訊ねる。

「ううん」

石破は唸りながら頭を掻(か)いた。

「遺留品の駒を鑑定したやつのとこだな。そこから、駒の所有者を辿る。お前、鑑識に行って、駒の鑑定を依頼したやつの情報を取ってこい」

鑑識へ向かうために、立ち去ろうとした。その佐野を、石破が呼び止める。

「佐野」

足を止めて振り返る。

「なんでしょう」

「王と玉(ぎょく)。強いやつはどっちの駒を使うんだったかな」

佐野は言葉を失った。将棋を指す者にとっては、初歩中の初歩の質問だ。冗談で聞いているのかと思ったが、石破は真顔だった。

「王です」

佐野が答えると、石破は満足そうに顎を擦った。

「わかった。行っていいぞ」

石破と組めと命じられてから下がった気分が、さらに沈む。

佐野は石破に背を向けると、重い足取りで会議室をあとにした。

前を歩く石破の足取りが重い。さすがに、この暑さが応えているのだろう。うんざりした顔で振り返ると、鬱憤を晴らすかのように佐野へ毒を吐いた。

「おい、ふざけんな。鎌倉ってのは避暑地で有名なんだろう。ぜんぜん涼しくねえじゃねえか」

苦情を言い立てることに生き甲斐を見出すクレーマーのような口調だ。

佐野は首を流れる汗をハンカチで拭うと、やんわりと窘めた。

「避暑地ではありますが、高原などのように標高が高いわけではありません。それに今年は全国的に猛暑で……」

石破は佐野の言葉を、舌打ちで遮った。

「せっかく涼しいと思ってきたのによお。これじゃあ、詐欺じゃねえか」

小学生でもあるまいに、ヤクザも苦笑いするような言い掛かりに閉口する。

コンビを組んでからまだ二日目だが、石破の傍若無人な振る舞いや身勝手な言い分に、いったい何度、心のなかで溜め息を吐いてきたことだろう。

　天木山の山中から、遺体とともに発見された将棋の駒を鑑定した人物は、矢萩充という男性だった。歳は六十七。アマ四段の棋力を持ち、日本将棋連盟東神奈川支部の事務局長を務めている。将棋研究家としても有名で、鎌倉市内の自宅に妻とふたりで住んでいた。

　鑑識から矢萩の住所と電話番号を聞いたあと、すぐ矢萩に電話をして会う約束を取りつけた。それが、昨日のことだ。

　今朝、十時過ぎに大宮を出て、電車を乗り継ぎ鎌倉まで来たが、道中、石破は毒を吐き通しだった。駅で家族連れの旅行客を目にすれば、平日に旅行とはいい身分だな、と嫌味をつぶやき、車中でノートパソコンを叩いているスーツ姿の男を見れば、あんなエリート気取りのやつは好かん、と鼻息を荒くする。さらには、昼を摂るために立ち寄った駅前の立ち食い蕎麦屋で、汁の味が濃すぎる、と文句をつけた。

　そのたびに佐野は、石破の機嫌を取り結ぼうとした。だが、暑さにまで言い掛かりをつけるとなると、さすがに度し難い。もはや宥める気にもなれず、佐野は話題を逸らした。

「矢萩さんのご自宅、そろそろでしょうか」

　石破は足を止めて、電柱に取りつけられている街区表示板を見た。

「大口町二丁目、三か。おい、矢萩の家は二丁目、三の十二だったな」

　佐野は、はい、と答えた。

「目印は佐藤青果店で、自宅は店の脇道を入って三軒目だそうです」

「佐藤青果店、か」

石破は店の名前を繰り返すと、再び歩きはじめた。

佐藤青果店は、電柱を二本分ほど歩いた先にあった。店を見つけた石破は、子供のようにはしゃいだ声をあげた。

「おい、あったぞ」

石破の歩調が一気に速くなる。

佐野は急いであとを追った。

細い脇道を入り、三軒目で石破が立ち止まった。表札を見ると、木製のプレートに墨字で矢萩と書かれてある。

「なるほど、将棋研究家ねえ。それらしい家だな」

石破は目の前の家を眺めながら、納得したように息を漏らした。

矢萩の自宅は純和風の造りだった。敷地はさほど広くはなく、母屋も小ぶりだ。門の格子戸や敷地を取り囲んでいる竹垣の色褪せた感じから、かなり年数が経っていることが窺える。しかし、寂れた感じはなかった。むしろ、品がいい風情を感じる。車に喩えるなら、経年劣化した中古車ではなく、手入れが行き届いた美しいクラシックカーといったところか。

石破に促され、引き戸の門の横についているインターホンを押すと、スピーカーから女性の声が聞こえた。

「どちら様でしょうか」

佐野はインターホンに向かって答えた。

「今日、一時に矢萩充さんとお会いする約束をしている、埼玉県警の者です」

「少々、お待ちくださいませ」

ほどなく、年配の女性が奥から出てきて門を開けた。レモン色のサマーセーターと、淡いグレーのゆったりとしたスカートを身に付けている。女性は石破と佐野に一礼すると、ふくよかな顔に笑みを浮かべた。

「矢萩の家内でございます。遠いところ大変でございました。どうぞお入りください」

家構えはその家で暮らす者に似る、となにかで読んだことがある。矢萩の妻を見て、その言葉を思い出した。夫人に抱いた印象は、矢萩の自宅に感じたものと同じだった。

夫人のあとについて敷石を渡り、引き戸の玄関を入ると、式台にひとりの男が立っていた。身に纏っている紺色の作務衣が涼しげだ。男は丸縁の眼鏡の奥の目を細め、挨拶の言葉を口にした。

「はじめまして。私が矢萩です。暑かったでしょう」

石破に続き、佐野も所属を告げて名乗る。石破が提示した警察手帳に形だけ目を向けると、矢萩はふたりをなかへ招き入れた。

「さあ、どうぞ。すぐに冷たいものを用意させます。おい、礼子（れいこ）。刑事さんたちになにかお出ししてくれ」

夫人の名前は礼子というらしい。

礼子は小さく頭を下げると、家の奥へ姿を消した。

矢萩はふたりを、客間へ通した。

部屋は八畳の和室だった。真ん中に黒檀（こくたん）と思われる座卓が置かれている。濡れ縁の先に、庭が見えた。いい枝ぶりの楓（かえで）が風に揺れている。

「足を崩してお座りください」

勧められるまま、用意されていた座布団に石破と並んで座る。

礼子が冷たい麦茶を運んできて退室すると、石破が用件を切り出した。

「今日、こちらに伺った件ですが」

矢萩は話が出るのを待ち望んでいたかのように、はいはい、と言いながら肯いた。

「昨日、こちらの若い刑事さんが言っていらした、菊水月の駒のことですね。あの駒について、詳しく話が聞きたいと」

遺体とともに発見された駒が、いかに名品であるかを、矢萩は目を輝かせて語った。

菊水月はもとは書人で、江戸後期に駒師となったことや、字母紙（じぼし）を木地に貼りつけてその上から彫る彫り駒より、駒師の個性が色濃く出る書き駒のほうを好んでいたという話は、将棋の世界に身を置いていた佐野にとって、大変興味深いものだった。

しかし、将棋に関してはまったくといっていいほど知識がない――というより関心がない石破にとっては、駒師の人生や駒に対する価値観は退屈なものでしかなかったらしく、興に乗って近代の駒師の解説に入ろうとした矢萩を、やんわりと遮った。

「大変な知識ですな。鑑識が矢萩さんに鑑定をお願いした理由がわかりましたよ」

口が悪い石破でも、捜査に協力してくれる一般人には常識的な対応をするようだ。もし、佐野が矢萩のような報告をしていたら話しはじめてから一分と経たないうちに、そんなつまんねえ話はどうでもいい、さっさと事件に関する情報を言え、と一喝されるのが落ちだろう。

自分の知識を褒められた矢萩は、抑えようとしても隠しきれない喜色を顔に滲(にじ)ませた。

「ところで」

石破が話を本題に戻す。

「遺体とともに発見された駒ですが、駒を作った菊水丸……いや、菊水庵……違うな。ええと」

佐野は横から小声で助け舟を出した。

「菊水月です」

石破は大きな声で、そうそう、と膝を打った。

「その菊水月という駒師は、今回鑑定をお願いしたものと同様の駒を、生涯で七組しか作らなかったとのことですが、それは確かなんでしょうね」

自分の知識を疑われたのが面白くなかったのか、矢萩は柔らかかった表情を引き締め、きっぱりと答えた。

「間違いありません」

「それを実証できるものはお持ちですか」

「私の話だけでは、信用できないということですか」

矢萩の声に険が籠る。

「いえいえ」

石破は笑いながら、困惑と謝罪の意を示すように頭を掻いた。

「刑事ってのは因果な商売でしてね。一に証拠、二に証拠、三四がなくて五に証拠ってなくらい、証拠が重要なんです。私どもは矢萩さんの知識を爪の先ほども疑ってません。しかし、何事においても、証拠が必要なんです。特に、いま我々が行っている遺留品捜査は、事件解決に直結する最重要課題といっても、過言じゃありません。ですから、どうしても慎重にならざるを得んのです。言い換えるなら、矢萩さんの情報は、捜査本部にとって欠かせないものなんです。気を悪くされるかもしれませんが、我々の事情をご理解いただき、ご協力願えませんか」

石破はそう言うと、膝に手を置き頭を下げた。

佐野は感心した。

強面一本槍ではなく、相手によっては自尊心をくすぐり、下手に出ることもできる——自分が対峙する人物がどのような人間であるのか、その者の心を開かせるにはどこを突けばいいのか、石破は直感でわかるのだろう。さきほどまで気分を害した顔をしていた矢萩が、満更でもない様子で顎のあたりを撫でている。

矢萩の姿を見ながら佐野は、人物評価の芳しくない石破が、花形の県警捜査一課に所属している意味を、いまさらながらに理解した。

案に違わず、矢萩は石破の掌の上で転がった。

「主人公が単独で事件を解決するテレビドラマと違って、実際の刑事という仕事は、いろいろ面倒なことも多いようですな」

「所詮、公務員ですから」

石破が卑屈な笑いを頰に浮かべ、相手の顔を窺った。

矢萩はなにかを決心したように自分の両腿を手で強く叩くと、畳から腰を上げた。

「少々、お待ちください」

矢萩が部屋を出ていく。戻ってきたときには、手に和綴じの本のようなものを持っていた。全部で七冊ある。

「これは私が全国を歩いて調べた、名品と呼ばれている駒の記録です」

座卓の上に置かれた和綴じ本を、石破が手に取る。佐野は石破が開くページを、横から目で追った。

記録は昭和三十四年からはじまっていた。

「いまから三十五年前、私が三十二歳のときからの記録です」

矢萩が懐かしそうに目を細める。

記録には、駒銘、鑑定した日付、場所、所有者、駒の特徴が書かれていた。そのあとに、鑑定した駒を角度を変えて撮った写真が数枚、貼られている。

「すごい数ですな。いったい、どれくらいの数、鑑定したんですか」

石破がページを捲りながら感心したように訊ねる。

矢萩は腕を組み、うーん、と首を捻った。

「正確には覚えておりませんが、おそらく三百近くはあると思います」

三百という数字を聞いたとたん、石破は佐野を睨みつけた。

「なにぼうっとしてるんだ。お前も例の駒の記録を探せ」

おそらく、考えていた以上の数だったのだろう。急がないと今日中に調べきれない。そう判断し、調べを急いだのだ。

慌てて座卓の和綴じ本に手を伸ばしかけたとき、矢萩が落ち着いた声で佐野を制した。

「菊水月作の駒なら、探すまでもありません。いつ、どこで鑑定したか、私の頭のなかにすべて入っています」

石破が目を輝かせ、身を乗り出す。

「その箇所をご教示願えますか」

矢萩は眼鏡のブリッジを人差し指で軽くあげると、和綴じ本を手元に引き寄せ、順にページを開いていった。

座卓の下に置いてあった文箱のなかからメモ用紙を取り出し、ページのあいだに挟んでいく。

矢萩はメモを挟んだ四冊の記録簿を、座卓の上に重ねて置いた。

「メモを挟んだところが、菊水月作の駒を鑑定したページです」

該当するページに石破が目を通し、そのあと佐野が改めて確認する。

七組の駒の記録は、一番古いもので昭和三十五年だった。この年に、矢萩はふた組の駒を鑑定している。捜査会議で報告があった、天童市将棋資料館と御蔵島美術館が所有しているものだ。

内容に目を通した佐野は、矢萩は自分の記録を、鑑定の記録、と称しているが、厳密にいうならば、鑑定と確認の記録だと思った。

資料に記載されている天童市将棋資料館と御蔵島美術館に所有されている駒は、矢萩が鑑定したものではなく、すでに先人が鑑定済みのものだった。ページに貼られている写真には、分厚いガラスのショーウィンドウのなかに飾られた駒が写っている。

「ちょっと、お訊ねしていいですか」

記録簿に顔を向けたまま、石破が上目遣いに矢萩を見る。

「この記録には、駒の鑑定書に関する記述、もしくは写真が一切ないのはどうしてですか」

矢萩は、あからさまに驚いた顔をした。将棋に詳しい者からすれば石破の質問は、なぜ太陽は東から昇るのか、という問いと同じくらいわかり切ったものだった。

矢萩に代わって、佐野が答える。

「将棋の駒に、正式な鑑定書はないんです」

今度は石破が驚きの表情を浮かべた。

矢萩がきっぱりと言う。

「そのとおりです」

絵画とか宝石といった高額で売買されるものには、鑑定書が付き物だ。歴史的価値や美術品としての評価を勘案し、億単位の金が動く。それらの品を求めるコレクターも全世界にいて、著名な絵画などは、数百億円という金で売買されることもある。世の常として、商売として成り立つ世界には、真贋がついてまわる。

　将棋の駒も、名工と呼ばれる駒師が作ったものは美術品としての価値も高い。が、将棋愛好家の多くは、駒は実用品であると捉えている。眺めて愛でるだけの飾り物ではなく、指してこそ駒は生きる、と考えるのだ。実際、駒コレクターたちは、誰が作った駒なのかもむろん重視するが、誰が指した駒なのか、というところにもこだわりを持つ者が多い。

「おいおい、それじゃあ、その駒が本物かどうかわからんじゃないか」

　石破が佐野に疑問をぶつける。矢萩の表情が、再び険しくなった。

　佐野は慌てて説明した。

「将棋の駒は、世界的に収集されているかというとそうではなく、商品価値としては絵画などよりは低いんです。贋作を作っても、儲けが見合わないのでは割に合わない。それに、仮に偽物を作ろうと思っても、そう易々とできるものではありません。将棋の駒というものは、駒木地や書体、彫りなど、すべてに駒師の特徴が顕著に表れます。それに、駒師は芸術家というよりは職人です。職人技はそう簡単に盗めません。仮に、どれほど精巧な偽物を作っても、矢萩さんのような熱心な将棋研究家の方の手にかかれば、本物か偽物かなんて一目瞭然です。矢萩さんをはじめとする、将棋研究家の方々のお墨付きが、鑑定書代わりなんです」

　さきほどから様子を見ていると、矢萩は感情を隠せないタイプのようだ。顔にすぐ出る。

佐野のおだてを含んだ説明に機嫌を直したらしく、満足げに顎を撫でた。

石破も佐野の説明に納得したのだろう。なるほど、とつぶやき再び記録に目を戻した。

菊水月作の七組の駒のうち、ふた組は現在の所在がはっきりしている。残りの五組の駒のうち、ひと組は京都の老舗料亭、もうひと組は富山の駒収集家、残りの三組は囲碁・将棋専門店が所有していた。

京都の老舗料亭の名前は「梅ノ香」。記録は、昭和三十九年の五月になっている。備考欄に、当時の料亭の主人が購入、と記されている。

富山の駒収集家の名前は、仙田剛太郎。昭和四十一年七月の記録だ。当時、仙田は七十五歳。存命ならば百三歳とかなりの高齢だ。

囲碁・将棋専門店は、東京と宮城、広島にあった。東京の「吉田碁盤店」は昭和五十二年五月、宮城の「佐々木喜平商店」は昭和三十五年八月、広島の「林屋本店」は昭和五十六年十一月の記録だった。

「よく調べられましたな」

石破が心から感心したように言う。

矢萩は得意げに笑った。

「自分で言うのもなんですが、かなり苦労しました。口伝えの情報を頼りにひとつひとつ当たっていくのですが、訪ねてみると似ても似つかない駒だった、などということもありました。ここまで記録を集めるには、かなりの時間と労力を注ぎ込んでいます」

　ページに目を通していた佐野は、七つの駒の情報を記したページに、ある共通点があることに気づいた。どのページにも最後に、相模高雄氏、と書かれている。

「この方はどなたですか」

　佐野が訊ねると矢萩は、ああ、と大切なことを忘れていた、というような声をあげた。

「相模さんは、私と同じ将棋の駒の研究者でしてね。いまは閉館してしまいましたが、昔、新潟にあった将棋博物館の館長を務めていた方です。私以上に駒には詳しい方でした」

　矢萩曰く、菊水月クラスの名工の鑑定は、責任重大だ。さすがに自分ひとりでは心もとなく、菊水月作の駒を鑑定する際には、必ず相模に同行してもらっていたとのことだった。

「お元気ならば、今年で九十歳になられていましたが、三年前に心臓の病で亡くなられました。将棋をこよなく愛していた人がいなくなるのは、本当に寂しいものです」

　駒の目利きふたりの、鑑定付きだ。七つの駒は菊水月作のものであることに疑いの余地はない。

「ところで」

　石破は矢萩に向かい、改まって膝を正した。

「この駒の記録は、記載した当時のものですよね」

「そうです」

「資料館と美術館所有のものは別として、残りの五つの駒を、現在、誰が所有しているかわかりますか」

矢萩は困惑した態で、腕を組んだ。

「梅ノ香さんと仙田さんのところは、おそらくいまでも所有されていると思います。手元に置きたくて、高い金を払って購入したわけですから、そう簡単に手放さないと思うんですよね。仮に、仙田さんはお歳で他界されていたとしても、駒の価値を息子さんに伝えていましたから、たぶん息子さんが所有しているんではないかと。ただ――」

矢萩は言葉を切ると、石破に視線を据えた。

「店のほうはわかりません。思い入れがある駒を非売品として扱っている店もありますが、基本的には商品です。欲しいという客がいれば売るでしょう。そうなっていたとしたら、そこから先は私にはわかりません。いま駒がどこにあるか知りたいのでしたら、直接、店に訊ねるしかないですね」

「遺体とともに発見された駒を、誰が所有していたかまではわかりませんか」

矢萩はやはり首を振った。

「発見された駒は、長いこと土のなかに埋まっていたために、木目が消えていたり、駒字の漆が盛り上がっている部分が損傷しているものがあります。それに、私の記録に貼っている写真ですが、あまり鮮明ではなく、細かい木目や駒字の撥ねの部分までは確認できません。問題の駒が、誰が持っていたもので、どういう経緯で遺体のもとへ辿り着いたのか、すみませんが私には見当がつきません」

頭を下げようとする矢萩を、石破は手で制した。

「いやいや、そこを調べるのは私たちの仕事です。矢萩さんが恐縮される必要はこれっぽっちもありません。この記録簿は、事件解決に結びつく有力な情報です。大変感謝しています。ところで、お願いばかりで申し訳ないんですが、これのコピーを取らせてもらってもよろしいですかね」

「もちろんです。どうぞ」

矢萩の許可を得ると石破は佐野に、菊水月作の駒のページを近場のコンビニでコピーを取ってくるように命じた。

コピーに出かけた佐野が、再び矢萩の家に戻るのに、十五分とかからなかった。

首筋の汗をハンカチで拭い玄関の引き戸を開けると、三和土(たたき)に靴を履いた石破が立っていた。式台に、矢萩と礼子もいる。

石破は佐野を見ると、ご苦労、と声をかけた。

「お前が戻ったらお暇(いとま)しようと、待っていたんだ」

礼子が気の毒そうに、佐野を見る。

「冷たいお茶をもう一杯とお引き止めしたんですが、お帰りになるとのことでしたので、お見送りに出ていたところです」

佐野は首を振り、礼子の心遣いに謝意を述べた。しかし本音は、居心地がいい客間で、少しだけ涼んでいけることを望んでいた。部下に対してまったく気遣いがない石破を、心のなかで恨む。

記録簿が入った紙袋を矢萩に返すと、ふたりは矢萩の自宅をあとにした。

駅までの道を歩きながら、石破は佐野に命じた。

「捜査本部に戻ったら、駒の所有者に連絡を取れ。いま現在、手元に駒があるか確認するんだ。もし手放していたら、いつ誰に譲ったのか聞け。いずれにせよ、天童の資料館と伊豆の美術館以外のところには、足を運ぶ。この目で、駒があるかどうか確認する」

はい、と答えながら、頭のなかで地図を広げ、どのように回れば一番効率がいいか考える。

「その前に、署に戻ったらすぐに調べてほしいことがある」

石破は隣を歩く佐野を、真剣な表情で見やった。

佐野は思わず身を引き締めた。

「なんでしょう」

石破が淡々と言う。

「訪ねる土地の名物駅弁がなにかだ」

「え？」

聞き間違いかと思い、思わず聞き返す。

戸惑っている佐野に向かって、石破は真顔で言う。

「仕事先で、酒は飲めん。となれば食うことしか楽しみはない。わずかな予算で料亭みたいなところに行けるわけでもなし、名物の駅弁を食っても罰はあたらんだろうが」

まるで観光に行くような石破の言葉に、二の句が継げない。

「わかったな」

重要な捜査を命じるような口調で、石破が言う。

事件が解決するまで、毎日、石破に振り回されるのかと思うと気が滅入った。

返事をしないことが気に障ったのだろう。石破は足を止めて佐野を睨んだ。

「なんだ。文句があるのか」

佐野は慌てて、顔先で手を振った。

「ありません。署に戻ったら、すぐに調べます」

「よし」

石破が再び、歩きはじめる。

虚脱感が全身を襲う。

このだるさは、暑さのせいだけではなかった。

第二章

――昭和四十六年一月

凍った湖面には、色とりどりのテントが張られていた。ざっと数えただけで、三十近くはある。湖の反対側まで入れれば、六十組以上の釣り人がいるだろう。広い氷上に、一定の間隔で三角形の突起が出ている光景は、合掌造りの集落を思わせた。

唐沢光一朗(からさわこういちろう)は、自分が携えてきたクーラーボックスのなかを見た。水を張ったバケツのなかで、体長十センチほどのワカサギが活発に泳いでいる。四十匹はいるだろうか。これだけの釣果(ちょうか)があれば、夫婦ふたりの夕食のおかずには充分だ。

唐沢は氷上に開けた穴から釣り糸を引き揚げると、ビニール製のリュックにしまいこんだ。側に置いていた釣り針や錘(おもり)、ワカサギのエサに使うアカムシが入った容器などの道具も、なかに収める。忘れ物がないことを確認すると、釣り具を入れたリュックを背負い、唐沢は椅子から立ち上がった。

釣ったワカサギを入れたクーラーボックスと、折りたたんだアウトドア用の椅子を両手に持ち、岸に向かう。

滑らないよう、凍った湖面をそろそろと歩く。湖畔近くまで来たとき、子供の歓声があがった。見ると、小学校高学年と低学年くらいの男の子がふたり、父親と思しき男の周りではしゃいでいる。男が氷の穴から引き揚げた釣り竿には、たくさんのワカサギがかかっていた。ふたりの男の子の頰は、寒気と昂奮からか、赤く染まっている。

諏訪湖は長野県内でも、ワカサギ釣りで有名な湖だ。休みの日は、かなりの釣り人が訪れる。今日のように天気がいい日は、特に多い。湖の周辺に駐車している車を見ると、県外ナンバーが目立つ。

「先生、唐沢先生！」

名前を呼ばれて、声の先に目をやると、十メートルばかり離れたテントに、見知った顔があった。児島武夫だ。唐沢が教諭だったころの教え子だった。いまでは、唐沢が児島に教えていたときと、そう変わらない年齢になっている。

児島は手にしていた竿を竿立てに置くと、唐沢のところへやってきた。

「先生、釣果はどうでした」

児島が、唐沢のクーラーボックスに視線を向ける。

「まあまあ、ってところだ」

唐沢はクーラーボックスの蓋を開けて、なかを見せた。

「ほう、こりゃすごい。焼きにてんぷら、から揚げ、佃煮。これだけあれば、ひととおりできますね。奥さんも喜ばれるでしょう。さすが先生だ」

児島が満更おべんちゃらでもない口調で、声のトーンをあげる。

唐沢は苦笑いしながら言った。

「なあ、児島。その先生って呼び方、そろそろ勘弁してくれんかなあ。私はもう教師じゃない。いつまでも先生なんて呼ばれると、尻がモゾモゾする」

唐沢は三年前に還暦を迎え、それを節目に教師を辞めた。

児島は唐沢の頼みを笑い飛ばした。

「先生という言葉には、教育者という意味と、自分よりも先に生まれた人っていうふたつの意味があるのはご存じでしょう。それに先生は、釣りの師匠でもある。俺にとって先生は、ずっと先生です」

口が立つところは、昔もいまも変わっていない。

分が悪い唐沢は、話題を逸らせることで、この場を逃れようとした。

「おい、当たりがきたんじゃないのか。竿が揺れてるぞ」

え、と言いながら、児島が後ろを振り返る。その隙に、唐沢は歩き出した。背中に児島の声がする。

「そのうち、一杯やりましょう。先生！」

後ろを振り返らず、手を高く掲げることで返事をする。

駐車場に停めてあった車に戻ると、唐沢はトランクに釣り道具をしまい、運転席に座った。

フロントガラス越しに、空を見上げる。

冬の晴れ間の空は青く澄み渡り、遠くには北アルプスがくっきりと見える。凍った湖の氷上に陽が反射して、目が痛いくらいに眩しい。

こんな日は、諏訪に終の棲家を構えてよかった、とつくづく思う。

唐沢は明治四十一年に、長野市に生まれた。今年で六十三歳になる。父親は役場に勤務し、母親は家で裁縫を教えていた。兄弟は上に兄が三人、姉がふたりいた。

六人兄弟の四男、しかも末っ子で育った唐沢は、よくいえば自由に、言い換えればほったらかしにされて育った。

ときに家の手伝いを頼まれることはあったが、たいていは、川で魚を釣ってこいとか、田圃に行ってイナゴをとってこいといった、子供にとっては遊びでしかないものばかりだった。そんな唐沢は、学校から帰ると日が暮れるまで、外で遊ぶ毎日を過ごしていた。

勉強が嫌いで遊ぶことが大好きだった子供が、なぜ教師になろうと思ったのか。理由は、尋常小学校五年生のときの出会いにある。そのときの担任の名前は、五十年以上経ったいまでも忘れていない。高田正一。東京府豊島師範学校を卒業したばかりの教師だった。唐沢にとって高田は、教師というより、歳の離れた兄のような存在だった。勉強嫌いの唐沢に、ほかの教師のように宿題をたくさん出したり、居残り勉強をさせたりせず、学ぶことの楽しさを教えてくれた。

「世の中には、知らないことがたくさんある。知らない国、知らない街、知らない人。いままで知らなかったことがわかると、すごく嬉しくなって、もっといろんなことを知りたくなる。その楽しさを知らないなんて、人生の喜びの半分以上を捨てているようなものだぞ」

唐沢は最初、高田の話にまったく耳を傾けようとしなかった。ものごとを知っていようが知らなかろうがどうでもいい。田圃でイナゴを捕まえたり、川でイワナを釣ったりすることより楽しいことが、世の中にあるとは思えなかった。

しかし、高田は諦めなかった。顔を見ると逃げ出そうとする唐沢をつかまえて、根気よく諭した。高田は唐沢に、よく本を貸してくれた。それは幼子が読むような絵本だったり、和綴じの童話だったりと様々だった。

「本はいいぞ。行けない場所へ連れて行ってくれたり、地球の裏側にいる人の話が聞けたりする。過去や未来の人にも会えるし、とんでもない冒険にも巡り合えるんだ」

土曜日の放課後、学校から帰ろうとする唐沢を、高田は廊下で呼び止め、決まって数冊の本を押し付けた。

高田が、なぜ自分にだけそんなことをするのか、当時の唐沢にはさっぱりわからなかった。幼くして亡くなった高田の弟と、自分が瓜二つだったと知ったのは、成人してからだ。生きる喜びや楽しさを知らずに夭折（ようせつ）した弟への、高田なりの供養だったのかもしれない。熱心に読書を勧める高田の顔を見ていると、強く拒むこともできず、唐沢はいつも重い本を抱えながら、家までの長い道のりを歩いた。

本にまったく興味がなかった唐沢が、本好きになったきっかけは、一冊の動物図鑑だった。

当時にしては珍しく、半分以上が色つきの本で、生き物の名称と簡単な説明とともに、細部まで綿密に描きこまれた絵図が載っていた。

もし、いま見たら、子供向けのわかりやすい簡易なイラストかもしれない。しかし、当時、教科書すらろくに開かず、本というものに触れてこなかった子供の目には、写真と見まごうばかりの詳密なものに映った。本のなかの色鮮やかな熱帯魚や、虹色のカミキリムシを、本当にこんなきれいな生き物がこの世にいるのだろうか、と思いながら眺めた。それが、唐沢が知らないことを知る楽しみを覚えたきっかけだった。

元来、ひとつのものに興味を持つと、まわりが見えなくなるほど夢中になる性格だ。知る喜びに目覚めた唐沢の、生き物からはじまった探求心は、やがて理科へ移り、その後、算術や国語などへと広がっていった。

高田は、唐沢が尋常小学校を卒業するのと時を同じくして、別な小学校へ移って行った。学校を去るときに唐沢は、知る楽しさを教えてくれた高田に礼を述べた。別れの涙をこらえながら項垂(うなだ)れる唐沢に、高田は、ひとつの願いを託した。

「もし、君が私に感謝しているのなら、その気持ちを、以前の君と同じように、知る楽しさを知らない子に教えてあげなさい。私も君と同じように、ある人から知る喜びを教えてもらった。そして、私は君に知る喜びを教えた。今度は、君の番だ」

高田はそう言うと、視線を春色まだ浅い空へ向けた。

「ものを知らないことほど、怖いものはない。無知は人に恐れを抱かせるか、恐れ知らずにさせるかのどちらかだ。正しい知識を持たなければ、正しい判断は下せない。我々はもっと多くのことを学ばなければいけない。そうしなければ、日本は駄目になってしまう」

まだ子供の唐沢には、高田の言葉の真の意味がわからなかった。だが、自分はもっといろいろなものを学び、知る楽しさを他の者に教えなければならない。そのことだけはわかった。

唐沢は高田との出会いにより、教師への道を決めた。

両親に、高等小学校を卒業したのち、ゆくゆくは東京の師範学校へ進学したい、と言うと、ふたりは大いに喜んだ。家督は嫁をもらった長男が継いでいて安泰だったし、なによりも、幼いころは利かん気が強かったやんちゃ坊主が、まともな仕事に就くということに、ほっとしたらしい。地元ではなく東京を選んだのは、高田への憧憬からだった。

ひとつだけ、心配なことがあった。進学費用だ。父親が役場に勤めているとはいえ、子供を六人も育てている家は裕福ではない。親に負担をかけたくない。しかし、教師の夢も諦められない。ふたつの思いの狭間で唐沢は悩んだ。

その苦しみから唐沢を救ってくれたのは、親族だった。進学費用を、親族が出し合って用意してくれたのだ。

東京に行く前の日、実家に集まってくれた親族に、唐沢は畳に額がつくほど頭を下げた。

叔父は唐沢に、頭をあげるよう促した。

「甥っ子が先生になるなんて、俺たちも誇らしい。立派な先生になって、日本をいい国にしてくれや」

別れの寂しさを消すかのように、叔母が大きな声で唐沢をからかった。

「東京には、可愛い子がたくさんいるっていうでしょう。女の子のお尻を追っかけて、勉強をおろそかにするんじゃないよ」

叔母の気遣いを、唐沢の姉が引き継いだ。

「あら、叔母さん。その心配はないわ。光ちゃんがいくら言い寄っても、こんな田舎者、袖にされるだけよ」

茶の間に笑いが起きる。笑いが収まると、父が神妙な顔でぽつりと言った。

「身体にだけは、気をつけろ」

父親は、普段から寡黙でろくに会話をした覚えもない。その父の、不器用な励ましに胸が熱くなった。

「期待に応えられるよう、頑張ります」

唐沢は声に力を込めてそう言うと、もう一度、みんなに向かって深々と頭を下げた。

唐沢は師範学校に進学すると、留年することなく五年で卒業し、教員免許状を取得した。はじめての赴任地は、いずれ終の棲家に選ぶことになる諏訪の小学校だった。県内の小学校を転勤して回り、二十七歳のときに、赴任先の小学校で事務員を務めていた妻の美子と知り合う。

日中戦争が勃発したのは、翌々年だ。教員だった唐沢は徴兵を免除されたが、いつ情勢がかわるかわからない。先の見えない不安な日々を送るなか、結婚を口にしたのは美子だった。

唐沢は悩んだ。もし自分に万が一のことがあったら、美子は寡婦になる。美子に淋しい思いをさせたくない。そういう唐沢に美子は、先が見えないときだから一緒になりたい、と答えた。喜びも哀しみもともにしたい、そう涙をこぼす。美子の涙に唐沢の迷いは消え、ふたりは夫婦になった。

唐沢も美子も子供を望んだが、結果として授からなかった。

湖のほうから聞こえてきた子供の歓声で、唐沢は我に返った。ハンドルを握り、車のエンジンをかける。

ふたりとも、子ができないことを悩んだ時期もあったが、いまでは夫婦ふたりの暮らしをよしとしている。ある時期を境に、自分が教えている生徒が子供の代わりなのかもしれない、と思うようになったからだ。それは、美子も同じだ。

今日のように、かつての教え子から声をかけられると、自分の考えは間違っていなかった、と思う。

——自分の人生、満更でもない。

唐沢はアクセルを踏みながら、心でつぶやいた。

諏訪市は湖と山に囲まれた土地だ。市内のほぼ中央を鉄道がとおり、地域は湖側と山側に分かれる。

湖側はホテルや飲食店が立ち並び、観光客で賑わっているが、住宅地である山側は、忘れ去られたようにひっそりとしている。

唐沢の自宅は、その住宅地のなかでも上のほうにあった。急勾配の坂を、車のエンジンを唸らせながらゆっくりと上っていく。

車がすれ違うのがやっとの細道をとおり、少し大きな道路に出てしばらく走ると、自宅が見えてくる。

唐沢は車を車庫に入れて運転席から降りると、トランクから釣りの道具を下ろした。

高台にある自宅からは、諏訪の街並みが一望できる。

いまでこそ慣れはしたが、諏訪に住居を構えた当初は、右に左に大きくうねる道路に苦戦し、難儀な場所に家を建てた、といささか後悔したこともある。しかし、いまはそのような悔いはまったくない。絶景を望めるこの場所に家を建ててよかった、とつくづく思う。

唐沢は玄関の引き戸を開けると、奥に向かって声をかけた。

「おい、帰ったぞ」

はあい、と答える声がして、奥の台所から美子が出てきた。濡れている手を、エプロンで拭いている。どうやら、洗い物をしていたようだ。

「誰か、来ていたのか」

唐沢は長靴を脱ぎながら訊ねた。まもなく昼だ。朝食の洗い物はすでに済んでいるはずだ。おそらく来客があり、使った湯呑でも洗っていたのだろう。

唐沢が上がり口に置いたクーラーボックスの蓋を開けながら、美子は答えた。

「庄司さんがいらしていたの。いましがた帰られたばかりよ」

庄司は近隣の住人で、長年、町内会の会長を務めている男だ。歳は唐沢と同じで五年前に妻を病で亡くしている。それを機に、市内で暮らしていた長男夫婦と同居したが、いざ生計を共にすると、細かい不満が出てくるらしい。ときどき唐沢の家に愚痴をこぼしにやってくる。

「口にしてもいいことなんかないし、なにより孫が可愛いからね。多少の文句は腹に収めているよ」

腹に収める――それが庄司の口癖だった。口では文句を言いながらも、息子夫婦や孫の話をするとき、庄司の目尻は大きく下がる。そんな庄司を見るたびに唐沢の胸には、忘れていた羨望が蘇ってくるのだった。

クーラーボックスを覗き込んだ美子が、わあ、と歓声をあげた。

「大漁ね。すごいわ」

まだ口をパクパクさせているワカサギを見ながら、美子が笑う。

唐沢は美子の笑顔に、ずっと支えられてきた。人生はいいときもあれば、悪いときもある。長い教員生活のなかで、自分自身の教師としての限界を感じ、職を辞する覚悟を決めたときもあった。そんなとき、美子の笑顔にどれほど励まされたことか。校長という役職で退職できたのも、いつも側に美子の笑顔があったからだ。照れが先に立ち口にこそ出せないが、人生を伴走してきてくれた美子に、心から感謝している。

唐沢はクーラーボックスを台所へ運び、食卓の椅子に腰をおろした。

「庄司さん、なんの用だったんだ」

美子は流しで、ワカサギをクーラーボックスから出しながら答えた。

「いつもの見回りよ。庄司さんには頭が下がるわ。これほど熱心な町内会長さんなんて、そうそういないんじゃないかしら」

庄司はほぼ毎日、町内の家を訪ね、困ったことや変わったことはないか、聞いて回っている。唐沢の家にも、週に一度の割合で顔を出していた。

美子は、ふふ、と笑うと、唐沢を振り返った。

「庄司さん、あなたがいなくて残念がっていたわよ」

庄司がなにを残念がっているか、唐沢はたちまち思い至った。

唐沢と庄司は歳も同じだが、趣味も同じだった。ふたりとも、大の将棋好きなのだ。

庄司は唐沢の家の見回りにくると、よほど急ぎの用がない限り、一局指していく。前回の勝負は唐沢が勝った。今日はその意趣返しをするつもりだったのだろう。

唐沢が将棋を覚えたのは、七歳のときだ。五つ上の兄から手ほどきを受けたが、いつもコテンパンに負けていた。

やがて兄は勉学で忙しくなり、将棋をしている暇がなくなった。身近な勝負相手を失った唐沢も、自然に将棋から離れていった。

唐沢が再び将棋に興味を覚えたのは、教師になってまもなくのころだった。当時、勤めていた小学校の用務員に、大の将棋好きがいた。佐々木という、そのとき二十代半ばだった唐沢と、親子ほど歳の離れた男だった。

佐々木は昼休みや当直など時間があるとき、唐沢をよく将棋に誘った。佐々木はかなりの将棋指しで、唐沢は手もなく捻られた。

なんとかして佐々木に一矢報いたい一心で、唐沢は将棋の本を何冊も読み、定跡や手筋を勉強した。その成果が出たのは、半年後だった。用務員室で唐沢と勝負していた佐々木が盤を見つめて、投了を告げた。

こりゃうっかりしたな、と独り言のように漏らす佐々木の顔には、悔しさが滲んでいた。将棋に勝つ喜びを、このとき唐沢ははじめて知った。

唐沢は別な小学校へ赴任しても、独学で将棋の勉強を続けた。将棋雑誌を毎号読み、手に入る将棋の本は、手当たりしだい買い漁った。

棋力はめきめきと上がり、詰将棋や「次の一手」の問題集を解く時間からして、いまでは三段クラスの実力があると、自分では認識している。

庄司も自称三段で、唐沢との棋力にほとんど差はなかった。いつも勝ったり負けたりだが、先日の勝負で唐沢の勝ち星が増えた。今日こそは打ち負かそうと、鼻息を荒くしてやってきたのだろうが、あいにく宿敵はワカサギ釣りに行って留守だった。庄司が肩を落として帰っていく姿が目に浮かび、笑いが込み上げてくる。

「そういえば」

ふたり分の茶を淹(い)れた美子が、唐沢の向かいに座り、訝(いぶか)しげな表情をした。

「庄司さんが、ちょっと気になることを言っていたわ」

冷えた手を湯呑で温めながら、唐沢は美子を見た。

「なんだ、それは」

「古紙の回収のことなんだけど」

唐沢が所属している町内会では、月に二回、古紙の回収を行っている。新聞や雑誌などを公園に集めて回収業者に渡し、売り上げを町内会費に充てているのだ。

「そこで、なにかあったのか」

訊ねると、美子は首を捻りながら説明した。

唐沢の家から出された雑誌類の結び目が緩くて、いつも結び直さなければいけない。手間を省くために、もう少し強く縛ってもらえるとありがたい、と庄司が言っていたという。

「そんなはずはないだろう」

唐沢は思わず声をあげた。唐沢はいままでに、なんども転勤で引っ越しをしている。荷造りは手慣れたもので、結び目が緩むような縛り方はしていない。

美子は困った顔で、唐沢に言い返した。

「それはわかってますよ。だから庄司さんに、本当にうちのものですか、って聞いたんだけど、何度も名前を確認しているから間違いないって」

回収に出す古紙には、地域の住人以外が出せないように、名前を記入する規則になっている。唐沢の家も規則に従い、名前を書いた札を毎回、出すものにつけている。

唐沢は腕を組むと、眉間に皺を寄せた。

「気持ちがいいもんじゃないな」

身に覚えのない指摘を受けたことも気に入らなかったが、なにより、町内会の人たちに自分たちが迷惑をかけていると思われていることが、腹立たしかった。

「次の回収日はいつだ」

唐沢の問いに、美子は壁に掛けてあるカレンダーを見た。

「今週の金曜日です」

今日は日曜日だから、五日後だ。

「その日、公園に行って様子を見てくる。このままでは、気持ちが悪い」

美子は肯いた。

「お願いします」

金曜日の朝、古紙を出した唐沢は、朝食をとるために一旦自宅へ戻り、再び公園へ出向いた。

自分が出した古紙の束を見た唐沢は、己の目を疑った。

庄司が言っていたとおり、自分の家の回収物の紐が緩んでいたのだ。

紐が解けないように、普段からしっかりと結ぶように心掛けていたが、今朝は特に注意した。多少、乱暴に扱われても緩まないよう、何度も結び目を確認した。その結び目が、唐沢が縛った形と違っていた。明らかに、何者かが縛り直したのだ。新たな縛り方は、ちょっと持ち上げると、紐の脇から新聞や雑誌が崩れ落ちてしまいそうなほど、緩かった。

いったい誰がなんの目的でこんなことをするのか。

怒りを抑えながら紐を結び直していた唐沢は、あることに気がついた。今朝方出した古紙の量が減っている。

唐沢はいつも、無駄をなくすために、結んだ紐をちょうどいい長さで切る。しかし、いま結び直した紐は、長さが明らかに余っているのだ。

誰かが中身を抜き出したのだ。

回収には、いらなくなったものを出している。いまさら取られても困りはしないが、自分の家から出たものを、知らない誰かが持ち去っているというのは、気味が悪い。

いったい、なにを抜き取ったのか。

一度縛り直した紐を解き、出したものを確認する。

上から順に確かめていった唐沢は、はっとした。

——将棋雑誌がない。

唐沢は、将棋に関する雑誌や本は、同じものを二冊購入していた。一冊は読むためで、もう一冊は保存しておくためだった。将棋本の収集は、唐沢の数少ない贅沢な趣味のひとつで、将棋の書籍専用の書棚には、実用書の類から、名駒が載っている美術書など、幅広い本が並んでいる。いらなくなった雑誌や戦術書を古紙の回収に出していたのだが、そのすべてが抜き取られていた。

唐沢は縛り直した古紙を睨みつけた。

おそらく、将棋に関心のある者が持ち帰ったのだろう。唐沢にすれば、もう読まない本を誰がどうしようと勝手だが、無断で持ち帰るのはマナーが悪すぎる。

欲しいなら譲ってやるが、盗人のような真似は二度とするなと、しっかり注意しなければならない。

唐沢は見えない犯人に対する腹立たしさを抱えながら、公園をあとにした。

次の回収日、唐沢は目覚ましのベルとともに起き上がると、手早く身支度を整えて玄関を出た。

早朝の冷気が、ジャンパーを通り越して皮膚を突き刺す。暦の上ではもう春だが、日本アルプスの麓に抱かれたこのあたりは、まだ冬の真っただ中だ。濡れた犬が水気を飛ばすように、唐沢は身を震わせた。

　唐沢は裏手にある倉庫へ向かうと、なかから紐で束ねた古新聞や不用な雑誌を運び出した。今日、古紙回収に出すためにまとめていたものだ。

　唐沢はいつも、朝の六時過ぎに回収品を公園へ持っていく。朝の六時に起床するのは現役時代からの習慣で、いまも変わっていない。回収品は季節に関係なく、朝の散歩がてら、起きてすぐ出すようにしている。

　業者が回収品を取りに来るのは、朝の九時前後だ。将棋の雑誌を抜き取っていく犯人は、唐沢が回収品を公園に出す六時過ぎから、回収トラックが来るまでのあいだにやってくる。

　回収品が集まりはじめるのは、七時を過ぎたあたりからだ。唐沢が出すのは早いほうで、たいがい一番乗りだった。先に出す家があっても一軒か二軒しかない。

　犯人がやってくるのはおそらく、七時までのあいだだと、唐沢は睨んでいた。それ以降は人目がある。

　回収品を出したら、公園の樹の陰に身を潜めていようと思った。雑誌を持ち去る犯人が現れたら取り押さえ、今後二度としないように説教をするつもりだった。

　唐沢は公園に着くと、両手にぶらさげてきた回収品を、入り口の側に置いた。唐沢が持ってきた古紙のほかは、同じ町内会の阿部という家が出した古紙がひとつ置かれているだけだった。

紐が緩んでいないことを確かめると、唐沢は公園の奥にある、大きい銀杏の樹の陰に身を潜めた。

そこで、犯人が現れるのを待つ。

この季節の諏訪は、朝の最低気温が氷点下になる。たった十分ほどだが、じっとしていると身体が芯から冷えてきた。

凍える指先を息で温めながら様子を見ていると、やがて道の奥から人が近づいてくる気配がした。

息を詰め、人影に目を凝らす。

子供だった。ひとりの少年が、こちらに向かって小走りに駆けてくる。低い背丈から、まだ小学校に上がったくらいに見える。

少年は重そうに、小脇になにかを抱えていた。不用な回収品を出しに来たのだろうか。

そう思った唐沢は、すぐに自分の考えが違っていることに気づいた。

少年が小脇に抱えていたのは、たくさんの新聞だった。二つ折りにした新聞の束を、紐でまとめてたすきに掛けている。少年は、新聞配達の途中だったのだ。

唐沢は樹の陰で、緊張の糸を緩めた。

少年が犯人であるはずがない。子供でも将棋を指す者はいる。しかし、唐沢が読んでいる将棋の雑誌は、大人用だった。解説も付録も、総じて中級者向けでレベルが高い。漢字もまだろくに読めない年齢の子が、理解できるものではない。

唐沢は大きく息を吐いた。

もうしばらく、寒い思いをしなければいけない。場合によっては、次もその次の回収日も、この樹の陰で犯人をじっと待つことになるかもしれない。

冬の早朝、悴（かじか）む手に息を吹き掛けながら、何時間も寒空の下に立っているのは辛いが、唐沢は犯人探しを止めるつもりはなかった。着せられた汚名を晴らすまでは、通い続ける覚悟でいた。

気を引き締め直し、唐沢が背筋を伸ばしたとき、新聞配達の少年が古紙の前で立ち止まった。人がいないことを確認するように、辺りをきょろきょろと窺う。

やがて少年は、その場にしゃがむと、足元にある回収品に手をかけた。唐沢が出したものだ。きつく結ばれている紐を、必死に解こうとしている。

唐沢は戸惑った。

まさか、あの幼い少年が、将棋雑誌を抜き出した犯人だというのか。それとも、たまたま回収品のなかに気になるものを見つけて、持って帰ろうとしているだけか。しかし唐沢が出した回収品には、漫画や童話、図鑑といった、子供が興味を抱きそうな本は一切なかった。

いずれにしても、確かめなければいけない。

唐沢は樹の陰から出て、少年に駆け寄った。

「君、ちょっと」

いきなり目の前に現れた男に、少年はひどく驚いた様子で地面から立ち上がった。唐沢に背を向けて走り出す。が、少年が逃げ出す前に、唐沢の手が少年の肩を摑んだ。

少年は唐沢の手から逃れようと、必死に身を捩る。

唐沢は穏やかな口調を意識しながら、少年を宥めた。

「待て待て。そう暴れるな。落ち着きなさい」

逃れられないと観念したのだろう。少年は抵抗するのを止めると、その場に項垂れた。

肩を摑んだまま、少年の前に回り込んだ唐沢ははっとした。

少年は胸に三冊の雑誌を抱えていた。すべて、唐沢が処分した将棋雑誌だった。

まさかこんな幼い子が持ち去っていたとは――

唐沢の頭に、ある想像が浮かんだ。親か大人の誰かが、少年に将棋の本を持ってこいと命じたのではないか。だとしたら、質が悪い。少年に盗人まがいのことをさせるなど、許せることではない。

唐沢は、少年と目線が合う高さまで腰を落とした。

「これ、どうするつもりだったんだい」

少年はなにも言わない。薄い唇をきつく嚙み、地面をじっと見つめている。

「将棋の本を抜き出したのは、今日がはじめてじゃないだろう。いままでに、何度も回収品から持ち出してるね」

やはり言葉を返さない。少年の沈黙が、そうだ、と認めている。

「この本は、君のような子供が読めるものじゃない。誰に持ってこいと言われたんだい」

少年は俯いたまま、しばらく動かなかった。が、唐沢が辛抱強く待っていると、かすかに首を横に振った。

違う、という意味だろうか。そうだとしたら――

唐沢は、まさか、と思いながら訊ねた。

「もしかして、君が読んでいるのかい」

少年は首を折るように肯く。

唐沢は驚いた。

唐沢は少年に興味が湧いた。

もし誰かに、回収品を持ち去るところを見つかったら、家や学校に連絡されて叱られる。その危険を冒してまでも、少年は将棋の雑誌が欲しかったのだ。それほど、将棋が好きなのだ。

すぐには信じられずもう一度訊いたが、少年は同じ動作をくり返す。

唐沢は少年の素性に関心を抱いた。

少年に訊ねる。

「新聞配達は、毎日しているのかい」

こくりと肯く。

「名前は」

今度は答えない。

「どこに住んでるの」

少年は唇を嚙み締め、項垂れたままだ。

唐沢は改めて少年を眺めた。

真冬だというのに、薄手のシャツに、寸足らずのズボンという粗末な身なりをしている。服の上からでも、貧弱な身体つきであることが見てとれた。

家が貧しく、小さいながら、新聞配達をして家計を助けているのだろうか。

年齢を訊こうとしたとき、少年の後ろから声がした。

「おはよう、唐沢さん。今日も早いね」

庄司だった。両手に、紐で束ねた古紙を持っている。回収品を出しに来たのだ。

返事をしようとしたとき、少年は唐沢に体当たりして駆け出した。

「おい、君！」

あっという間だった。少年は振り返らず、道の奥へ走り去った。

「あの子、誰だい。知り合いの子かね」

側にやってきた庄司が、唐沢に訊ねる。

どう答えようか迷っていると、庄司が足元を見て短い声をあげた。

「これ、唐沢さんのじゃないのかい」

地面に将棋の雑誌が、三冊落ちていた。少年が逃げるとき、投げ出していったのだ。

唐沢は地面に落ちている雑誌を拾うと、本についた土を手で払った。

「一度は処分しようと思ったけど、いざとなると惜しくなってね。ちょうど通りかかった彼に、取り出すのを手伝ってもらったんだ」

「そうか」

庄司は唐沢の言葉を信じたらしく、将棋の手合わせの日時に話題を移した。

「いつなら空いてるんだ？」

「来週ならいつでも」

そう唐沢が答えると、庄司は不敵な笑みを浮かべ、いつもの台詞を吐いた。

「覚悟しとけよ」

「そっちこそ」

ふたりは笑みを交わし、公園をあとにした。

唐沢はその日、枕もとで、少年のことを考えていた。そして、少年を捜し出すことに決めた。

もちろん、叱るためではない。回収品から将棋本を抜き出しているのが、幼い子供だとわかったときから、少年を責める気持ちは失せていた。逆に、なにも聞かずに持ち帰らせなかったことが、悔やまれた。粗末な身なりから、彼の家が豊かな暮らしをしているとは思えない。将棋雑誌をきつく胸に抱きしめていた少年の姿が、脳裏に焼き付いて離れなかった。

少年が小脇に抱えていた新聞は、長野新報だった。長野新報の販売店は、近隣にひとつしかない。明日、販売店を訪ねることにして、唐沢は眠りについた。

販売店は諏訪駅の裏通りにあった。店の前に、数台の自転車が置かれている。車を近くの駐車場に停め、販売店に向かった。入り口の引き戸を開けると、紙とインクの匂いがした。

「いらっしゃいませ」

唐沢が店に入ると、土間の長机で書きものをしていた男が、顔をあげた。丸縁の眼鏡を、鼻先にかけている。髪の白さと顔に刻まれた皺を見るかぎり、唐沢より年上だと思う。ここの店主らしい。

「お仕事中すみません。ちょっとお訊ねしたいことがあるのですが、いいでしょうか」

男は眼鏡の奥の小さな目を線のように細めて、人の好い笑みを漏らした。

「いいよ、仕事中じゃないから。新聞の販売所ってのは、朝刊を捌いてしまえば、夕刊まですることがない。いま、わしがしていたのは、これ」

男は長机の上に広げていた新聞を唐沢にかざすと、ある箇所を指差した。

詰将棋の問題だった。

「こいつを解くのが日課でね。で、訊きたいことって、なにかね」

唐沢は、昨日の少年のことを訊ねた。

「こちらで、新聞配達をしている少年はいませんか。おそらく、小学校低学年だと思います」

男が真顔になる。

「桂介のやつが、なにかしましたか」

断定的に名前を出すところをみると、この店で働いている子供はひとりしかいないのだろう。きっと、昨日の少年だ。この男が、少年の身内とも考えられる。

唐沢は用意してきた理由を述べた。

「先日、新聞配達をしている少年を見かけましてね。まだ小さいのに感心だなあと思いまして」

唐沢は、自分は元教師でこのあたりに住んでいるが、まだ現役のころの感覚が抜けなくて、勤勉な子供がいると褒めてあげたくなるのだ、と説明した。

「そういうことでしたか」

男はほっとしたように息を吐くと、自分が褒められたかのように、誇らしげな顔をした。

「あなたが、彼の身内ですか」

唐沢の問いに、男は手を横に振った。

「私はここの店主で、あの子は三か月前からうちで働いている子です。名前は上条桂介。諏訪市立南小学校の三年生です」

小学校三年生ということは九歳だ。桂介の貧弱な体つきから、まだ六、七歳かと思っていた。

「そこじゃあ寒いでしょう。こっちにどうぞ」

店主はストーブの前にある椅子を唐沢に勧めた。会釈して、店主の心遣いをありがたく受ける。

店主は顎に手を当てながら、遠くを見やった。

「あいつは真面目ないい子ですよ。朝早く起きて新聞配達をして、そのあと学校に行く。大人でもきつい仕事を、一日も休んだことがない。なかなかできることじゃありません」

「本当に、感心な子ですね」

唐沢は感じたままを口にした。他意がない振りを装い、肝心なことを訊ねる。

「桂介くんの家は、どんな家庭なんですか」

唐沢の問いに、男の顔が曇った。少し言い淀みながら答える。

「おたくさんが考えているものと、そう違わないと思いますよ」

話によると、店主が桂介の父親に会ったのは、息子を働かせてくれと頼みに来たときの一度だけだという。

「父親ってのが、見るからにうだつのあがらない男でね。痩せぎすで、声も小さくて、卑屈なくらいぺこぺこしてた。見ているこっちがみじめになるくらいだったよ」

そのとき桂介は、父親の隣でずっと俯いていたという。

「この仕事は朝早いし、体力も使う。こんな小さい子には無理じゃないかって言ったんだけど、父親は大丈夫だの一点張りでね。肯かないと帰らない様子だったし、こっちも人手不足だったし、試しに一週間やらせてみたんですよ。そうしたら、この子が意外に根性があってね。重い新聞の束を抱えて、歩きで必死に配るんだ。しんどくないわけがないのに、弱音ひとつ吐かない。食う金にも困ってるみたいだし、人助けになるならって雇ったんです」

「母親に会ったことはないんですか」

店主は首を振った。

「一度訊いたことがあるんですよ。おふくろさんは家にいるのかって。あいつ、いつも汚れた格好してるでしょう。いるんだったら、もう少し桂介をかまってやればいいのにと思ってさ。でもあいつ、なにも言わないんですよ。しつこく訊くと、やっとひと言だけ、いない、って答えてね。それが、家にいないのか、もうこの世にいないって意味なのかわかんないけど、そんときの桂介の辛そうな顔見たら、それ以上は訊けなくてね」

桂介の辛そうに俯く顔が目に浮かぶ。唐沢は、つい大きな声を出した。

「でも、父親はいるんでしょう。幼い息子に辛い思いをさせて、自分はなにをやっているんですか」

さあ、と店長は顔を顰めた。

「よく知らないが、家の金はほとんど酒に消えてると思うよ。父親の顔を見たときすぐわかった。肌は土色なのに、鼻先と頬だけは赤い。酒やけだよ」

店主は眼鏡を外すと、疲れ目をほぐすように、瞼を指で摘まんだ。

「なんにせよ、桂介が親からほったらかしにされてるのは確かですよ。不憫でしょうがないや」

店のなかに、重い空気が漂う。

奥から、あんた、と店主を呼ぶ女の声が聞こえた。どうやら細君らしい。

唐沢は礼を述べて新聞販売店を辞去すると、鉾内町へ向かった。そこには、教え子だった児島が経営しているスポーツ用品店がある。主に野球やサッカー、バスケットやテニスなど、学校の部活で使用する道具を取り扱っている店だ。

鉾内町は諏訪市の南に位置している町で、桂介が通っている諏訪市立南小学校の学区だ。記憶違いでなければ、児島の上の子が小学校三年生だったはずだ。児島はＰＴＡの役員をしている。もしかしたら、桂介のことを知っているかもしれない。

店に着くと、レジにいた若い女性の店員に声をかけた。

「社長さんはいるかい」

顔馴染みの店員は唐沢を見ると、ぱっと笑顔になった。

「先生、今日は何をお探しですか」

釣り道具を買うときは、児島の店と決めていた。唐沢は首を振った。

「今日は買い物じゃない。それに先生はやめてくれとなんども言ってるだろう」

店の者たちは社長に倣い、唐沢を先生と呼ぶ。店員は唐沢の頼みを聞き流し、レジの奥にある事務室を見た。

「いましがた、仕入れから戻ったところです。どうぞ」

店員のあとに続き事務室へ入ると、児島は驚いた顔で座っていたソファから立ち上がった。

ところだった」

「先生、来るなら前もって言ってくださいよ。もう少し時間がずれてたら、お待たせする

　唐沢は児島の向かいに座ると、手を横に振った。

「急に思い立ってなあ。それに、こっちは引退して時間を持て余している身だ。待つこと

なんてなんでもないよ」

「新しい釣り竿でも、調達しにいらしたんですか」

　唐沢は店員と同じことを訊く児島に苦笑しながら、いきなり本題を切り出した。

「お前んとこの上の子、いま三年生だったよなあ」

　子供の話が出るとは思わなかったのだろう。児島は驚いた様子だった。

「そうですが、信治がどうかしましたか」

「同じ学年に、上条桂介という児童がいるはずなんだが、知らないか」

　児島の表情に、困惑の色が混じった。が、すぐに肯く。

「桂介くんは、信治と同じクラスの子ですが、どうしてご存じなんですか」

　唐沢は新聞店の店主に言った理由と、同じ嘘をついた。

　話を聞き終えた児島は、腕を組むと眉間に皺を寄せた。

「桂介くんが、登校前に新聞配達をしているという話は、耳にしたことがあります。学生

の本分は学業です。まして、まだ彼は小さい。家の手伝い以外の仕事をさせるのは、あま

り好ましいとは思いません。しかし、だからといって、家の事情を考えると強くは言えないし、親が認めている以上、学校側に止める権利はありません」

「家の事情とは」

唐沢は促すように訊ねた。

「ひと言でいえば、かわいそうな子ですよ」

児島はやるせない息を吐き、桂介の家庭事情を話しはじめた。

桂介の父親の名前は庸一、母親は春子という。

児島が母親の春子とはじめて会ったのは、子供が小学校一年生のときに参加した、授業参観のときだった。教室の後ろで授業の様子を見ていたが、そのとき隣にいたのが春子だった。華やかな顔立ちではないが、造作が整い、気品を感じさせる女性だった。

児島は春子に関心を抱いた。

諏訪市はさほど大きな街ではない。市内にある小学校は四校だけだ。ひとつひとつの学区は狭く、新入生は学区のなかにある幼稚園や保育園から入学してくる児童がほとんどだ。児島の家は、祖父母の代から諏訪市が地元で、児島も大学時代を除けば、ずっと諏訪市で暮らしている。保護者も児童も、たいがいは顔見知りだ。その自分が知らないということは、おそらく春子は、最近、南小学校の学区にやってきたのだろう。知り合いがいなくて、心細いかもしれない。

そんな親切心と、新参者に対する好奇心から、授業が終わると児島は春子に声をかけた。

「失礼ですが、諏訪に新しく来られたんですか」

突然声をかけられた春子は、一瞬、怯えたような表情をしたが、すぐに取り繕うような笑みを浮かべて曖昧に答えた。

「ええ、まあ」

「お住まいは？」

「岬町です」

児島の胸に、好奇心がさらに募った。

岬町は学区のなかでも古くからある地区で、地元の者がほとんどだ。やはり春子たちは、余所からやってきたのだ。

「出身はどちらですか」

春子は、どうして自分が余所者だとわかったのか不思議でならない、といった顔で児島を見た。児島は理由を説明した。

「岬町は地元の住人が多いから、きっとほかから越してきたんだろうな、と思ったんですよ。別に身辺調査をしているわけじゃありません」

最後の言葉は冗談で言ったつもりだったが、春子には通じなかったらしく、顔を強張らせたままだった。

沈黙が気まずくなり、児島は話を変えようとした。そのとき、春子が小さな声で答えた。

「出身は島根です」

へえ、と児島は声をあげた。

大学時代の友人が島根出身で、何度か実家に遊びに行ったことがある。

児島は頬を緩めて言った。

「そうですか。島根ですか。あそこはいいところですね。友達が出雲（いずも）の出身なんです。上条さんは島根のどちらですか」

春子は急に、口に手を当てた。顔色がよくない。気分が悪そうだ。

児島は俯いた春子の顔を下から覗き込んだ。

「あの、大丈夫ですか。もし具合が悪いなら、保健室へ案内しますよ」

春子は首を横に振った。

「大丈夫です。なんでもありません」

額に汗が滲み、口元に当てている手が小さく震えている。とても大丈夫そうには見えない。

児島は保健室へ行くことを強く勧めた。しかし、春子は児島の勧めを頑（かたく）なに拒んだ。

「本当に、大丈夫ですから」

春子は顔を上げると、窓際の席で帰り支度をしている息子を呼んだ。

「桂介」

呼ばれた男児が振り返る。母親に似て、顔立ちが整っていた。身体の線が細いところも同じだ。

桂介と呼ばれた子供は、ランドセルを背負い母親のもとへやってきた。使い古されたランドセルだ。誰かのお下がりらしい。

「帰るわよ」

春子は児島に背を向け、この場を立ち去ろうとした。

児島は慌てて声をかけた。

「いまから、学級懇談会ですよ」

児島の声が聞こえているはずなのに、春子は桂介の手を引いて、教室を出ていった。

第三章

上りの上野行き特急かがやきが、大宮駅に到着する。土曜日の午後——途中駅で乗降
ドアが開くと同時に石破が降り、佐野はあとに続いた。土曜日の午後——途中駅で乗降
する人影はまばらだ。

ホームに立った石破は伸びをすると、咥えていた爪楊枝をゴミ箱に放り込んだ。

「いやあ、やっぱり富山のますのすしはいつ食っても美味いな。おれは北陸で駅弁買うなら、これと決めてるんだ」

ならば、自分にわざわざ行先の名物弁当を調べさせる必要はなかっただろう、と佐野は心のなかで不満を言った。

昨日もそうだった。

鎌倉にある矢萩の自宅を訪ねた翌日、石破と佐野は、京都の嵐山へ向かった。天木山山

中から発見された身元不明の遺体とともに見つかった駒と、同じものを所有している老舗料亭「梅ノ香」を訪ねたのだ。

鎌倉から捜査本部のある大宮北署へ戻ると、佐野は天童市将棋資料館と御蔵島美術館以外が所有しているとみられる、五つの駒の所有者に連絡をとった。所属を告げ、いま手元に菊水月作の駒があるか、と訊ねると、三軒から、ある、との答えが返ってきた。京都の梅ノ香、富山の収集家の仙田剛太郎、東京にある囲碁・将棋専門店「吉田碁盤店」の三軒だった。いずれも購入した本人や店の先代は他界していたが、身内や関係者がそれぞれ大切に保管しているという。

結果を伝えると、石破は三軒すべてに足を運び、本当に所有しているか確かめる、と宣言した。そのとき再度、訪問地の名物である駅弁を調べておけと、念を押されたのだ。

忙しい仕事の合間に、ご当地名物の駅弁をいくつか調べ、いざ、京都へ向かおうと新幹線のホームに上がった途端、石破はキヨスクの弁当屋で迷わず穴子飯を購入した。

名古屋の味噌カツ弁当やひつまぶし、近江牛のメンチカツ弁当など、メモしておいた名物弁当は、一瞬で車中の泡と消えた。

自分の調べが――しかも捜査とはまったく無関係な調べが、徒労に終わり、さすがに理不尽な思いが込み上げてくる。

職務規則に忠実に従うならば、捜査以外のことで、上司からの命令を聞く必要は必ずしもない。しかし、警察組織も一般の会社と同じで、上司を無下に扱うことは、覚えに響く。たとえ意味のない指示であっても、部下としては従わざるを得ない。

付き合いが長く、気心が知れている仲ならば、やんわりと不満を口にしても許されるだろう。しかし、石破と佐野はつい三日前に上司と部下の関係になったばかりだ。加えて石破は、理解ある上司にはほど遠く、捜査能力に長けてはいても、基本的に身勝手な気分屋だ。逆らう素振りでも見せようものなら、怒り出すに決まっている。

刑事になってはじめての捜査本部入りが、こんな上司と組まされるとは、ついていない。

佐野は心のなかで、盛大に溜め息を吐き出すと、石破のあとを追った。

改札を出てタクシーに乗ると、佐野は運転手に行先を告げた。

「埼玉中央日報まで」

タクシーが走り出す。

石破はぼんやりと前を見ながら、つぶやくように訊ねた。

「今日、調べた仙田の駒は、間違いなく本物なんだな」

石破の言う本物とは、遺体とともに発見された菊水月作の駒と同じという意味だ。

「はい。多少、年数が経って色合いの違いはありましたが、自分が見たかぎり、間違いありません。念のため、署に戻ったら矢萩さんの記録をコピーしたものと、今回撮ってきた写真を照合します」

石破と佐野は、昨日から今日にかけてふたつの駒を確認した。料亭「梅ノ香」と、富山の収集家、仙田剛太郎が所有しているものだ。ふたつとも、菊水月作のものに間違いはなかった。梅ノ香の駒は、先代が購入したときから鍵付きの頑丈なガラスケースに入れて、店のロビーに展示されていた。時折、店を継いだ息子が、手入れをしているという。

仙田の駒も、仙田剛太郎が十年前に他界し、いまは家督を継いだ娘婿が所有していた。娘婿は将棋に興味はないものの、高価な駒であるということと、義父の形見であるという理由から、大切に保管していた。

行方を捜している五つの駒のうち、ふたつまでは調べがついた。まだこの目で見てはいないが、東京の吉田碁盤店にある駒も、菊水月作のものだと佐野は確信している。電話で駒について訊ねたところ、店主は自信を持って、店にある、と答えた。プロの目利きが言うのだ。間違いないはずだ。

残るふたつの駒は、宮城と広島の将棋専門店が所有していることになっているが、まだ連絡がついていなかった。すぐにでも確認したかったが、今日の朝、富山の仙田の家を訪問して、大宮に戻ってきたのは午後の三時近くだった。今日はもはや、遠隔地を訪ねるのは無理だと判断し、宮城と広島を訪ねるのは明日以降にした。

そうと決めたはいいが、夜の捜査会議までまだ時間はある。その空いた時間で、将棋界に詳しい人物をあたることにした。

佐野が思いついた人物は、徳田洋平だった。

徳田は地元紙の観戦記者で、この道三十年のベテランだ。現在は県のアマチュア棋戦を担当している。以前は全国紙の日本公論新聞社で文化部に勤めていたが、五年前に上司と喧嘩をして退職し、地元の埼玉中央日報に移った。

棋力はアマチュア四段。将棋雑誌に別のペンネームでエッセイを書いている随筆家でもある。観戦記者のなかでも、文筆家として一目置かれている人物だ。

まもなく定年を迎える年齢だと記憶しているが、嘱託社員として今後も在籍する予定だと耳にした覚えがある。それほど、埼玉中央日報は徳田の人脈と筆の上手さを認めているということだ。

徳田とは、奨励会時代に知り合い、よく飯を奢ってもらった。徳田は若い者の面倒見がよかったが、佐野は特に可愛がってもらった。理由を訊ねると徳田は、先行投資だ、と笑いながら言った。

「お前が名人になったら、何倍にもして返してもらう」

佐野の才能を認めたというより、おそらく同郷のよしみだったのだろう。徳田は佐野と同じ、川越の出身だった。

佐野が奨励会を去るときは、ふらりと東京の将棋会館にやってきて、居酒屋へ連れて行ってくれた。プロになれなかった悔しさと自分自身への不甲斐なさに口を利けずにいる佐野に、一晩中、黙って酒を注いでくれた。警察官になったことを唯一、報告した将棋関係者だ。

徳田とは、もう二年も会っていない。だが、富山からの帰りの車中で、天木山で発見された身元不明者死体遺棄事件について話を聞きたい、と電話を入れたところ、奨励会時代と変わらない気さくさで快諾してくれた。


埼玉中央日報は大宮駅から車で五分ほどの大通りにあった。自社ビルの一階で受付を通し、五階にある文化部の応接室で石破と待っていると、ほどなく徳田がやってきた。

「おう、直。元気そうだな」

二年ぶりに会う徳田は、多少、恰幅がよくなっている以外は、なにも変わっていなかった。無精ひげも、耳に煙草を一本挟んでいる習慣も同じだ。

徳田はテーブルを挟んで、向かいのソファに腰を下ろすと、下から見上げるように石破を見た。

「この人が、直の上司か」

石破は矢萩に会ったときと同じ、人の好さそうな笑顔を作った。

「埼玉県警捜査一課の石破剛志です。このたびは捜査へのご協力、感謝します」

徳田は値踏みするような目つきで、石破を上から下まで眺めると、ソファの背にもたれて鼻を鳴らした。

「やっぱり刑事だな。精一杯愛想よくしてみせたところで、一般の勤め人とは目つきが違う。棋士に喩えるなら、盤上の大沼省吾ってとこか」

大沼七段は売り出し中の若手で、いつも、少年のような笑みを湛える温和な棋士だ。が、いったん将棋盤の前に座ると、口角を上げたまま、上空から獲物を見つめる鷹のような目つきになることで有名だった。言われてみれば、石破の笑わない目は、大沼の戦闘態勢の目に似ている。

石破には意味がわからないのだろう。佐野に皮肉めいた口調で聞いた。

「いまのは、褒め言葉と受け取っていいのか。それとも、逆か」

どう答えようか迷っていると、徳田が口を挟んだ。

「逆って言ったらどうする」

小馬鹿にするような口調だった。徳田は、初対面の人間に対して斜に構えるところがある。根は人情味があるのに、常に偽悪家ぶるのが悪い癖だった。こういうところが、上司に嫌われた原因だろう。

「待ってください、徳田さん」

佐野はふたりのあいだに割って入った。

それを、徳田が目で制す。

「協力ってのは、信頼関係の上に成り立つんだぜ。こいつの目つきからは、信頼の二文字は感じられない。自分たちはいっさい情報を入れず、欲しい情報だけふんだくっていく――そんなところだろう」

佐野は石破のかわりに、頭を下げた。

「すいません。自分たちはなにも、強制的に情報を求めているわけではありません。ご迷惑なら出直してきます」

徳田がここまで喧嘩腰になっている姿を見るのは、はじめてだった。いつにない険しい顔に、佐野は奨励会退会後、一度だけ徳田に連絡をとったときのことを思い出した。

警察官になるための地方公務員試験に合格した日のことだ。

その日、佐野は徳田に電話をかけた。奨励会を去ったあとの自分の身を、徳田が案じているのがわかっていたからだ。今後の生活の道筋ができたことを伝えれば安心するだろうと思ってのことだったが、報告に対する徳田の返事は、意外なものだった。

佐野が合格の報告をすると、徳田は少しの間のあと、因果な道を選んだな、と沈んだ声でつぶやいた。

よかったな、とか、頑張れよ、といった類の言葉が返ってくるものと思っていた佐野は戸惑った。何か言おうとしたが、電話はすぐに切れた。そのときのことはいままで忘れていたが、石破に対するいまの態度を見ていると、徳田は警察関係者を快く思っていないのではないかと思う。

徳田は相手の出方を探るように、腕を組み石破をじっと睨んでいる。

石破は肩の凝りをほぐすように首をぐるりと回すと、徳田と同じ姿勢をとった。

「この仕事は、昔から四Kと呼ばれてな。絡まれ、嫌われ、煙たがられる」

「もうひとつのKはなんだ」

徳田が訊ねる。

石破は肩を竦めた。

「上から、こき使われる」

はっ、と徳田は息を吐くように笑った。

「だから、俺からいくら嫌味を言われても、あんたは顔色ひとつ変えないのか」

石破は肯いた。

「俺の仕事は、事件を解決することだ。人に好かれようが嫌われようが、関係ない」

ふたりの睨み合いが続く。

先に力を抜いたのは、徳田だった。表情を緩め、無精ひげを撫でる。

「なりふり構わず、勝負に勝ちに行くやつは嫌いじゃない。それで——」

そう言って、徳田は石破に向けていた視線を佐野に移した。

「俺になにを訊きに来たんだ」

　佐野は事件の概要を説明した。

「電話でお伝えしたとおり、十日ほど前に天木山から身元不明の遺体が発見されたことはご存じですよね」

　徳田は肯く。

「新聞にでかでかと載っていたからな。先に言っとくが、俺は誰も殺しちゃいねえぞ」

　徳田の冗談を受け流し、佐野は来訪の目的を伝えた。

「実は、これは事件関係者しか知らない重要情報として表に出していないのですが、遺体とともにひと組の駒が発見されたんです」

「将棋の駒？」

　徳田が片眉をあげる。佐野は言葉を続けた。

「発見された駒が、死亡した人物が所持していたものなのか、それとも遺体を遺棄した人物が置いていったものなのかは、まだわかりません。ただ、その駒が非常に高価なものであることから、警察はこの事件に、将棋にかなり関心があった人物が絡んでいる可能性が高いと考えています。そこで、プロ、アマ含めて将棋界に詳しい徳田さんに、将棋関係者でなにかしら事件に関係しそうな人物を知らないか、聞きに来たんです」

　腕を組んで説明を聞いていた徳田は、鋭い目で佐野を見据えた。

「その、高価な駒ってのはどんなものだ」

佐野は石破を目の端で見ると、駒の詳細な情報まで流していいものか、と目で訊ねた。

石破が肯く。

佐野は視線を徳田に戻すと、言葉を区切るように、ゆっくりと答えた。

「初代菊水月作、錦旗島黄楊根杢盛り上げ駒です」

徳田の顔に、明らかに動揺が走った。

「おいおい、ここはテレビの鑑定番組じゃないんだぞ。俺はこう見えても忙しいんだ。面白半分でからかいにやってきたのなら、帰ってくれ」

「からかってなんか——」

言い返そうとしたとき、横から石破が手で制した。恐ろしい目で、徳田を睨む。

「観戦記者がどれほど忙しいかは知らんが、こっちは事件を追ってるんだ。面白半分で、こんな口も身なりも薄汚ねえオヤジんとこに、時間割いて来るかよ」

「なんだと」

罵られて頭に血がのぼったのだろう。

佐野は必死に、徳田の怒りを収めた。

「駒の話は本当です。石破さんと俺は、徳田さんの力を借りたい一心でやってきたんです。どうか落ち着いてください」

昔、可愛がっていた年下の青年から諭されて、大人げないと思ったのだろう。徳田はばつが悪そうに頭を搔くと、ソファに深く座り、大股で足を組んだ。天井を見上げて、独り言のようにつぶやく。

「菊水月作、錦旗島黄楊根杢盛り上げ駒か。とんでもないお宝が曰くのおまけつきで見つかったな」

佐野は、捜している五つの駒のうち、ふたつは間違いなく初代菊水月作のものである確認がとれていることを伝えた。もうひと組もおそらくは初代菊水月作のものであろうことも加える。

「まだ所在の確認ができていない残りふたつの駒の行方を追うことが、事件解決への糸口になるかもしれないんです」

佐野は徳田のほうへ身を乗り出した。

「どんな些細なことでもいいんです。事件に結び付きそうな情報をお持ちじゃありませんか」

徳田は太い眉を顔の中心に寄せて、うーん、と唸った。

「発見された遺体ってのは、三年くらい前に埋められたんだろう」

徳田が、事件に関する情報を再確認する。

佐野は、はい、と答えた。

「正確な日時はわかりませんが、鑑定の結果、死後三年程度が経過しているとのことです」

徳田は困った顔をした。

「たしかに俺はこの仕事を長くやってる。だが、プロはともかく、アマは余程の著名人でもない限り名前すらわからん。ましてや今回、発見された仏さんは、三年も土のなかに埋まってたんだろ」

徳田が言うには、日本公論新聞社時代は、会社がタイトル戦を主催していることもあり、取材費がそれなりに出た。タイトル戦を追っかけて全国を飛び回ったり、将来有望な奨励会員の実戦を見に、将棋会館へ足繁く通ってもいた。しかし、埼玉中央日報に来てからは、予算も格段に少なく、取材も県内のアマチュア棋士たちに限られる。筆名で書いている将棋雑誌のコラムの取材費は、出版社からは出ない。すべて自腹だ。自分の懐にも限界があるため、取材も限られたものになるという。

「事件が起きたと思われる三年前には、もうこっちに移ってる。昔といまじゃあ、入ってくる情報量がまったく違う。いまの俺が持ってる情報なんざ、微々たるものさ。悪いが役には立てねえよ」

自虐的に笑う徳田に、石破は巻き舌口調で言い返した。

「あんたが言う微々たる情報ってやつが、役に立つか立たねえかは、俺たち警察が判断する。勝手に決めつけるんじゃねえ」

一度は下がった徳田の目尻が、再び吊り上がる。

どうやらこのふたりは、反りが合わないらしい。口と態度が悪いところも、独断的なところも、瓜二つであるにもかかわらず、だ。無意識のうちに、互いに近親憎悪を抱いているのかもしれない。

佐野は再度、ふたりのあいだに割って入った。

「石破さんが言いたいのは、徳田さんは自分で気づいていないだけで、もしかしたら重要な情報を持っているかもしれないという意味ですよ」

自分が潤滑油となり、ふたりの摩擦を抑えなければ話は進まない。

懸命に仲を取り持とうとする佐野を不憫と思ったのか、徳田はしぶしぶながらも、自分の考えを述べた。

「俺が思うに、発見された遺体はプロ棋士じゃあないと思う。少なくとも、現役ではない。プロ棋士は全員、日本将棋連盟に加入している。対局の通知や総会の連絡など、事務局は年に何度も本人とコンタクトを取っている。連絡が取れなければ、身内や関係者に所在を訊ねるだろう。将棋界は狭い。もし、連盟の会員であるプロ棋士が行方知れずになっているとなれば、話はすぐに関係者に広まる。いくら俺が地方紙の一観戦記者だとしても、耳に入ってこないはずはない」

もっともだと思ったのだろう。石破は肯くと、徳田の情報に自分の推論を重ねた。

「遺体がプロ棋士じゃないとすると、アマチュアの可能性が高いということか」

徳田は石破の推論を、やんわりと否定した。

「それもどうかな」

石破が訊ねる。

「そう思う理由は」

「遺体と一緒に発見された将棋の駒だ」

発見された将棋の駒は、名工中の名工と呼ばれる初代菊水月の作品だ。駒の価値も高いが、それ以上に駒が持っている歴史は重い。名画をはじめ歴史的に価値ある美術品の多くは、有名な美術館や名家と呼ばれる資産家が所有している。駒も同じだ。歴史的価値が高いものは、作品が持つ重さを受け止めるに相応しい人間、もしくは場所が保存している、と徳田は言う。

「菊水月作の駒とともに葬られる人間が、ただの将棋好きでは釣り合いが取れない、ということか」

独り言のようにそうつぶやいた石破は、横にいる佐野を見た。

「お前はどう思う」

佐野は徳田の推論に同意した。

「自分も徳田さんと同じ考えです。もし、例の駒を埋葬品と考えるなら、共に葬られるに値する者は、名人をはじめとするタイトル保持者クラスでしょう」

「だが、そのタイトル保持者ってのは、みんなプロ棋士なんだろう。こいつは、遺体はプロ棋士じゃあない、と言ってるじゃねえか」

　こいつという侮蔑を含む呼び方をされた徳田は、むっとした表情をした。また、ふたりのつまらない言い争いがはじまってはたまらない。佐野は急いで言葉を継いだ。

「そうです。遺体がプロ棋士である可能性はないに等しい。普通のアマチュア棋士である可能性も、限りなく低い。もしあるとすれば、なにかしらの因縁が付随している場合でしょう」

「因縁？」

　石破が怒ったような顔で繰り返す。石破が本気で怒るときは、訊ねるような言い方はせず、いきなり怒鳴り出す。不機嫌そうに聞き返すのは、話に関心を持ったときだ。

　佐野は、はい、と答えた。

「因縁といっても、恨みつらみのようなものではなく、相手を弔うというか敬うというか……喩えるなら形見のような……」

　上手く言葉にできず、尻すぼみになる。このまま下手な説明を続けていいものかどうか迷う。

「続けろ」

石破はぶっきらぼうに命じる。

佐野は考えながら、言葉を続けた。

「今回、発見された遺体が、どのような経緯で死亡したのかは、まだわかりません。仮に殺人事件だったとしても、犯人と遺体を埋めた人物が同じなのか、別なのかも不明です。死体遺棄にしても同様で、単独犯なのか複数犯なのか、駒との関係性を含めてまったくの謎です。しかし、自分が思うに、事件に関わっている人間——少なくとも、遺体と遺体を遺棄した人間のあいだに、怨恨や憎悪があるとは思えません。恨みを持っている人間と一緒に、高価な銘駒を埋葬するでしょうか。自分なら、そのようなことはしません」

佐野が話し終えると、石破は重い息を吐いた。

「お前の推論が正しければ、捜査は難航するな」

「どうしてだ」

今度は徳田が、石破に訊ねる。

石破は首を傾げるようにしながら、斜に徳田を見た。

「事件は、遺恨の線が強いほうが捜査しやすいんだ。人間ってのは、どんなに善人に見えるやつでも、人の恨みは買っている。関係者をちょいと突つけば、大なり小なり恨み節は聞こえてくる。逆に、いい話ってのはあまり耳に入ってこない」

「ほう」

先を促すように、徳田が顎に手を当てた。観戦記者とはいえ、根は新聞記者なのだろう。好奇心に駆られているようだ。

石破は達観した口調で答えた。

「人間は、相手を貶したくて仕方がない生き物さ。口ではよく言っても、内心は違う。大半はおべんちゃらや世辞で、本音はなかなか見せない。人が本心から恩義を感じるときってのは、たいがい人に言えない話が絡んでるもんだ。なにかしらの悪事を見逃してもらったとか、苦境に立っているときに救ってもらったとかな。人に知られたくない過去を、自ら口にするやつはいない。今回の事件に恩情が絡んでるとしたら、情報入手は困難になる。俺が、捜査は難航すると言ったのは、そういう意味だ」

石破の話をじっと聞いていた徳田は、テーブルの上にあったガラスの灰皿を、石破のほうへ滑らせた。

「吸うんだろ」

徳田が石破の胸元を、顎で指す。石破のワイシャツの胸ポケットは、煙草の箱の形にふくらんでいた。

ニコチンが切れかかっていたのだろう。石破はすぐさま、胸ポケットの煙草を取り出した。

徳田も耳に挟んでいた煙草を手にする。火をつけると、煙を盛大に天井に向かって吐き出しながら、遠くを見やった。

「そういう意味じゃあ、将棋の世界は遺恨の塊だなあ」

「そうなのか」

石破が意外そうに、徳田に訊ねる。

プロ棋士の育成機関である奨励会の内幕など、石破は知る由もないだろう。

徳田は手を伸ばし、煙草の灰を灰皿へ落とした。

「遺恨なんてひと言で片づけられる世界じゃない。妬み、嫉み、怒り、プライド、強烈な劣等感、人生の崖から落下するかもしれない恐怖が、ドロドロに煮詰まっているところだ」

石破はなにか考えるように、徳田をじっと見ていたが、佐野に目を向けると半ば本気の口調で感心してみせた。

「お前、よくそんな恐ろしいとこにいたな」

「いえ、そんな――」

そんな恐ろしい場所ではありません。反射的に否定しようとした。しかし、そんな――から先が、口から出てこなかった。

言葉を途中で切ったまま黙り込んでいる佐野を、石破と徳田が見ている。なにか言わなければと思うが、声が出てこない。

やがて、石破は煙草を灰皿で揉み消すと、ソファから立ち上がり徳田に言った。

「今日のところはなんの収穫もなさそうだ。これで引き上げる。なにか思い出したら、俺かこいつへ連絡をくれ。県警に電話すれば、すぐに連絡がつくよう手配しておく」

部屋を出て降下待ちのエレベーターの前まで来ると、徳田は佐野の肩を二回叩いた。

「近いうちに、一杯やろうや」

徳田の変わっていない昔の癖に、佐野の胸が熱くなった。奨励会時代も、食事や酒に誘うとき、徳田はいつも佐野の肩を二回叩いた。

「そんときは、あんたも来い」

徳田は乱暴な言い方で、石破も誘った。

「直とふたりで飲んだあと、事件の新情報がうちの紙面に載ったら、部下から情報を引き出して外部に漏らしたとか、捜査妨害だとか、あんたら警察に難癖をつけられかねない。そうなりゃあ、社に迷惑がかかる。だから、俺がそんなことをしていないという証人として同席しろ」

徳田の不器用な誘いを、石破はやはり不器用な言い方で受けた。

「いい心がけだ。俺は昔から、新聞記者(ブンヤ)を信用してねえ。うちの坊主が取って食われねえように、監視しとかねえとな」

本気で言っているのか、照れ隠しで言っているのかはわからない。似た者同士のやり取りだった。

このふたりは、飲めば案外、気が合うかもしれない——

そう思ったとき、エレベーターの扉が開いた。

「それが、桂介くんのお母さんと話した、最初で最後です」

事務室のソファのうえで、児島は遠くを見やりながらつぶやいた。

最後という言葉に、さきほど辞去した新聞販売店での話が重なる。

唐沢は児島に訊ねた。

「桂介くんは、自分が働いている新聞販売店の店主に、母親はいない、と言ったらしいが、どういう意味なんだ」

児島は一瞬、言葉に詰まったあと、ぽつりと答えた。

「亡くなったんです」

桂介が言った、いない、という意味は、この世にいないという意味だったのか。

「いつ」

唐沢は被せるように問う。

「いまから、一年ほど前です。桂介くんが二年生の冬に亡くなったんです」

児島の話によると、母親の春子は桂介が小学校に入学してはじめての授業参観に来て以来、一度も学校行事に参加したことはなかった。表向きの理由は、所用で時間がとれない、というものだったが、周りから聞こえてくる話によると、体調が思わしくなかったらしい。

「どこが悪かったんだね」

唐沢が訊ねると、児島は右手の親指で自分の胸を突ついた。

「身体ではありません。心のほうです」

精神を病んでいた春子の姿は、多くの者が目にしていた。青白い顔で髪に櫛(くし)も入れず、頼りなげな足取りでうろついている。心配になり声をかけても、心ここにあらず、といった様子で、曖昧な返事をするだけだったという。

ふらふらと町を彷徨(さまよ)う春子を見かけた者は、ひとりやふたりではなかった。何人もの学校関係者が目にしていて、ＰＴＡの集まりがあると、決まって春子の話が出た。

児島が、一年生の授業参観以来、はじめて春子を見かけたのは、息子の信治が二年生になった夏だった。息子にねだられて、日用品店へ虫取り網と虫かごを買いに出かけたときだ。

息子とふたりで、歩いて日用品店へ向かっていたとき、車道を挟んだ向かいの歩道に春子がいた。炎天下を、どこか目的地に向かうというより、ただぼんやりと歩いているという感じだ。

歩道の向こうから歩いてくる春子の顔を見た児島の背に、冷たいものが走った。

春子には、生気がなかった。顔は青白く、目は焦点を結んでいない。アスファルトから立ち上る熱気を帯びた陽炎（かげろう）のせいか、春子の輪郭はぼんやりとして、この世のものとは思えなかった。

「いま思うと、あのときの春子さんの表情を、死相と呼ぶのかもしれませんね。それから半年後に、春子さんは亡くなりました」

児島が一報に接したのは、ちょうど店の事務所で昼食を摂り終えたときだった。妻から、学校から電話が入っている、と言われて電話を替わった。かけてきたのは、担任の松本朝子（まつもとあさこ）だった。

「上条桂介くんのお母さんが、亡くなられました」

心は病んでいるが、身体を悪くしていたという話は耳にしていない。急な訃報に、児島は驚いた。

「いつ、どうしてですか」

松本の答えは曖昧なものだった。今朝方、布団のなかでじっと固まったまま動かない春子を家の者が見つけて、すぐさま病院へ運んだがすでに事切れていた、という。

「脳溢血とか急性心不全といった類でしょうか。まだ、お若いのに――」

松本は声を詰まらせた。

児島の脳裏に、自死、という言葉が浮かんだ。ただの憶測だ。だが、児島には確信にも似た記憶があった。

半年前の夏に歩道で見かけた、春子の姿だ。白いワンピースの裾を揺らしながら幽鬼のように道を歩く彼女を思い出すと、春子が早くにこの世を去ることは、もうずっと前から決まっていたことのように思えてならなかった。あのころすでに、半ば死んでいたのではないか、とさえ思う。

松本の話によると、春子の葬儀は身内だけで済ませるとのことだった。桂介の父親が電話でそう言ってきたという。

「そのことなんですが……」

松本は言い辛そうに、電話をかけてきた用件を切り出した。

「身内で葬儀を行うと言っているところに押しかけるわけにはいきませんし……かといって児童の親が亡くなったのに、学校としてはなにもしないわけにもいきません。こちらとしては香典だけは包もうと思うのですが、その御香料をＰＴＡ会費の弔慰金から出すのがよろしいかと思うのですが、いかがでしょう」

児島は二学年のＰＴＡ学年委員長をしている。学校側としては、児童の保護者から集めたＰＴＡ会費を、二学年の保護者代表である児島の承諾なしには持ち出せないのだ。

ＰＴＡ規則に、会員の葬儀が行われる場合、香料五千円と役員の参列が明記されている。今回は親族のみの葬儀とのことだから、役員の参列はできないにせよ、香典を包むのは当然のことだ。

「もちろんです。御香料はＰＴＡ会費から出してください」

相談の結果、香典は学年主任の松本と、ＰＴＡ学年委員長の児島が持っていくことにした。

葬儀は、訃報を受けた三日後だった。

その日、児島は松本の業務が終わるのを待ち、ふたりで桂介の自宅へ向かった。

桂介の家は、大通りからかなり奥まった細い道のどん詰まりにあった。平屋の木造家屋でかなり古びている。敷地も狭く、両側の家のあいだにできた隙間に建てたような狭小住宅だった。聞くところによると持ち家ではなく、借家らしい。

玄関の曇りガラスから、明かりが漏れている。なかに人はいるようだ。

松本が手の甲で、玄関を叩いた。

「ごめんください。桂介くんの担任の松本です」
二、三回叩いたとき、奥から人の出てくる気配がした。引き戸が軋（きし）みながら、ゆっくりと開く。

狭い玄関の三和土（たたき）に、桂介が立っていた。黒いセーターに黒いズボンをはいている。家のなかから、線香の匂いがした。

松本は腰をかがめて、桂介と目線を合わせた。

「上条くん。大丈夫？」

心底、心配している口調だった。

精神面から体調まで含めて松本は訊ねたのだろうが、まだ幼い児童にその意味がわかるはずもなく、桂介は俯いたままなにも答えなかった。無言で三和土に立ち尽くしている。

見かねた児島が、言葉を添えた。

「お父さん、いるかな」

桂介は後ろを振り返ると、玄関からすぐのところにある障子を見つめた。障子は外の者を拒むように閉じられている。この奥が居間のようだ。

「あがっても、いいかな」

児島が訊ねると、桂介はこくりと肯き障子を開けた。

部屋にあがった児島は、なかの様子に息を呑んだ。六畳の茶の間は、脱ぎ散らかした衣類や、ゴミが散乱していた。丸いちゃぶ台の上には、汚れたコップや皿がそのままになっている。

茶の間の隣に、続きの和室があった。部屋の奥に板でこしらえた小さな祭壇があり、そこに春子の遺影が飾られていた。遺影の横には、白い風呂敷に包まれた遺骨が置かれている。

　祭壇の前に、男が寝ていた。軽い鼾をかいている。男の側に、空になった一升瓶が二本転がっていた。

「お父さん、先生が来てくれたよ」

　桂介が酔いつぶれて寝ている父親を起こす。かなり酔っているらしく、父親が起きる様子はない。

「お父さん、お父さんってば」

　桂介が必死に、父親の身体を揺する。

　父親は、うーん、と唸ると、桂介の手を邪険に払い除け、背を向けた。

　突然妻を喪い、呑まずにはいられないのだろう。気持ちはわからなくもない。

　児島はなおも父親を起こそうとする桂介をとめた。

「桂介くん、起こさなくていいよ。お父さんは疲れているんだ。そのまま寝かせておいてあげよう」

　桂介は申し訳なさそうな目で児島を見ると、部屋の隅にあった毛布を父親にかけた。

　父親を起こさぬよう足音を忍ばせ、松本が祭壇の前に座った。懐から香典を取り出し仏前に供えると、鈴を鳴らし、手を合わせる。

松本に続き、児島も焼香を済ませて合掌する。いつの写真だろうか。遺影の春子は、児島が見たことがない、明るい笑顔を浮かべていた。

「そのころからですね。桂介くんのお父さんが荒れ出したのは」

児島は茶を啜りながら、話を続ける。

桂介の父親、庸一のあまりよくない話を児島が最初に耳にしたのは、春子が亡くなってから二か月が過ぎたころだった。麻雀好きの近所の男から、最近いいカモがいる、と聞いた。

カモは、ほぼ毎日、雀荘にやってくる。店に来る前から酒に酔っているときもあるし、店に来てから呑みはじめて、深夜に千鳥足で帰っていくこともあるという。カモの名前は、上条庸一。桂介の父親だった。

児島はテーブルの上に湯呑を置くと、やるせない息を吐いた。

「奥さんが亡くなって、自暴自棄になったんでしょう。寂しさを酒で紛らわし、持て余す時間をギャンブルに費やしているんです」

「だが、子供がいるだろう」

怒りを抑え切れず、唐沢は語気を強めた。

「連れ合いを喪う辛さは理解できる。だが、彼には子供がいる。子供と一緒に悲しみを乗り越えていくのが、父親のとるべき道だろう。それなのに、父親は子供を支えるどころかろくに世話もせず、自分は酒とギャンブルに溺れている。それでは、桂介くんがあまりに不憫だ」

　脳裏に、この冬空に薄着で新聞配達をしていた桂介の姿が蘇る。

　唐沢の剣幕に、同調するかのように児島は訴えた。

「父親が桂介くんに手を掛けていないことは、ＰＴＡも把握していますよ。何日も同じ服を着て、いやな臭いをさせている桂介くんを、子供たちがつまはじきにしているという話も聞こえてきています。そのことを知った担任は、桂介くんの自宅を訪れて、もう少し桂介くんに手を掛けてあげてほしいと頼んでいるんです。父親はその場では頭を下げて詫びるけれども桂介くんへの接し方が変わることはありません。私も子を持つ親として気にはなっているんですが、他人が口を出せる範囲は決まっています。つまるところ、親が気持ちを入れ替えないことには、なんともならないということです」

　唐沢は眉間に皺を寄せ、児島を見た。

「父親が改心する様子はあるのか」

　児島はお手上げというように、肩を竦めた。

「それは難しいみたいです。担任が、父親は酒とギャンブルに首までどっぷり浸かってるって言ってましたから」

「じゃあ、子供はあのままということか。家の――いや、父親の酒代（さかだい）や麻雀代のために朝早く新聞配達をして、ろくに食事も与えられず、友達からも仲間外れにされる生活は変わらないというのか」

児島は困ったように頭を掻いた。

「私に言われても、これぱかりはどうにも……」

児島は曖昧に語尾を濁し、この場を収めようとした。

八つ当たりであることは、唐沢にもわかっていた。悪いのは児島ではなく、桂介の父親だ。

——どうすればいい。

思案する唐沢の頭に、回収品から将棋雑誌を抜き出そうとしていた桂介の姿が浮かんだ。

遊び相手がおらず、いつもひとりでいる子供が見つけた唯一の遊びが、将棋だったとしたら——

「将棋か」

「は？」

児島が素っ頓狂な声を出す。

——将棋を手立てに、あの子を救ってやれないだろうか。

唐沢は勢いよくソファから立ち上がると、また来る、と言い残し店を出た。

次の日、唐沢は朝起きると、家の門の陰で、桂介を待っていた。

桂介が配達している長野新報は、唐沢の家でもとっている。回収品の置き場所である公園のあたりを桂介が配っているのならば、公園からほど近い唐沢の自宅も、桂介が配達しているはずだ。別な人間が配っているならば、明日から桂介を見つけた公園で待っていればいい。

門の内側に身を隠したのは、もし、桂介が家の前にいる唐沢を見つけたら、逃げてしまうかもしれない、と思ったからだ。

腕を組むようにして綿入り半纏（はんてん）の袖に両手を突っ込み、寒さに震えながら桂介を待つ。

やがて、道路の奥から、小走りに駆けてくる軽やかな足音が聞こえた。一軒一軒、ポストに新聞を入れる気配がする。家の前で足音が止まると、唐沢は門から表へ出た。

陰からいきなり現れた人影に、新聞配達をしていた者はびくりとして唐沢に顔を向けた。

桂介だった。

唐沢を見た桂介は、怯えた表情で後ずさった。公園で回収品を盗もうとしたところを目撃した男が、急に目の前に現れたのだ。逃げ腰になるのも無理はない。

桂介を怖がらせないように、唐沢は努めて穏やかな声を出した。

「君、桂介くんだね。諏訪市立南小学校三年生の、上条桂介くんだろう」

名前を呼ばれた桂介は、勢いよく踵を返すと、ものすごい速さで駆け出した。

「待ちなさい、桂介くん。君を捕まえようとしているわけじゃないんだ、桂介くん!」

唐沢は慌てて呼び止めたが、桂介はあっという間に朝もやのなかへ消えていった。

このことがあってから、桂介は警戒したのだろう。翌日も翌々日も、唐沢が待ち構えているよりも早く、新聞がポストに入っていた。唐沢と顔を合わせないよう、配達する家の順番を変えたのだ。

唐沢は諦めなかった。桂介が時間をずらしたのなら、自分が合わせるまでだ。

桂介が新聞配達の時間を変えたとわかった次の日から、唐沢は朝の五時に起床するようにした。新聞配達は、早いところだと深夜の三時ごろから配りはじめる。しかし、桂介はまだ子供だ。配れる軒数はそう多くない。だから、朝の五時から配達を頼んでいる、と先日訪ねたときに、新聞販売店の店主は言っていた。

桂介が最初に唐沢の家を回るとしても、五時より前に来ることはない。この時間から辛抱強く待っていれば、必ず桂介に会える。

果たして、桂介はやってきた。

五時を少し回ったころ、道の奥から軽い足音が聞こえてきた。

門のところで足音が止まると、今度は逃さないように、唐沢は素早く門から出て桂介の肩を摑んだ。

「おはよう、桂介くん」

桂介は、警察官に捕まった泥棒のような顔で唐沢を見た。

両手を振り回し、肩に置かれた手を振り払おうとする。唐沢は桂介の前に立つと、両肩に手を置いて、その場にしゃがんだ。

「まあまあ、落ち着いて。君を叱ろうとか、捕まえようとしているわけじゃないから」

唐沢の言葉を信じていいのか迷っているらしく、桂介はしばらく身を固くしていた。しかし唐沢がもう一度、安心しなさい、と言って微笑むと、やっと身体の力を抜いた。

唐沢は回収品から将棋雑誌を抜き出していた話には触れず、桂介の苦労をねぎらった。

「君は偉いなあ。こんな寒いなか、毎日、新聞配達をしているんだね」

普段、褒められることなどないのだろう。唐沢の言葉に、桂介は驚いたようだった。

「これを、持って行きなさい」

唐沢は自分の首に掛けていた毛糸のマフラーを外すと、桂介の首に巻いた。

桂介は目を丸くして、唐沢を見つめた。

はじめて桂介を見た日から、桂介の寒そうな服装がずっと頭から離れなかった。いまも、はじめて会ったときと同じ身なりで、ジャンパーや上着といった羽織り物を着ていない。氷点下まで下がるこの季節に、薄手のシャツで過ごしている桂介が不憫でならなかった。

見ず知らずの人からものを貰うのは子供ながらに憚られるのか。桂介は、自分の首からマフラーを外して返そうとした。唐沢は桂介の腕に手を置いて、その動きを制した。

「これは頑張っている君へ、おじさんからのご褒美だ。どうだ。温かいだろう」

しばらくのあいだ、桂介は迷うように目を泳がせていたが、やがて、照れ臭そうにこくんと肯いた。

大人用のマフラーは、まだ子供の桂介には大きくて、首にぐるぐる巻きになっている。その姿が可愛らしい。

「君は、将棋が好きか」

唐沢が、自分を罰するつもりで待っていたわけではない、とわかったのだろう。今度は素直に肯いた。

「今度の日曜日、配達が終わったらおじさんの家においで。このあいだ、君が欲しがっていた将棋の本をあげよう」

桂介は伏せていた面をあげ、唐沢を見た。大きく見開かれた瞼のなかで、縋(すが)るように瞳が光った。

唐沢は、自分と向き合っている桂介の身体を反転させると、背中を軽く押した。

「ほら、もう行かないと、配達が遅れてしまうぞ」

言われて、桂介ははっとしたように、慌てた様子で駆け出した。

「日曜日、待ってるよ」

唐沢は桂介の背に向かって、大きな声で言った。桂介は振り返らずに、走り去っていく。

　小さくなっていく背中を見ながら、桂介は必ず訪ねてくる、と唐沢は確信していた。将棋の本をあげる、と聞いたときの桂介の目は、強い光を放っていた。渇望の光を湛えた双眸からは、桂介がどれほど将棋に関心を抱いているかが窺えた。

　唐沢は夜明け前の空を見上げた。

　いまから、日曜日が待ち遠しい。桂介が来たら、なにを食べさせようか。あの年頃の子供が好きな料理を、美子に作ってもらおう。美味しそうに料理を頬張る桂介の顔が浮かぶ。唐沢は浮き立つ気持ちを抑えきれず、弾むような足取りで家のなかへ戻った。

　日曜日、唐沢は朝食を終えると外へ出た。

　桂介が、何時に来るかはわからないが、外で待たずにはいられなかった。

　桂介が来たのは、九時を過ぎたころだった。桂介は、自分があげたマフラーを首に巻いていた。

　唐沢は、ひどく嬉しくなった。

「よく来たね。待ってたよ。さあ、おいで」

　唐沢は桂介に、家に入るよう促した。桂介は戸惑うような素振りを見せながらも、唐沢のあとに続いて玄関を入った。

「あなたが、桂介くんね。いらっしゃい」

桂介が茶の間に入ると、美子が台所からやってきた。美子には、桂介の境遇を前もって教えてある。母親を亡くし、父親から手を掛けてもらえず、小さいながらに働いている桂介を、美子はいたく憐んだ。

「はい、どうぞ。身体が温まるわよ」

美子は盆に載せてきた湯呑（ゆのみ）を、桂介の前に置いた。凍（こお）り餅（もち）だ。ついた餅を糊（のり）状にして乾燥させたもので、湯で戻して飲む。この地方に昔からある保存食だ。

はじめて見るのだろう。湯呑に入ったとろとろの液体を、桂介は物珍しげに見ていたが、やがて恐る恐る口に運んだ。

ひと口啜った桂介の顔が、ぱっと輝いた。

「美味しいかい」

唐沢が訊ねる。

桂介は大きく肯いた。

桂介が凍り餅を飲み終えると、唐沢は自分の書斎へ桂介を連れて行った。

書斎に入ると、唐沢は机の上に用意していた将棋雑誌を桂介に差し出した。

「これ、欲しかったんだろ」

桂介は喜びを抑え切れない顔で、おずおずと雑誌を受け取った。

唐沢はいつも座っている革張りの椅子に座ると、桂介に訊ねた。

桂介が、こくんと肯く。

「どこで覚えたんだい。誰に教わったのかな」

今度は首を横に振る。

「まさか、自分で覚えたのかい」

次は肯いた。

桂介の答えが、唐沢は腑に落ちなかった。

小学三年生の子供が、大人の手ほどきなしに指せる将棋といえば、はさみ将棋くらいのものだろう。しかし、桂介が回収品から持ち帰っていた本は中級者用のものだ。

唐沢は桂介がどの程度、将棋を指せるのか興味が湧いた。

「将棋、やろうか」

桂介は驚いた様子で、唐沢を見た。

唐沢は書斎の隅に置いてある将棋盤と駒箱を、応接セットのテーブルの上に置いた。駒も盤も、自分がふだん使っている安価なものだ。

盤の上に将棋の駒を広げると、唐沢は桂介に駒を並べるよう勧めた。

駒の配置は知っているらしく、桂介は駒を正しい位置に並べた。唐沢も自分の駒を並べる。

「駒の動かし方は知っているかい」

桂介は大きく肯いた。

「じゃあ、君から指していいよ」

桂介は気持ちを落ち着かせるように二、三回深呼吸をすると、☗7六歩と角道を開けた。先手は通常この☗7六歩か、☗2六歩と飛車先をつくかの、どちらかだ。定跡どおりだ。どうやら本当に将棋を指せるらしい。

唐沢も同じく角道を開ける。桂介は☗6六歩と角交換を避け、四間飛車に振った。

序盤が進むにつれ、唐沢は嬉しくなってきた。桂介は駒の動かし方を知っているだけではなく、玉を金銀三枚で囲う美濃囲いも知っていた。

とはいえ、桂介はせいぜい6級くらいで、自称三段の唐沢に敵う腕ではない。後手の棒銀に受けを間違え、たちまち自陣に飛車を成られて敗勢に陥った。

中盤以降の勝負はあっけなく終わった。と金攻めにあい、飛車と角を取られた桂介は、為す術もなく敗れた。唐沢の圧勝だった。

唐沢は大人でも子供でも、勝負に手加減はしない。手を抜くことは、相手に対する非礼になると思っているからだ。

勝負に敗れた桂介は、腿の上で握り締めた拳を震わせながら、小声でつぶやいた。

「もう一回」

はじめて聞く桂介の声だった。

泣き言を言わずに新聞配達を続ける根性も見上げたものだが、負けん気が強いところも唐沢は気に入った。

「よし、もう一局だ」

結局この日、唐沢は桂介と六局指した。

その日から、毎週日曜日になると、桂介は唐沢の家へやってくるようになった。美子が作ってくれる昼飯が食べたいことも理由のひとつだろうが、一番の理由が将棋にあることは間違いなかった。

桂介の将棋にかける熱意は、目を見張るものがあった。平手ではさすがに勝負にならず、飛車角と両側の桂香を外す六枚落ちで指していたが、負けても負けても、桂介は飽くことなく勝負を挑んでくる。そして、薄暗くなるころ、帰っていった。

桂介が帰るとき、美子はいつも握り飯を持たせた。最初は遠慮して受けとろうとしなかった桂介も、やがて打ち解けたのだろう。美子の好意を素直に受け入れるようになった。

「親御さん、もう少し、桂介くんのことを気に掛けてあげればいいのに」

桂介が帰ると、美子はいつも沈んだ顔でそうつぶやいた。

「洋服は何日も洗っていないし、髪は脂でべとべと。きっと、お風呂にもろくに入っていないのよ」

親からほったらかしにされている桂介が、美子は不憫でならないらしい。それは唐沢も同じだった。安物でもいいから身ぎれいな洋服を着せて、清潔な身なりをさせてやりたかった。

桂介が家にくるようになってひと月が過ぎたころ、美子は夕食を食べながら大きな声を出した。

「そうだわ。それがいい」

突然の大声に驚いて、唐沢は箸を止めた。

「なにがいいんだ」

美子はダイニングテーブルの向かいにいる唐沢に、身を乗り出した。

「あなた、こんど桂介くんが来たら、片倉館へ連れて行ってあげて」

片倉館は、諏訪湖のほとりにある日帰り温泉で、一度に百人は入れる大浴場がある。浴槽の底には玉砂利が敷かれていて、歩くと心地よい。子供が入ると、湯が首まで浸かる深さがある立ち湯でも広く知られていた。

「ふたりがお風呂に入っているあいだに、私が桂介くんの洋服を洗濯する。ストーブの前で乾かせば、その日のうちに着せて帰せるわ」

名案だ、と唐沢は思った。

洋服もきれいになるし、身体も清潔にしてやれる。風呂からあがったら、二階にある休憩所の食堂で、好きなものを食べさせてやろう。

「いいな。そうしよう」

唐沢は夕食の魚の煮つけを食べながら、美子の案に同意した。

次の日曜日、桂介がいつもどおり家にやってくると、唐沢は話を切り出した。

「温泉？」

茶の間の炬燵でみかんを食べていた桂介は、驚いた顔で唐沢を見た。

唐沢は肯いた。

「諏訪湖の側にある片倉館だ。みかんを食べ終わったら、そこへ行こう。寒い季節の温泉はいいぞ。身体の芯から温まる」

それまで、勢いよくみかんを口に運んでいた桂介の手が止まった。食べかけのみかんを炬燵に置き、面を伏せる。

風呂に入れることを喜ぶものだとばかり思っていた唐沢は、思いがけない桂介の反応に戸惑った。

「どうした。風呂は嫌いか」

桂介は躊躇いながらも、首を横に振る。

風呂が嫌いでないとすれば、なぜ桂介は沈んだ顔をするのか。

唐沢が理由を訊こうとしたとき、ビニールバッグを手にした美子が、茶の間に入ってきた。

美子は桂介の側へ座ると、ビニールバッグを差し出した。

「はい、これ。このなかにタオルや石鹼が入ってるから。いま着ている服は、ふたりがお風呂に入っているあいだに、おばちゃんが洗濯して乾かしておくからね」

桂介が渋る理由を、風呂の道具を持っていないことや、着替えがないことを考えてのことだと思ったらしい。

桂介は美子が差し出したビニールバッグを見ようともしない。俯いたままだ。どうして桂介は風呂に行くのを渋るのだろうか。

もしかして、と唐沢は思った。桂介が風呂に行きたがらない理由は、将棋を指せなくなるからではないか。

唐沢は桂介に身を乗り出した。

「将棋なら、風呂からあがってから指そう。家にある将棋盤と駒を、片倉館へ持っていけばいい。風呂で温まったあと、片倉館の二階にある食堂で昼飯を食べて、そのあと休憩室で将棋をすればいいだろう」

桂介が唐沢の家に来る一番の理由は、将棋を指したいからだ。風呂に入るためではない。風呂に入ったあと、将棋を指せるとわかれば、素直に肯くと思った。

しかし、意外にも桂介は、唐沢の提案に乗ってこなかった。頑なに無言を貫き、風呂に行くことを拒み続ける。

困り果てた唐沢は、一計を案じた。風呂に入る時間を惜しむほど将棋が好きならば、将棋に託けて風呂に入る気になるよう、仕向ければいい。

唐沢は乗り出していた身を引くと、どっしりと構えて腕を組んだ。

「桂介くん」

唐沢は、わざと重々しい口調で、桂介を呼んだ。桂介がゆっくりと顔をあげる。

「君は、将棋はここも大切だが、こっちも重要だと知っているかな」

唐沢は、そう言いながら自分の頭と胸を指差した。

「ここと、こっち……」

桂介はつぶやきながら、唐沢を真似て、自分の頭と胸を指差す。

「そうだ」

大きく肯く。

「将棋はものすごく頭を使う。しかし、頭がいいだけでは勝てない。将棋の腕と同じくらい、気持ちも強くなければいけない」

いまはまだ唐沢としか勝負をしていない。しかし、これから先、唐沢以外の人間と対戦する機会がやってくるだろう。そのときに気持ちが弱かったら、緊張やプレッシャーに押し潰されて、格下の相手に負ける可能性もある。

「君はそれでもいいのか」

唐沢が訊ねると、桂介は激しく首を振った。

唐沢はしてやったり、と肯いた。

「そうだろう。誰も勝負に負けたくないものな。じゃあ、私が君に、心が強くなる方法を教えよう」

桂介の目が輝く。唐沢は組んでいた腕をほどくと自分の膝に置き、きっぱりと言った。

「風呂に入ることだ」

桂介があんぐりと口を開ける。将棋と風呂になんの関係があるのかさっぱりわからない、そんな顔だ。

唐沢は桂介を、強い目で見据えた。

「嘘じゃないぞ。勝負に勝つには、いつでも平常心でいることが大切だ。苛立ったり焦ったりしていては、実力が出せない。百パーセント自分の力を発揮するには、緊張から解き放たれる方法を、身に付けておかなければならない。では、どうしたらそれができるか。答えは風呂に入ることだ」

風呂に入ると、ゆったりとリラックスした気持ちになる。その感覚を身体で覚えて、対局のときに実践するのだ、と唐沢は説明した。

たしかに、勝負事に勝つには強靭な精神力が必要だ。が、それが果たして、風呂に入ることで得られるかどうか、甚だ心許ない。強引に理屈をこね回しただけのようにも思う。だがいまは、どんな手を使ってでも、桂介を風呂に入れてやりたかった。

最初は疑いの目で唐沢の説明を聞いていたが、桂介はやはり子供だった。それらしい理由を述べられると、すっかり信じ切った顔になっていた。

唐沢は、自分の腿を叩くと、炬燵から出て立ち上がった。

「さあ、風呂へ行こう。もたもたしてると、将棋を指す時間がなくなるぞ」

桂介は気が進まない様子ながらも、唐沢の誘いに応じた。


休日の片倉館は、家族連れの入浴客でごった返していた。玄関ホールの両側にある靴箱が、満杯になっている。

片倉館に入るのははじめてらしく、昭和三年に建てられた洋風建築の館を、桂介は物珍しげにきょろきょろと見渡した。

「ここに来たのは、はじめてかい」

桂介は、首を大きく縦に振る。

「そうか、じゃあ大浴場に入ると、もっとびっくりするぞ。泳げるぐらいの大きな風呂があるんだ」

「そんなに大きいの？」

桂介が目を丸くして訊き返す。

普段から、桂介は無口だ。訊かれたことや、必要なこと以外は話さない。その桂介が自分から話に乗ってくるのだから、大きな風呂によほど興味が湧いたということだろう。唐沢は嬉しくなって答えた。

「ああ、本当だ。さあ、早く服を脱いで風呂に入ろう」

風呂への興味と昂奮で迷いが消えたらしく、桂介は小走りで脱衣所に駆けていった。

脱衣所は、多くの者で混み合っていた。

唐沢は空いている棚を見つけると、そこへ行って桂介を呼んだ。

「さあ、ここで服を脱ぎなさい。脱いだ服は、このビニール袋に入れるんだ。おばちゃんに渡して、洗ってもらうから」

美子は片倉館の入り口で、唐沢が桂介の服を持ってくるのを待っている。

桂介は言われるままに、服を脱ぎはじめた。

上半身裸になった桂介の身体を見た唐沢は、声を失った。

桂介の身体は、痣（あざ）だらけだった。腹、背中、腕など、至るところが内出血している。転んでできるような痣ではない。明らかに人の手によるものだ。よく見ると、煙草の火を押しつけたような痕もある。

虐待という文字が、唐沢の頭に浮かぶ。

言葉を失ったまま、桂介の身体を見つめていると、後ろで小さな男の子の声がした。

「わあ、すごい痣！」

腰をかがめてズボンを脱いでいた桂介が、はっとした様子で動きをとめた。顔が、見る間に歪（ゆが）んでいく。

男の子は、なおも言い募った。

「ねえ、お父さん。見て。あの子の身体、痣だらけだよ。どうして？」

無邪気さはときに人を傷つける。男の子の父親らしき人物は、ばつが悪そうにしながら、我が子を急（せ）かして脱衣所を出ていった。

束の間、唐沢の周りは重苦しい空気に包まれた。あたりの視線が、桂介の身体に突き刺さる。

怯えによるものか、寒さによるものか、桂介は身を震わせ、脱いだばかりの衣類を身に付けようとした。

唐沢は我に返ると、桂介のために用意してきたバスタオルを、周囲の目から庇（かば）うため小さな身体に巻き付けた。無理に笑いながら、桂介の服をビニール袋に詰め込む。

「君は思いのほか、おっちょこちょいらしいな。こんなに痕が残るほど転ぶなんて」

大人なら、誰もが転んでできた痣でないとわかる。しかし、まだ幼い桂介は、唐沢の気遣いをそのまま受け取ったようだ。安心したように小さく息を吐く。

唐沢の胸に、桂介の父親に対する激しい怒りが込み上げてきた。

桂介をこんな身体にした犯人は、父親しかいない。父親は明らかに、子供を虐待している。

本人がなにか悪いことをして、父親から折檻を受けたわけではないことは明白だ。唐沢はいままで、数え切れないくらい多くの児童を見てきた。少し接すれば、その子がどういう子供なのか、おのずとわかる。

桂介は口数も少なく、滅多に笑わない。子供らしい可愛らしさはないかもしれないが、自分よりも弱いものを苛めたり、誰かを困らせるような悪童ではない。

唐沢は急いで片倉館の入り口に行くと、そこで待っていた美子に桂介の服を渡し、脱衣所へ取って返した。自分も洋服を脱ぎ、桂介とともに大浴場へ入る。

桂介を洗い場の隅に連れて行くと身体が人目に触れないよう、自分が壁になった。

「さあ、きれいにしてやるぞ」

桂介の後ろにしゃがみ、全身を洗ってやる。痣だらけの貧弱な身体を洗っているうち、目の前が滲んできた。それは決して、湯気のせいではなかった。

風呂からあがると、二階の休憩室で昼飯を食べた。唐沢はきつねうどんで、桂介はオムライスを頼んだ。大人でも食べきれるかわからないほど大盛りのオムライスを、桂介はぺろりと平らげた。削げ落ちていた頰が、少し丸みを帯びたように見える。

美子が用意した着替え用の服は、桂介のサイズにぴったりだった。身だしなみを整えた桂介は、とても理知的に見えた。

昼飯を食べ終えると唐沢は、休憩室の隅で、家から持ってきた将棋盤を広げた。盤を挟んだ向かいに、桂介が正座する。

桂介の腕は、六枚落ちから四枚落ちまであがっている。先手は駒を落とした唐沢だ。駒を並べ終わると、桂介は一礼して、唐沢の指し手を待つ。

「今日も容赦しないぞ」

唐沢は王を５一に突き差した。

対局が進んでいくと、次第に野次馬が集まってきた。

最初は、昼寝をしていた年配の男が、退屈しのぎに見に来ただけだったが、いつの間にか観客がひとり増え、ふたり増え、やがて輪になった。

集まった野次馬の多くは、祖父と孫ほども歳の離れたふたりの勝負を、つまらなそうに見ていた。勝負が見えている対局など面白くない、そう顔に書いてある。

しかし指し手が進むにつれ、野次馬たちの顔色が変わった。

桂介が指すたびに、なるほど、やるねえ——などというつぶやきが、周囲から聞こえてくる。

桂介の将棋は、まだ拙い。だが、時折見せる鋭い指し手は、見る者を唸らせるに充分だった。唐沢の攻めをかわしたかと思うと、防いだその手が逆に、唐沢を追い込む攻めの一手になっている。まだ定跡や手筋を覚えていないにもかかわらず、桂介の指し手には天賦の才が感じられた。

急速に棋力を伸ばしつつあるとはいえ、まだまだ分が悪い。

自分の角を唐沢に取られ、成り込んだ飛車も、金底の歩——いわゆる底歩で動きを封じられている。馬を自陣に引きつけ、と金で攻める唐沢の優勢は明白だった。

が、日本人は得てして判官びいきだ。

還暦を過ぎた大人に果敢に挑む少年を、応援する者が出てきた。

「ぼうず、頑張れ」

「まだ勝ち目はある。諦めるな」

将棋盤を取り囲んでいる野次馬たちが、桂介に加勢しはじめる。

勝負に夢中になっていた桂介は、自分を応援する観客の声に驚いた様子で、盤上に落としていた目をあげた。どうしていいかわからないといった顔で、野次馬たちを見上げている。

応援の声は次第に大きくなっていく。なかには、こんな爺に負けるな、と声をからす者もいる。すっかり唐沢が悪役だ。

しかし、唐沢は嬉しかった。世の中の人間がすべて自分の敵になっても、そのぶん桂介の味方になってくれればそれでいい、と本気で思った。

もちろん、勝負は勝負、手を緩めることはしない。唐沢が王手をかけて七手後、桂介は頭を下げた。

「負けました」

桂介がぼそりとした声で投了を告げると、野次馬のひとりが声をあげた。

「なあ、ぼうず。俺と一局指さないか」

四十を過ぎたあたりだろうか。唐沢と桂介の対局を、無言で熱心に見ていた男だ。男は駒落ち定跡を知らないようで、平手での勝負を望んだ。

勝負を挑まれた桂介は、怯えた表情で唐沢を見た。

将棋は会話に似ている。むしろ、言葉のように取り繕うことができないぶん、本音をぶつけ合うような怖さがある。親から虐待され、友人もいない孤独な桂介にとって、初対面の他人と将棋を指すことは、ひどく恐ろしいことかもしれない。

唐沢は男と勝負することを、桂介に勧めた。

「桂介くん。ぜひ、勝負してみたまえ。いい腕試しだ」

腕試しと言ったが、本当は勝ち負けなどどうでもよかった。桂介に、人と触れ合う楽しさを知ってほしかった。

桂介と男の対局は、二十分で勝負がついた。桂介の負けだ。だが、小さな子供が、果敢に大人に挑む姿は、見る者の胸を熱くさせた。

次は俺と、と別の野次馬が手をあげたとき、乾いた洗濯物を携えた美子が迎えに来た。

桂介はほっとしたような、少し残念そうな顔をした。

自分の服に着替えた桂介は、見違えるほど表情が明るくなっていた。

「桂介くん、お風呂は気持ちよかった？」

帰りの車のなかで、運転しながら美子が訊くと、後部座席で桂介は、うん、と即答した。

「将棋も楽しかったよな？」

助手席にいる唐沢は、後ろを振り返りながら桂介に訊ねた。唐沢の問いにも桂介は、うん、と首を力強く縦に振った。

はじめての他流試合に、桂介は最初こそ手が震えるほど緊張していたが、次第に落ち着きを取り戻し、本来の力を出しはじめた。

唐沢が見たところ、男の棋力は桂介とほぼ同レベルだった。縁台将棋ではそこそこ勝てる実力だが、定跡をしっかり勉強したことはないのだろう。王将を囲わない自己流で、力戦型の将棋だった。戦型は男の居飛車に桂介の四間飛車。おそらく得意戦法であろう棒銀で男は果敢に攻めたが、対棒銀の定跡を知っている桂介に受けられ、銀が立ち往生し苦戦した。

桂介は、自分が駒を動かすごとに、男が腕を組みながら唸る光景が面白かったらしく、嬉しさを隠せない様子で顔を輝かせていた。

中盤まで将棋は桂介の優勢で進んだ。が、終盤、男が破れかぶれで放った一手に桂介は応手を間違えた。手抜きで攻めれば勝てるところを、相手にしてしまったがために、形勢は逆転した。最後は捻（ねじ）り合いになったが、男が力技を発揮し、桂介の王将を詰め上げた。このあたりは、踏んだ場数の違いだろう。

勝負に負けた桂介は、悔しそうに唇を嚙みしめていたものの、顔には勝負に負けた悔しさ以上の喜色が溢れていた。

唐沢は車中で、桂介が大人相手に将棋でいかに奮闘したかを語った。美子はハンドルを握りながら、すごいすごい、を連発し、桂介は照れ臭そうに頭を搔いた。

車が家に着くと桂介は、遅いから、と言って家にあがらず帰っていった。

美子は家に入ると、濡れたタオルが入ったビニールバッグを持って、風呂場のほうへ向かった。

「桂介くん、楽しかったみたいでよかった。また、連れて行ってあげましょう」

洗濯機が置いてある脱衣所から、美子の声が聞こえてくる。

炬燵に入った唐沢は、ひとつ息を吐くと、美子を呼んだ。

「美子。ちょっと来てくれ」

「待って。いま、汚れたタオル洗っちゃうから」

脱衣所で美子が忙しく動いている気配がする。

唐沢は語気を強め、再び美子を呼んだ。

「いますぐ、話したいことがあるんだ」

緊迫した声の様子から、ただごとではないと察したのだろう。美子はすぐに茶の間へやってきた。炬燵を挟んで唐沢の向かいに座り、不安げに訊ねる。

「どうしたんですか。そんな怖い顔して」

「桂介くんだが、虐待を受けている」

美子の顔から一瞬で血の気が引いていく。

「まさか」

美子が首を横に振る。桂介がそんな辛い目にあっていると、認めたくないのだろう。

唐沢は美子に真実を告げた。

「今日、服を脱いだ桂介くんの身体を見た。全身、傷や痣だらけだった。不注意で転んだりぶつけたりしてできるようなものじゃない。明らかに故意につけられたものだ」

美子は困惑と憤怒が混じった表情で、唐沢を問い詰めた。

「いったい、誰がそんなことを」

唐沢はわかりきったことを訊く美子に、苛立った。

「日常的に暴力を加えられる人間なんて、ひとりしかいないだろう！」

唐沢の怒声に、美子はびくりとして身を引いた。

自分の声で、唐沢は我に返った。腹立たしさのあまり、怒りの矛先を向ける相手を見失っていた。美子に詫びる。

「大きな声を出して、済まなかった」

美子は唐沢と膝を突き合わせると、強い眼差しで見つめた。

「あなた、なんとかできないの。桂介くんを救う手立てはないの」

唐沢は唇を嚙み、固い決意を込めて言った。

「なんとしてでも、あの子は助ける」

「どうするの」

美子は、急くように訊ねる。

「市の教育委員会へ行ってくる」

虐待を受けている児童がいることを伝え、父親に教育指導を行うよう頼むつもりでいた。いまの教育委員長の長谷川金仁は、自分が長野市の小学校で教頭を務めたとき、校長だった人物だ。昨年、古稀を迎え、その祝いの席に、唐沢も参加していた。伝手はある。

しかし美子は、唐沢の言葉に顔色を曇らせた。

「教育委員会が、動いてくれるかしら」

美子の懸念は、唐沢も危惧しているものだった。

親が子供を虐待していたとしても、親から子供を引き離すことは難しい。子供が親から暴行を受けていることを法的機関が認定し、なおかつ親が我が子を然るべき施設へ預けるという意思を持たなければ、子供を保護することはできない。それほど、親権とは強いものなのだ。

長い教師生活のあいだに、親から暴力を振るわれている子供と出会ったことはある。しかし、桂介ほど孤独な児童はいなかった。父親が子供に辛くあたるなら母親が庇ったり、兄弟で支え合いながら暮らしているというように、過去の経験では身近に児童を護る者がいた。

が、桂介は違う。母親は他界し、兄弟はいない。余所から転居してきたため、近くに親類縁者もいない。心が通い合う友達もいない。虐待から桂介を護ってやれる者は、唐沢しかいないのだ。

唐沢は炬燵から出ると、勢いよく立ち上がった。

「動くか動かないかは別だ。いまから、教育委員長の長谷川さんへ連絡を取ってみる」

美子も覚悟を決めたらしく、表情を引き締めた。

「そうね。そのとおりね」

唐沢は茶の間から出ると、玄関先の廊下に置いてある電話の受話器をあげた。電話台の引き出しから手書きの連絡帳を取り出し、長谷川の自宅の番号をダイヤルする。

電話はすぐに繋がった。

長谷川は、かつて職場をともにした者からの電話を喜んだ。

「このあいだは忙しいなか来てくれてありがとう。久しぶりに会えて嬉しかったよ」

長谷川が言うこのあいだとは、昨年の古稀の祝いの席のことだ。歳を重ねると時間の流れが速く感じるようになる。唐沢より十歳近く年上の長谷川には、一年前のことがついこのあいだのことのように感じられるのだろう。

唐沢は端的に用件を伝えた。

「実は、ある児童のことで、相談したいことがあるんです。明日、お時間いただけませんか」

受話器の向こうから、快い返事が戻ってくる。

「一時から会議があるんだ。その前なら空いている。昼でも一緒にとりながらどうだね」

唐沢は明日の十二時に、教育委員会の事務所へ行く約束を取り付け受話器を置いた。

翌日、唐沢は約束の時間に、諏訪総合支庁の西庁舎を訪れた。教育委員会の事務所は、そこの二階にある。

教育委員会事務所というプレートが掛かったドアを開けると、手前の机にいた若い女性が応対した。

名前を述べ、長谷川に取り次いでもらおうとしたとき、部屋の奥から唐沢を呼ぶ声がした。

「おお、唐沢くん。待ってたよ」

長谷川は、一番奥の上席に座っていた。すっと伸びた背筋も品のよい銀髪も、昨年会ったときと変わりない。

長谷川は席を立つと、唐沢のもとへやってきた。

「すぐ近くに、美味い蕎麦屋があるんだ。そこで昼にしよう」

長谷川はそう言うと、唐沢を外へ連れ出した。

西庁舎の裏手に、「嘉平（かへい）」という蕎麦屋があった。長谷川のお気に入りの店だ。年季の入った暖簾をくぐり、店の奥のテーブルに着く。ふたりともざるを頼み、出された茶を啜った。

唐沢が手にしていた湯呑をテーブルに置くと、長谷川は口火を切った。

「児童に関する相談事というのは、なんだね。普段、連絡してこない君のことだ。よほどのことなんだろう」

唐沢は両腿の上に手を置き、姿勢を正した。

「諏訪市立南小学校に通う、上条桂介という児童のことです」

唐沢は、桂介と出会った経緯を話し、自分が知っている限りの情報を長谷川に伝えた。

「母親が亡くなった理由はわかりませんが、ひとつだけ確実なことは、彼はいま、極めて過酷な状況に置かれているということです」

唐沢の話が一区切りついたところで、注文した蕎麦が運ばれてきた。

「とりあえず、話は食べたあとにしよう」

長谷川はそう言い、蕎麦に箸をつけた。

こうしているいまも桂介は腹を空かせている。そう思うと、唐沢は食欲がなかった。だが、わざわざお勧めの店に連れてきてくれた長谷川の好意を無にすることもできず、唐沢は箸を取った。味などわからない。とにかく啜る。

蕎麦を食べ終えると、長谷川は蕎麦湯を飲みながら噛んで含めるように言った。

「虐待の問題は、教育機関と福祉機関はもちろん、社会全体が考えなければならない問題だ」

社会全体——そのひと言で、唐沢は長谷川が言わんとしていることを察した。長谷川は唐沢の相談を、桂介個人の問題としてではなく、親族から虐待を受ける子供すべての問題として捉えたのだ。要は、いますぐ桂介を父親から引き離し保護することは難しい、と暗に言っているのだ。

児童虐待の問題は、いまにはじまったことではない。昔から、社会の関心を惹いている。

制度や親権を重視するあまり、虐待を受けている児童を保護できず、最悪の結果になってしまう事件もたびたび起きている。

しかし、親が持つ絶対権力にも似た親権は、容易に覆せるものではなく、法が介入するには制度がまだ追いついていない状態だった。周りの教育関係者や福祉関係者が、虐待を受けている児童にできる対処は、我が子を健やかに育てるよう親を教導することと、児童の健康や成長状態に気を配り、できる限りの支援をすることだけだった。

唐沢は、腿に乗せた拳を強く握った。

——法では桂介を救えない。

美子が抱いた懸念が、現実のものとなってしまった。やるせない思いが、胸に込み上げてくる。しかし、目の前の長谷川を責めることはできない。長谷川も苦しんでいる子供を救えないことが辛いのだ。その証拠に、滅多なことでは表情を崩さない長谷川の顔が、苦渋に満ちていた。

店の柱に掛かっている振り子時計を見る。十二時四十分を過ぎていた。

唐沢が伝票に手を伸ばすと、長谷川が素早くそれを制した。

唐沢は、慌てて言った。

「ここは私に持たせてください。時間をとっていただいたお礼です」

「いや、それはだめだ」

いくら唐沢が粘っても、長谷川は伝票を手放さなかった。桂介を救う力になれない、せめてもの詫びのつもりなのだろう。結局、店の支払いは長谷川がした。

店を出ると、長谷川は桂介が通う小学校と学年、クラスをもう一度訊ねた。

「学校の校長に連絡して桂介くんのクラス担任に、彼に目を配るよう配慮してくれ、と伝えてもらうよ」

「お願いします」

唐沢は長谷川に深々と頭を下げた。

長谷川とは西庁舎の駐車場で別れた。

車のエンジンをかけた唐沢は、桂介の家がある岬町へハンドルを切った。

長谷川と掛け合って思わしい結果が得られなかった場合、桂介の父親に直接会おう、と唐沢は決めていた。桂介に対する暴力をやめるよう説得するためだ。父親の出方次第では、殴り合いになっても構わない。むしろ、そのほうがいい。喧嘩になれば、警察が出てくる。警察は、喧嘩になった原因を訊くだろう。そうなれば、桂介が父親から虐待を受けていることを警察が知ることになる。大事になれば、福祉や行政が動くかもしれない。

自分の身を挺してでも、唐沢は桂介を救う覚悟を決めていた。

第五章

翌朝、定時の捜査会議を終えると、佐野は石破とともに大宮駅から電車に乗り込んだ。遺留品捜査の一環で、遺体が抱いていた将棋の駒と同じ、初代菊水月作である錦旗島黄楊根杢盛り上げ駒の所在確認を行うためだ。

七組あるうちのすでに四組は確認済みだった。残り三組を追って、最初は東京の神田にある吉田碁盤店、次は広島県広島市にある林屋本店に向かい、そのあと、飛行機で宮城県仙台市へ行く予定だ。先方の佐々木喜平商店には、遅くなっても今日中に訪ねると、連絡を入れてある。

吉田碁盤店には、店が開く十時より一時間ほど早く着いた。電話をかけ、開店前の聴取を交渉する。

電話を切ってから間もなく、店のシャッターが開き、男が隙間から顔を出した。白いT

シャツに色褪せた穴あきジーンズというカジュアルな格好は、まるで十代、二十代の装いだが、オールバックにしている髪には、白いものがかなり混じっていた。

　事前に入手した情報では、吉田は親から碁盤店を受け継いだ二代目だった。風体から、本業にさほど関心がなさそうに見える。

　果たして、駒の知識はあるのだろうか。不安が頭を過る。

だが話してみると、吉田の知見は確かなものだった。砕けた身なりはしていても、家業への責任感や自負心が強いのか、店内の商品について、由来から市場価値まで正確に把握していた。

　吉田は店の奥にあるショーウィンドウから、恭しく駒箱を取り出すと、店の隅にある畳敷きの小上がりに置いた。

　佐野と石破は、膝を折って駒箱を覗き込む。

　吉田は畳に腰を下ろすと、初代が駒を手に入れた経緯や駒の持つ価値をひととおり説明した。

　長い説明が終わると、石破は吉田に検分を求めた。

「確認させてもらってもいいですか」

　吉田は肯いた。

「どうぞ」

佐野は手袋を嵌めると駒箱を開けて、ひとつひとつ駒を調べはじめた。漆の盛り上がり、材質、色合い――間違いない。駒は菊水月作で、遺体とともに見つかった駒と同種のものだ。

佐野は石破に目を向け、大きく肯いた。

石破は、うむ、と答えると、吉田に頭を下げた。

「お時間を取らせました」

出口へ向かう。

石破の背中へ、吉田が声をかけた。

「あのー、これって何の捜査なんですか」

石破は、顔だけで吉田を振り向いた。

「最前も申し上げたように、捜査の内容については返答を致しかねます」

吉田はまだなにか訊きたそうな顔をしていたが、石破は足早に店を出た。

「これでまたひとつ、潰れたな」

駅に向かって歩きながら、石破は薄く口角をあげた。糸口が残り少なくなったことを悲観するのではなく、むしろ絞られてきたことを喜んでいるように見える。

神田から東京駅に向かい、そのまま新幹線に乗った。

博多行きの自由席は、乗客もまばらだった。

石破は席に着くと、早速、笹の葉寿司をテーブルに広げた。ホームのキヨスクで買ったものだ。まだ昼には早いが、佐野も自分のから揚げ弁当を取り出し、包装の紐を解く。石破は無言で、あっという間に寿司を平らげると、シートを後ろへ倒し、懐から取り出した皺だらけのハンカチを顔に載せた。佐野が弁当を食べ終わるころには、微かな鼾が聞こえてきた。

空の弁当箱を片づけると、佐野もシートにもたれて、目を瞑（つむ）った。

もし、残りのふたつも遺体とともに埋められた駒と同種のものだったら——

不安が、頭を擡（もた）げる。

もしそうなったら、事件解決の糸口をどこに求めればいいのかわからない。科捜研で進んでいる遺体の復顔に望みを繋げ、身元不明者の特定に全力を注ぐしかないのだが、昨年、届け出があった身元不明者は、全国で約八万一千人にも及ぶ。そのうち、身元確認ができた者はおよそ七万二千人。いまだ、九千人近くの者の身元がわかっていない。そのなかから、遺体の性別と年齢に該当し、顔立ちが似ている者を割り出すだけでも、かなりの時間と労力を要する。

脳裏に、地面を這（は）う無数の蟻が浮かぶ。身元確認ができていない数千人の身元不明者のなかから、ひとりの遺体を割り出すことは、個体の識別ができない蟻の群れから、特定の一匹を捜し出すことにも等しい。

疲れていたのだろう。考えているうちに、睡魔に襲われた。

気がつくと、最近は見ていなかった悪夢に苛(さいな)まれていた。

場所は将棋会館四階の大広間。奨励会の三段リーグ最終戦の対局場だ。

佐野はここまで、十二勝五敗の同率で二人と並んでいた。最終戦に勝てば、四段への昇段が確定する。ここ数年、五割前後だった勝率から考えれば、プロ棋士になれる最初で最後のチャンスだった。

もう少しで、念願のプロになれる——

中盤以降、佐野は手の震えを抑えられなかった。

負ければ、また一からやり直しだ。やり直すといっても、プロになるためには年齢制限の壁があり、リーグ戦を戦えるのはあと一年しかない。勢いからいって、この勝負に勝てなければ、プロへの道はほぼ断たれるといっても、過言ではなかった。まさに、運命を賭けた大一番だった。

終盤へ差し掛かったときは、局面は佐野の優勢から勝勢へと変わっていた。

持ち時間もまだ残している。

この一番は、もう負けようがない——

読みに読んで指した百手目は、☖3二金打。万が一に備え、自陣の穴熊に駒を足し、玉を固めた手だ。これで向こうも諦めるだろう。そう思って指した、受けの一手だった。

ところが、この一手はとんでもない大悪手だった。

将棋界でいうところのココセ——相手から見て「ココに指セ」という、望みどおりの手だった。

３二に金を置いて数秒後、自分がなにをしてしまったのかわかった。このままでは、打ったばかりの金頭に☗３三歩と絡まれ、一手一手の防戦になる。守りに入らず、第一感どおり攻めに出ていれば、間違いなく勝てていた。

顔から血の気が引いた。自分でもわかるほど、顔面が白くなった。

対戦相手の手が、駒台の歩をつまむ。その手が、スローモーションのように、ゆっくりとした動きで、佐野が恐れている３三のマス目に伸びる。

パシッ——叩きつけるような駒音が響く。

刹那、たちまち顔面は熱を持ち、真っ赤に茹で上がった。こめかみから汗が滴り落ちる。

居たたまれず、トイレに立つ。

ここから先の夢には、決まったパターンが、いくつかあった。トイレで便器に縋りつき号泣するパターンや便器の前で嘔吐するパターン。場面が変わって投了後、飲み屋で自棄酒を飲んでいるパターンだ。

今日は、号泣するパターンだった。

肩を叩かれ、目を覚ました。はっとして身を起こすと、石破が怪訝な顔で覗き込んでいた。

「大丈夫か。ずいぶんうなされていたぞ」

額に手を当てると、じっとりと汗をかいていた。ズボンの尻ポケットからハンカチを取り出し、額を押さえる。

「大丈夫、です」

そう答え、腕時計を見る。二時半。新幹線は岡山を過ぎたあたりだった。

「ほれ」

石破は佐野に、ペットボトルの茶を差し出した。

「冷たくて美味いぞ」

石破の珍しい気遣いに、自分が寝ながらよほど辛そうにしていたのだと察する。佐野は頭を下げて、石破の気持ちを受けとった。

目的の広島に着いたときは、午後三時を回っていた。

林屋本店は、駅から路面電車で十分ほどの、裏路地にあった。店を訪ねると、すぐに店主を名乗る男が出てきた。店には東京駅を出るときに、おおよその到着時間と来店の意図を伝えてあった。

「お尋ねの駒は、こちらになります」

品の良い老人は、店の奥から紫色の風呂敷包みを持ってくると、机の上で結び目を解いた。

なかから現れた駒は、ひと目で菊水月作とわかるものだった。

念のため許可を得て検分する。

手袋を嵌めた佐野が駒を取り出し確認しているあいだ、店主は石破に向かい、問わず語りに言った。

十年ほど前までは商品として店頭に置いていたが、いまは自宅の応接間の金庫に保管しているという。

石破が自宅の金庫へ移した理由を訊ねると、老人は朗らかに笑った。

「この駒を売る気がなくなったんですよ。あんたのような若い人にはわからんかもしれんですが、お迎えが近くなると金に対する欲がなくなるんです。あの世へ持っていけるものは、なにひとつない。それならこの駒を売るのをやめて、この世にいるあいだに名品の駒を所有しとる喜びを味わおうと思うたんです」

老人から若い人呼ばわりされた石破は、苦笑いを浮かべると、店主に時間を取らせた礼を言い、店をあとにした。

外に出た佐野は、空を見上げて息を吐いた。

残る駒はあとひとつ。仙台の佐々木喜平商店が保管しているものだ。

佐々木喜平商店が所有している駒が、遺体とともに発見された駒と同種のものなのかは、まったくわからない。昨日、電話で駒に関して問い合わせたが、応対した香里の返事は、わからない、というそっけないものだった。香里は、佐々木家の嫁だ。香里の夫で店を創業した佐々木喜平の孫である義則は市役所に勤めていた。佐野は、今日、店に確かめに行く旨を伝えて、電話を切った。

佐々木喜平商店にある駒が、問題の駒と同種のものだったら、いままでの捜査は無駄足に終わる。一からやり直しだ。そう思うと、佐々木喜平商店にある駒が、別のものであることを、切願せずにはいられなかった。

佐々木喜平商店に着いたのは、まもなく十時になろうかという時間だった。広島の林屋本店を出たのが夕方四時過ぎだから、バスや飛行機を乗り継いで、およそ六時間かかったことになる。

店のチャイムを押すと、若い女性が佐野と石破を出迎えた。女性は、嫁の香里と名乗った。

佐野は店のなかを見渡した。

昭和二年に創業したという店は、薄暗い照明の下で古びて見えた。

建物、車、家具など、時間が経っていても手入れが行き届いていれば、古さを感じさせないものだ。むしろ、年数を経た重みがある。しかし、店主となるべき孫が公務員となり、体裁だけを保っている店は、すっかり寂れていた。

店の隅にある木製の縁台に腰かけると、香里が茶を運んできた。

「三年前に義父が亡くなって、表向きは主人が店を継いだ形になってますが、実際はまったく関わっていません。今回も刑事さんが来るって言っても、自分が役に立てることはない。お前が話を聞け、の一点張りです。そうはいっても、私も店番をしているだけで、将棋のことはさっぱりわかりません。お客さんもほとんど来ないし、いつ店を閉めようか考えてるような有様で……」

石破は茶をひと口啜ると、すぐさま本題を切り出した。

「早速ですが、例の将棋の駒を見せていただけますか」

香里は店の突き当たりにあるレジへ行くと、奥のガラスケースの鍵を開けて、ひとつの駒箱を持ってきた。

「これです」

香里は駒箱を、石破に差し出した。石破は手を出さず、佐野に向かって顎をしゃくる。お前が確かめろ、という意味だ。

手袋を嵌めて駒箱を両手で受け取った佐野は、箱を四方から眺めた。箱の材質は、島桑だった。島桑とは、御蔵島産の桑の木のことだ。江戸時代から鏡台や手鏡などの材料に使われ、独特の美しい杢から銘木中の銘木と呼ばれている。

失望が佐野を襲う。

名画には上質な額縁が対であるように、銘駒にはたいてい、その品に見合う駒箱がついている。佐野が手にしている駒箱は、初代菊水月作の銘駒と対を成すいいものだった。

——なかに入っている駒は、おそらく初代菊水月作錦旗島黄楊根杢盛り上げ駒だ。

覚悟を決め、蓋を開ける。なかに入っている駒袋を開けた瞬間、佐野は息を呑んだ。

駒を睨んだまま動かない佐野に、石破が声をかけた。

「どうした。急に黙り込んで」

横を見る。佐野は石破に向かって、きっぱりと言った。

「違います。この駒は、初代菊水月じゃありません」

石破の顔色が変わる。

「本当か」

石破は身を乗り出して、駒袋を覗き込んだ。

佐野は駒袋のなかに入っている金と飛車を、白い手袋を嵌めている掌に載せた。

「見てください」

石破は駒に顔を近づけた。首をひねり、呻くように言う。

「これのどこが、例の駒と違うってんだ。俺には同じものにしか見えん」

佐野は、石破が将棋全般に関する知識が乏しいことを思い出した。

駒のコレクターや専門家が見れば、ひと目で初代菊水月作のものではないとわかる。しかし、駒に関心がない者からすれば、書体が違っていたり製法が異なるなどの明確な違いがないかぎり、区別ができないだろう。駒袋に入っていた駒の書体は錦旗、製法も盛り上げ駒で、一見、例の駒と同種のものに見える。石破に見分けがつかなくて当然だった。

佐野は腰かけていた縁台の上に、懐から出した自分のハンカチを広げた。そこに、袋から取り出した金と飛車を、表面が見えるように置く。続いて、持ってきたバッグから、例の駒が写っている二枚の写真を取り出して、駒の横に並べた。

「目の前にある駒と写真の駒を、見比べてください」

石破は縁台から腰をあげると、駒と目の高さが同じになるよう、その場にしゃがんだ。腕を組んだまま、駒と写真を交互に睨む。やがてぽつりとつぶやいた。

「例の駒のほうが、少し線が細いか？」

佐野は肯いた。

「そうです。これは、初代菊水月とは別な人物が書いたものです」

目の前にある駒の字は、写真に写っているものより文字の線がわずかに太かった。

「そんな」

佐野の後ろで、呟く声がした。振り返ると、香里が困惑した顔で立っていた。

「王将の駒の底に、ちゃんと菊水月作って書いてあります。だから、そうとばかり思っていたんですが、違うんですか。これは偽物なんですか」

佐野は香里に、菊水月という名はひとりではなく五代に続いて受け継がれている、と説明した。

「私の見立てでは、この駒は二代目菊水月作のものです。二代目の特徴は、この力強い駒字なんです。コレクターのあいだでは、菊水月の名に恥じない駒を作らなければならないという気負いが筆を持つ手に力を込めさせたのではないか、と言われています」

「じゃあ、これは偽物というわけではないんですね」

香里が念を押す。佐野は安心させるように、笑顔を作った。

「代が違うだけで、この駒は間違いなく、菊水月作のものです」

香里はほっと安堵の息を吐いた。

「私、将棋のことはよくわかりませんが、この駒が高価なものであることは、知っていました。生前、義父がよく、この駒は店の看板だから大切に扱え、と言っていましたから。もし、私の手違いで失くしてしまっていたら、義父に顔向けできないところでした」

将棋に関心はないが、店を受け継いだという責任感はあるようだ。

縁台の前でしゃがみ込んでいる石破は、そのままの姿勢で香里に訊ねた。

「で、初代菊水月の駒は、どこにあるんですか」

声が鋭くなり、刑事の詰問口調になっている。

一度は安堵で緩んだ香里の表情が、再び不安げに歪んだ。

「店にある菊水月の駒は、これだけですが……」

石破が追い討ちをかけるように語気を強める。

「いいや、こちらに例の駒があるのは間違いありません。信頼できる将棋研究家の記録に、昭和三十五年の時点で、この店に初代菊水月作の駒があると記載されているんです」

香里は嫌疑をかけられた容疑者のように、強く首を振った。

「私が結婚してこの家に入ったのは、いまから五年前です。三十年以上も前のことなんかわかりません」

「ご主人は在宅されてますか」

石破が問う。香里は店の奥にある住居のほうをちらりと見ると、困ったように顔を伏せた。

「おりますが、もう休んでいるはずです」

おそらく、適当に相手をして速やかに帰ってもらえ、とでも言われているのだろう。香里の表情からは明らかに、夫の手を煩わせるのは避けたい気持ちが窺えた。

「すみませんが、ご主人を起こしていただけますかね。駒に関してお話をお聞きしたいんです。ご迷惑なのは重々承知してますが、なにせ、緊急を要することでしてね」

口調は丁寧だが、声には有無を言わさぬ強引さがあった。

香里は躊躇いの色を浮かべながら、石破に訊ねた。

「緊急を要するって——いったい、なんの事件を調べておられるんですか」

自分の店にあるという将棋の駒が、どのような事件に関わっているのか気になるのだろう。気持ちはわかるが、マスコミにも流していない秘匿情報を口にできるはずがない。

「それはお答えできません」

石破の強い口調に、香里は怯えたように肩を震わせると、急いで住まいへ取って返した。

やがて、引き戸一枚で隔てられた家の奥から、男女の言い合う声が聞こえてきた。夫の義則が、刑事に会うことを拒んでいるのだろう。が、しばらくすると、妻に押し切られたらしく、寝間着にカーディガンを羽織った姿で義則が現れた。目に、怒りと反発の色が浮かんでいる。爛々（らんらん）とした目は、どう見ても、寝起きのものではなかった。

「私をお呼びだそうですが、刑事さんのお役に立てることはなにもありません。だいたいこんな時間に訪ねてくるなんて、非常識じゃありませんかね」

石破が話を切り出す前から、義則は非協力的な態度を剝き出しにした。

刑事は嫌われる仕事だと相場は決まっている。石破もこの手の対応はお手の物らしく、義則の拒絶を軽く受け流した。

「まあ、そうおっしゃらずに。非礼はお詫びしますが、我々はある事件の捜査で、初代菊水月作の駒を探しておりましてね。それがこちらにあるという情報を摑んで訪ねてきたんですが、奥さんから見せてもらった駒は二代目が作ったものらしいんですよ。ご主人、初代菊水月の駒の行方をご存じないですかねえ」

義則はあからさまに不快な表情を面（おもて）に出した。

「妻から聞いていると思いますが、たしかにこの店の経営者は私の名前になっています。けど、それは名義上だけのことです。駒のことなんてなにもわかりませんよ。それに、私たちは警察の厄介になるようなことには、いっさい関係していません」

義則はそっぽを向くと、つぶやくように不平を漏らした。

「変な噂がたったらどうするんだよ」

世間には、警察が訪ねてきたというだけで、事件への関与を連想する人間がいる。それが深夜の時間帯ともなれば、あらぬ想像をし、いらぬ憶測を口にするだろう。噂には尾ひれがつくのが世の常だ。米粒程度の話が、いつのまにか握り飯になっていることも珍しくない。

義則たちが住んでいる場所は、仙台市のはずれにある人口が少ない町だ。大都市では失われつつある地域の人間関係が、まだ濃密に残っているのだと思う。家に刑事がやってきたという話は形を変えて地域に広がり、いずれ義則の職場にも伝わるはずだ。そう考えると、石破と佐野を疎んじる義則の気持ちも理解できた。

田舎特有のしがらみのなかで生きる義則を気の毒に思う佐野の隣で、石破は眉ひとつ動かさず、冷静に質問を続けた。

「私どもの調べによると、昭和三十五年の時点では、こちらに初代菊水月作の駒があったことがわかっています。当時、この店はどなたが管理されていたんですか」

「親父です」

義則は即答した。

「店を創った祖父は、父が二十五歳のときに結核で亡くなりました。そのときに、親父が店を引き継いだんです」

「あなたは自分の店に、名工が作った高価な駒があることをご存じでしたか」

義則は面倒そうに首を振った。

「私は昭和三十四年生まれです。一歳やそこらのころの記憶なんてありませんよ。それに、私は祖父や親父と違って、将棋にいっさい興味はありません。昔もいまも、店にどんな駒があるかなんてわかりません」

早く帰ってもらいたいのだろう。義則は捲し立てるように早口で答える。

ふたりのやり取りを聞いていた佐野は、話が途切れた間を捉えて、店に入ってからずっと気になっていることを香里に訊ねた。

「店のレジは、いまでもあれを使っているんですか」

佐野は店の一角を見やった。視線の先には、古びた木製の机があった。その上に、机に負けないくらい年代がかったレジスターがある。品代を打ち込み合計ボタンを押すと、現金が入っている引き出しが開くタイプのものだ。

駒と関係がないレジスターのことを、なぜ佐野が訊ねるのかわからず、香里は困惑しているようだった。答えていいものか訊ねるように、夫の顔をちらりと見る。妻に代わって、義則が答えた。

「うちは、大勢の客が何点も品物を買っていくスーパーとは違います。余計な機能がついた最新のレジなんて必要ない。あのレジは、私が子供のころから使っています」

「では、領収証は手書きですね」

一般の旧式のレジスターは、金額が印字されたレシートが出ない。義則は、それがどうした、とでもいうように乱暴に答えた。

「ええ、そうです。店の商売は、置いてある備品から会計のやり方まで、そっくりそのまま引き継いでいますよ。引き継がなかったのは、将棋に対する愛着だけです」

言葉の最後は、投げやりな言い方だった。義則の顔に浮かぶ苦渋の色が、店の後継者問題で親子の確執があったことを窺わせる。

佐野はアイコンタクトで石破に了承をとり、質問を続けた。

「ということは、店の帳簿——売買記録も、引き継いでいるということですね」

佐野が求めていることを察したらしく、義則はあからさまに迷惑そうな顔をした。

「たしかに帳簿は初代のころからありますが、祖父や親父が品物の動きをすべて書き留めていたかなんてわかりませんよ。書き漏らしがあるかもしれません」

「いいえ」

佐野は義則の推測を、きっぱりと否定した。

「それはないと思います。将棋のパソコンゲームが誕生した現在は、店に来る客は減ったかもしれません。でも、あなたのお父さんが店に立っていたころは、かなりの客がいたはずです。そのなかには、駒にこだわりを持つ好事家もいたでしょう。そのような客を相手にしていた人間が、駒をぞんざいに扱うはずがない。あなたの話からすると、親御さんはかなりの将棋好きだったみたいですね。駒字が印刷されている大量生産の駒ならいざ知らず、名工が作った高価な駒の仕入れ先や売った相手の記録を、将棋に愛着がある人間が残さないはずがありません」

佐野の主張に納得したのだろう。石破は満足した顔で肯くと、義則に顔を向けた。

「というわけで、店の帳簿、創業当時から現在までのものを、すべて見せてもらえませんかね」

拒絶の意を示すように、義則が眉間に深い皺を寄せた。

すかさず、石破が畳みかける。

「おたくさんも、市役所に勤めていればわかるでしょう。公務員ってのは、融通が利かないもんでね。やるべきことをやらないと、内からは無能と罵られ、外からは税金泥棒と叩かれる。お互い、難儀な仕事ですなあ」

同胞のような言い方をされて断りづらくなったのか、帳簿を見るまでふたりは帰らないと察したのか、義則は重い溜め息を吐くと、不機嫌そうに妻を見た。

「おい、手伝え」

義則は足早に住まいへ向かう。香里は慌てた様子で、あとを追った。

ふたりが戻ってきたのは、十分近く経ったころだった。

「これが、いま手元にある帳簿すべてです」

義則は両手に抱えていた帳簿を、縁台の上に置いた。香里も、自分が抱えていた台帳を置く。

「押入れの奥に眠っていたものです。出してくるのに手間がかかりました」

義則は恩着せがましく言った。

「申し訳ありません」

頭を下げて詫びる佐野に、石破は命じた。

「おい、早く確認しろ」

佐野は急いで縁台に座ると、帳簿を手にした。

台帳は創業した昭和二年から、現在の平成六年までの分が、およそ二年ごとに綴じられていた。本来ならば全部で三十三、四冊あるべきなのだが、数えてみると三十一冊しかなかった。昭和十六年から昭和二十年までの五年分がない。理由を訊ねると、第二次大戦時における混乱で失くしてしまったのか、商いができず記録を取らなかったのだろう、と義則は答えた。

台帳はすべて、時代がかった和綴じの判取帳（はんとりちょう）だった。時代劇でよく見かける古い形式の記録簿を、いまでも使用していることに驚く。義則が口にした、商売は将棋への愛着以外のすべてを引き継いだ、という言葉は嘘ではないらしい。

佐野は、一番古い昭和二年からの帳簿を開いた。一月から順に、仕入れと売買の記録を目で追っていく。

年代ごとに順を追っていく佐野は、昭和二十二年七月のページで手を止めた。そのページに、初代菊水月の名を見つけたからだ。

香里に淹れてもらった三杯目の茶を飲んでいた石破は、ページを開いたまま動かなくなった佐野に、急いて訊ねた。

「なにか見つかったか」

佐野は膝の上で開いた台帳を、石破へ見せた。

「ここを見てください。例の駒を仕入れた経緯が記録されています」

石破は差し出された帳簿に、顔がつくぐらい近づいた。その部分の記録を、つぶやくように読み上げる。

「昭和二十二年七月二十一日、初代菊水月作錦旗島黄楊根杢盛り上げ駒、米三俵、芋五キロ、はね粉二キロ……か。仕入れ元は書いてないな。おそらく、戦後の食糧難で困窮した人間が、食い物と交換する条件で手放したんだろう」

石破の推論に、義則は同意した。

「亡くなった祖母の実家は、わりと大きな農家だったと聞いています。一時期は小作人も雇っていたくらい、田圃（たんぼ）や畑を持っていたようです。戦後の食べ物がない時代に、祖母のおかげで、当時にしては珍しい白米にありつけた、と親父はよく言ってました」

帳簿に仕入れ元は記されていないが、駒を手放した人間がどのような経緯で手放したのかは想像に難くない。戦前は、名工の駒を所有していたほど裕福だったか、名家と呼ばれる家柄だったが、敗戦で没落し明日の糧にも困窮することになった。自分や家族が生き延びるために、銘駒を米や芋に替えたのだろう。

敗戦直後の帳簿には、初代菊水月作の駒のほかにも、誰かが持ってきた駒と、米や野菜を交換した記録がいくつかあった。そのなかに、二代目菊水月作の駒の記述も見つかった。福島県郡山市の人物が、米一俵と芋二キロで交換している。初代ほどではないが、二代目菊水月作の駒も、高値で取引される。高価な駒を購入するような者はなかなかいないらしく、二代目菊水月作の駒は、四十年以上経ったいまでも店に残っている。

石破は帳簿から顔をあげると、佐野に発破をかけた。

「ぼさっとしてないで、肝心の駒が誰の手に渡ったのか、記録を洗え」

佐野は、昭和三十五、六年度の帳簿を手に取った。この店が初代菊水月作の駒を所有したのは、昭和二十二年だ。将棋研究家の矢萩は、昭和三十五年八月に、駒がこの店にあることを確認している。昭和二十二年から昭和三十五年までの十三年間は、この店に例の駒はあったのだ。駒が人手に渡ったのは、そのあとだ。

昭和三十五年一月から順に、記録を調べていく。

例の駒が売買された記録が見つかったのは、昭和三十六年の帳簿だった。矢萩が確認した翌年だ。その年の十月五日に、義則の父親は大洞進（おおくらすすむ）という人物に、四十万円で駒を売っていた。住所は茨城県水戸市で、町名や番地まで記録している。

昭和三十六年当時の公務員の初任給はたしか、一万数千円程度だ。いまの貨幣価値に直すと、ざっと五百万以上にはなる。

佐野がそう言うと、石破は唸るように声をあげた。

「米と芋で手に入れた駒が五百万に化けたか。ぼろ儲けだな」

身内を守銭奴みたいに言われたことが気に障ったらしく、義則は石破を睨みつけた。

「私は将棋の知識はありませんが、父も祖父も実直な人間でした。正当な取引をしたと思っています」

さすがに言葉が過ぎたと思ったのか、石破は素直に詫びた。

「いや、申し訳ない。口が滑りました。実家は埼玉の田舎でしたが、戦後の食糧難の話は、私もよく知っていますよ。東京の伯父からさんざん聞かされましたから。当時、いくら高価なものとはいえ、腹の足しにもならない駒を貴重な食料品と交換したおじいさんは、心ある人だったと思いますよ」

義則の目から、敵意が消える。それを見越したように、石破は訊ねた。

「ところで、おたくにコピー機はありますか。もしあったら、この部分をコピーしていただけませんかね」

この部分と言いながら、石破は佐野が手にしている、大洞進の住所が載っているページを指さした。

今度は義則が詫びた。

「すみません。ご覧のとおり、うちはこんな店です。コピー機なんて置いていません」

石破が腕時計を見た。佐野もつられて自分の腕時計を見る。十一時を回っている。石破が独り言のように、愚痴を零(こぼ)した。

「ついてねえ。こんな時間じゃあ、コピーできるような店はもう閉まっちまってるな」

石破は凝った肩をほぐすように、首をぐるりと回した。

「おい、この十月五日の記録をメモしろ」

佐野に命じる。

はい、と返事をし、佐野は内ポケットから手帳を取り出した。大洞の情報を丁寧に書き留める。

佐野が手帳を内ポケットにしまうと、石破は縁台から立ち上がった。

「夜遅くまで捜査へのご協力、ありがとうございました。おかげで助かりました」

これでやっと煩わしいことから解放される、そう思ったのか、義則は安堵した顔で、ほっとしたように息を吐いた。隣で香里も、同じ表情をしている。

石破は人差し指で鼻の下を擦ると、この場の和んだ空気に水をかけた。

「ほっとしたところ申し訳ないんですが、あとひとつだけご協力願えませんかね。明日、もう一度こちらに伺うので、この帳簿を貸していただきたいんです。大洞って人物の記録が載っている箇所をコピーしたら、すぐにお返ししますから」

もし目の前に疫病神がいたら、人はきっとこんな顔で見るのだろう。そんな目で義則は石破を見た。

落胆の息を吐くと、義則はぽつりと言った。

「それで、お引き取りいただけるんですね」

石破が肯く。

「たぶん」

「たぶん？」

義則が聞き返す。石破は説明した。

「私たちは駒の行方を追っています。その駒がこちらにないとわかった以上、今後、ご迷惑をかけることはないでしょう。しかし、物事はどこでなにがあるかわかりません。新たになにか聞きたいことが出てきたときは、またご協力をお願いするかもしれません」

石破の毅然とした言い方に、来るなと言っても無駄だと思ったのだろう。義則は諦めたように、肩を落とした。

「コピーですが、なるべく人目につかないようにしてください。できれば近所ではなく、少し離れた店でしていただきたい」

佐野は義則を安心させるために、大きな声で答えた。

「もちろんです。捜査に協力してくださった方々に、迷惑が及ぶようなことは、絶対にいたしません」

明日、人目が少ない早朝に店を訪ねる約束をして、石破と佐野は佐々木喜平商店をあとにした。

第六章

空き地に車を停めると、唐沢は運転席から降りて、路地裏を奥に向かって歩き出した。

桂介の自宅がある岬町は、範囲が狭い。諏訪市の中心を走っている線路と、市の南側に位置する里山のあいだにある。桂介の自宅は、線路沿いにある大通りから脇道に入ったどん詰まりにある、と児島から聞いていた。家がどのあたりにあるのか、だいたい目星はついていた。

路地沿いの古いアパートのベランダで、洗濯物が冬の冷たい風に吹かれて揺れている。唐沢は襟を掻き合わせながら桂介の家を探した。家屋の表札を、一軒ずつ確認していく。

桂介の自宅と思しき家を見つけたのは、探しはじめてから十分ほど経ったときだった。

引き戸の玄関の横にプラスチックの表札入れが掛かっていて、そのなかに上条と書かれた紙が入っていた。

家は木造の平屋で、かなり古びていた。かつては鮮やかだったであろう青いトタン屋根は色褪せ、剝き出しになっている水道の配管は、壁のあちこちで赤茶色に錆びている。ただでさえ狭い平屋は両隣の二階建てに挟まれ、いっそう窮屈に見えた。

道に面している玄関の引き戸を、唐沢は手の甲で叩いた。

「ごめんください。唐沢と申します。上条さん、いらっしゃいませんか」

人が出てくる気配はない。

「上条庸一さん、ごめんください」

唐沢は先ほどより強めにノックして、繰り返し名前を呼ぶ。

やはり、誰も出てこない。留守だろうか。

どうすべきか考えあぐねていると、背後で窓の開く音がした。振り返ると、二階の窓にぶら下げていた洗濯物を、年配の女性が取り込んでいた。唐沢は下から声をかけた。

「すみません。ちょっとお訊ねしたいのですが」

女性は動かしていた手をとめて、唐沢を見下ろした。

「なに？」

「ここは、上条さんのご自宅ですよね。桂介くんという、諏訪市立南小学校に通っているお子さんがいる家ですよね」

女性は面倒そうに答える。

「そうだけど、いまは誰もいないよ」

平日の昼間だから、桂介は学校だ。庸一はどこにいるのだろう。いくらなんでも、この時間から麻雀ではあるまい。

「上条さん、どこにお出かけなんでしょう」

「お出かけって、あんた」

女性が呆れたように言う。

「大の男が昼間っからぶらぶらしてちゃあ、暮らしていけないだろう。仕事だよ、仕事」

そこまで言うと女性は、はっとしたように口元を手で押さえた。

「あんたも親父に、金を貸してる口かい」

金を貸してる口——借金取りがよく訪ねてくる、ということか。

唐沢は、首を横に振った。

「いいえ、違います」

女性は怪訝な表情を浮かべ、唐沢に訊ねた。

「あんた、どちらさん？」

「申し遅れました。唐沢と申します。上森(うえもり)町に住んでる唐沢光一朗です」

女性は相変わらず、訝しげな目で唐沢を見ている。事情を話さないと、ここで会話が途切れそうだ。

「私は桂介くんの知り合いです。実は――」

唐沢は自身の身元も含めて、手短にこれまでの経緯を話した。

「そうだったの」

警戒心が解けたのか、女性は表情を和らげた。

「桂ちゃんはほんと、不憫（ふびん）な子だよ。お母さんが生きてるころはまだよかったけど、亡くなってからは、ねえ……」

それ以上は可哀想で口にできない、そんな風に女性は言葉を濁した。

「あの」

唐沢は思い切って、女性に頼んだ。

「よかったら、少し時間をいただけませんか。桂介くんについて、話をお聞きしたいんです」

女性は少し迷った素振りを見せたが、少しだけなら、と肯いた。

「寝たきりのじいさんがいるから、家に上げることはできないけど、玄関先でもいいかい？」

「もちろんです。ありがとうございます」

「これ取り込んだら下に行くから、玄関先で待ってて」

唐沢は頭を下げて、家の敷地に入った。

玄関の横にかかっている表札には、向井田とあった。

玄関の前で待っていると、階段を下りる音が聞こえ、ガラス戸が開いた。女性は自分のことを向井田律子と名乗り、この家の嫁であると説明した。

唐沢は早速、庸一のことを訊ねた。

「桂介くんのお父さんは、なんの仕事をしているんですか」

「味噌蔵」

「味噌蔵？」

律子が肯く。

「杦田さんのところで、味噌を造ってんの」

杦田の味噌といえば、信州味噌を代表する有名な味噌蔵だ。律子は庸一がそこで働いているとは言わず、味噌を造っていると言った。庸一は経理や配送を担当する従業員ではなく、味噌職人ということか。

訊ねると律子は、そう、と答えた。

「びっくりでしょ。自分の子供もろくに育てられない男が、子育てより手が掛かりそうな仕事してるなんて」

日本酒と同じように、味噌を造るためには職人がいる。麴を扱う者だ。杜氏がそうであるように味噌職人も、誰にでも務まるものではない。麴の仕込み、発酵、熟成すべての作業を覚えるには、長い年月とそのあいだに習得した勘が必要だ。麹を育成する温度や湿度の加減を少しでも誤ると、旨味が損なわれてしまう。

職人と呼ばれる仕事すべてに共通するように、味噌職人も根気と気骨がなければ、なれるものではない。まして、庸一が勤めている枕田屋醸造は、創業二百余年の老舗だ。創業以来の味を守るため水や手造りにこだわり、雇っている従業員や職人たちの指導も徹底している、とかねて聞いている。

唐沢の頭に疑問が浮かんだ。

そんな厳しい仕事をこなしている男が、なぜ自分の生活をおろそかにするのか。金の問題にしても納得がいかない。代替が利かない仕事ほど、報酬がいいと相場は決まっている。庸一も枕田屋から、かなりの給金をもらっているはずだ。それをすべて、酒とギャンブルにつぎ込み、それでは足らずに幼い息子を働かせているというのか。

唐沢の胸に、激しい怒りが込み上げてくる。

「聞くところによると、上条さんは雀荘に入り浸っているという話ですが、それは本当ですか」

律子は、少し驚いたように、目を丸くした。

「そう、よく知ってるわね」

律子によると、庸一は「天和（テンホー）」に入り浸っているという。駅前通りの先にある雀荘だ。

線路に面していて、一階と二階の窓は曇りガラスになっている。繁華街でもない薄暗い道で、そこだけ煌々(こうこう)とついている灯りは、誘蛾灯を思わせた。かつては待合いだった、と誰からか聞いた覚えがある。なるほど、木造の総二階で、大きな窓をすべて格子戸にすれば、そうであっただろうと思わせる造りだった。

「仕事が終わると、ほぼ毎日行ってるみたいよ」

「桂介くんをほったらかしてですか」

思わず声が尖る。

自分が叱責されたように感じたのか、律子は弁明めかして、顔の前で手を振った。

「あたしらも何度も言ったのよ。桂ちゃんが可哀想だから、ほどほどになさいって。でもあの親父、話を聞くどころか、他人の家のことに口出しするな、ってえらい剣幕で怒鳴りつけてきてさ。こりゃ言っても無理だって、あたしも口を出さなくなったの」

律子が諦め口調で言う。

「孫の可愛さと向こう脛(ずね)の痛みは堪えられぬ、ってことわざがあるじゃない。それと同じ。酒の美味さとギャンブルの面白さは堪えられないんでしょ。病気だよ、あの親父は」

そう言うと、律子は腕時計を見た。

「あら、こんな時間。悪いけど、家の用事があるから」

律子は慌ただしく戸を閉めると、家のなかへ戻っていった。

唐沢は車に戻ると、律子が言っていた天和へ向かった。店の者から、父親の話を聞きたかったからだ。

店に着くと、唐沢は引き戸を開けて、なかに声をかけた。

「ごめんください」

戸を開けた途端、牌を混ぜる音とともに、咽せるような煙草の煙が押し寄せる。まだ日が高いというのに、すでに客がいた。

入り口の土間に置かれた長机に、丸眼鏡に作務衣姿の男が座っていた。この店の主らしい。髪に混じる白いものから、歳は唐沢とそう変わらないように思えた。男は品定めするように、唐沢の全身を上から下まで眺めた。

「うちの店ははじめてだね」

唐沢は、客ではない、と答えた。

「ある男について、聞きたいことがあって来ました」

店主の態度が、目に見えて剣呑になった。吸っていた煙草の煙を、天井に向かって大きく吐き出す。

「面倒事はごめんだ」

「面倒はおかけしません。ちょっと知りたいことがあって伺っただけです」

男が訝しげに唐沢を見上げる。

率直に訊ねた。

「この店に、上条庸一という男性が通っていると聞いてきました。その客について教えてもらいたいんです」

庸一の名前を耳にした途端、男の顔色が変わった。顔に浮かんでいた表情が、威嚇から戸惑いの色に変化する。なにか、思うところがあるらしい。

しばらくのあいだ、言おうか言うまいか迷うように、男は視線を泳がせていた。が、深い溜め息を吐くと、手にしていた新聞を机の上に置いた。

「あたしはこの店の店主だが、あんた誰？」

唐沢は嘘とも本当ともとれる返事をした。

「上条さんのお子さんの関係者です」

「ＰＴＡかい」

「ええ、まあ」

曖昧に肯く。

「やっぱりね」

店主は投げやりにつぶやいた。

「あんたのちゃんとした身なりと言葉遣いから、そんなところだろうと思った。それで、聞きたいことってのは、あの親父がどれくらいろくでなしかってことか」

店主は机に片肘をつき顎を乗せると、話を聞く姿勢を取った。唐沢は机の前に置かれている木製の丸椅子に、腰を下ろした。

「上条さんは、いつからここに通ってるんですか」

顧客の情報は、頭のなかにしっかり入っているのだろう。店主はすぐさま答えた。

「一年ほど前からだね。ちょうど、奥さんが亡くなったあたりだよ」

岬町は狭い。町で起きた出来事は、すぐに広がる。まして、人が集まる客商売なら、なおのことだ。

店主の話によると、庸一は三日にあげず雀荘に来るとのことだった。来るのはだいたい夜の六時、遅くても七時を過ぎることはないという。

諏訪湖のほとりにある杁田屋醸造から、天和までは歩いて三十分くらいだ。庸一の家は天和から先にあり、さらに十五分はかかる。味噌蔵での仕事が、一般の仕事と同じ五時過ぎまでと考えると、庸一は勤め先からまっすぐ雀荘へ来ている計算になる。

「子供の夕飯は、どうしてるんですかね」

唐沢は聞くともなしに聞いた。店主は、さあねえ、と言いながら腕を組んだ。

「うちも商売だ。客の事情なんか関係ないよ。でもさ、父親が出てくるのを待ってるのか、たまに店の外にしゃがんでいることがあるんだよ。腹が空いてるようだから、出前の握りの余りを分けてやることはあるけど、それくらいしかできないやね。客の生活に、口なんか挟めないよ」

薄暗い路地に、桂介がぽつんとしゃがんでいる姿を想像する。

「上条さんは、いつも何時くらいまでいるんですか」

「日によって違うよ」

店主は答える。

「調子がいいときは、一時くらいに切り上げていくけど、負けが込むと朝方まで卓にへばりついてる。もっとも、調子がいいときのほうが珍しいけどね」

店主は雀卓に視線を向け、客がふたりの話を聞いていないことを確認すると、唐沢に身を寄せて耳打ちをした。

「あの人さあ、根っからの博打打ちじゃないんだよ。俺はこの仕事、長い。見てりゃわかるよ。もともと弱いくせに、がばがば酒を飲みながら打つんだから、勝てるわけないよね。客のあいだじゃ、いいカモだってもっぱらの評判さ」

店主は顔を顰め、右手の小指で耳をほじった。

「連れ合いに死なれた辛さを忘れたくて、酒と賭け事に逃げてんだろうよ。気持ちはわからなくもないし、こっちは客商売だからいいけどさあ、やっぱりガキの辛そうな姿を見るのは、気分がいいもんじゃないよな」

唐沢は椅子から勢いよく立ち上がった。

もう店主から聞くことはなかった。庸一は酒と麻雀にのめり込み、桂介の育児を放棄している。それがわかっただけで、充分だった。

「手間をとらせました」

礼を言って入り口に向かう。戸を開けて店を出ようとする唐沢の背中に、店主が声をかけた。

「余計なことは、しないほうがいいよ」

その語気の強さに、唐沢は思わず振り向いた。

店主は一度机の上に置いた新聞を手に取り、顔の前で広げていた。紙面を見ながら、唐沢に忠告する。

「前に見かねた客が、もう少し子供に手を掛けてやれって、父親を窘めたことがあるんだよ。けど、あいつは客を無視して卓から離れようとしなかった。そうこうしているうちに、子供が店に入ってきてね。そんなことは滅多にないんだが、子供にもなんか事情があったんだろうよ。そうしたらあの野郎、どうしたと思う。子供に手をあげたんだ。お前がしみったれた顔をしてるから俺が悪く言われるってさ。その場にいた客が驚いて止めたんだが、それ以来、誰もあいつに子供の話はしなくなった。親切心が仇（あだ）になるってわかったからな」

店主は念を押すように付け加える。

「世の中、よかれと思ってしたことが、裏目に出ることがある。そのことを、よく覚えときなよ」

唐沢は返す言葉に詰まった。いまから自分がしようとしていることを見透かされ、釘を刺されたように感じる。

車に戻り、エンジンをかけた。ハンドルを握ると、サイドブレーキを下ろし、アクセルペダルに足を乗せる。

耳の奥に、店を出る間際に店主が口にした言葉が残っていた。

——世の中、よかれと思ってしたことが、裏目に出ることがある。

桂介の家の向かいに住む女性の話と、雀荘の店主の話から、桂介の父親がいかにろくでなしかよくわかった。知ったからには、口を出さずにはいられなかった。いますぐ庸一が勤めている杁田屋醸造へ乗り込み、胸ぐらを摑み上げて喝破するつもりだった。だが、感情に任せて動いた結果、桂介をさらに苦しめることになるかもしれない。そう思うと、ペダルに置いている足に、力が入らなかった。

どうすべきか思案していると、車の窓を叩かれた。驚いて顔をあげると、高齢の男が唐沢を睨んでいた。

唐沢が窓を開けると、男はしわがれた声で文句を言った。

「ここの空き地、うちの地所なんだよ。少しのあいだなら車を停めてもかまわんが、エンジンは切ってもらえんかね。音がうるさくてかなわんよ」

空き地の側に、男の家があるらしい。長いあいだ、エンジンをかけっぱなしでぼうっとしていたようだ。唐沢は男に詫びて、急いで車を発進させた。

大通りへ出ると、諏訪湖方面へハンドルを切った。桂介の件で庸一と話をするか否かの判断は、まだついていなかった。とにかく、枕田屋醸造へ行こうと決めた。我が子に手をあげる人非人の顔を、この目で見てやろうと思った。


枕田屋醸造に着くと、唐沢は来客用の駐車場へ車を停めた。

駐車場の隣に、木造の建物がある。枕田屋醸造の母屋(おもや)だ。その奥に、蔵がある。黒い瓦屋根が重々しい。蔵の屋根が五つ見える。敷地の大きさから推察して、いま見えている蔵の奥に、まだあるのだろう。さすが、諏訪市の味噌屋を代表する蔵元だ。かなりの味噌蔵を所有している。

母屋の玄関の上には、『枕田屋醸造』と彫られた古い木製の看板が掲げられていた。唐沢は引き戸を開けてなかへ入った。

玄関のなかは土間になっていて、隅に事務机が置かれていた。紺色の事務服を着た若い女性が椅子に座っている。

唐沢は女性に声をかけた。

「お仕事中、すみません。お訊ねしたいことがあるのですが」

下を向いてペンを動かしていた女性は、頭を上げた。

「はい、どのようなご用件でしょうか」

「こちらに、上条という職人さんがいると伺ったのですが」

女性の顔に、警戒の色が浮かんだ。答えるべきか答えざるべきか迷っているようにも見える。

女性の表情から、唐沢は上条の自宅に借金取りが来ている話を思い出した。その種の人間が勤め先に来たとしても、おかしくはない。女性は唐沢を、借金取りではないかと疑っているのだろう。

唐沢は適当な言い訳をした。

こちらの味噌が気に入り調べたところ、上条という腕のいい職人がいると聞いた。その人が、仕事をしているところを見たくて立寄った、と偽った。

嘘を吐いたのは、庸一が困るからではない。我が子を虐待していることが店に知れて解雇されでもしたら、桂介の負担が増すと思ったからだった。

「お仕事の邪魔はしません。彼が仕事をしているところを、遠くから眺めるだけでいいんです」

女性の顔は強張ったままだ。が、自社の味噌を褒めてくれる客を、無下に追い返すこともできないと思ったのだろう、少々、お待ちください、と言い残し、家屋の奥へ入っていった。

　女性はやがて、ひとりの男を連れて戻ってきた。男は背広の上に、屋号入りの半纏を羽織っている。男は土間にあったサンダルをつっかけると、唐沢の前にやってきて愛想のいい笑みを浮かべた。

「当社の商品を気に入っていただきまして、誠にありがとうございます。私は番頭の佐藤と申します。社員を代表して御礼申し上げます」

　頭を下げる姿が様になっている。

　佐藤は、杁田屋の味噌へのこだわりをひとくさり説明した。

「本来、一般の方を味噌蔵にご案内はしていませんが、せっかくお越しいただいたのに、このままお帰りいただくのも申し訳ありません。職人の手を止めることはできませんが、作業の様子を遠くからご覧になるだけでよろしいのでしたらご案内します」

　唐沢は、佐藤に改めて訊ねた。

「上条さんも、いま味噌蔵で仕事をされていますか」

　上条にこだわる唐沢へ、佐藤は一瞬、怪訝そうな視線を飛ばしたが、すぐ表情を戻し問いに答えた。

「ええ、いつもどおり、仕事をしています。今日は蒸しの作業をしているはずです」

ている様子が見たい、と頼んだ。

唐沢は佐藤に、味噌蔵を見たい、と申し出た。職人と話ができなくてもいい。仕事をしている様子が見たい、と頼んだ。

佐藤は肯いて歩き出した。

佐藤のあとに続く。

味噌蔵は、母屋の外にある脇道を突き進んだところにあった。

ひとつの蔵の高さは、一般住居の三階分ほどだった。格子の小さな窓の上に、旧書体の大字で一から順に番号が振ってある。佐藤は「參」の蔵に、唐沢を案内した。

蔵に入った瞬間、熱気と香ばしい匂いがした。

「ここは大豆を蒸す蔵です」

佐藤は蔵の奥へ足を進めた。土間になっている地面を歩いていくと、広い作業場で数人の男たちが、大きな樽から大量の大豆を、ざるで巨釜に入れているところだった。みな白衣を着て、頭には白い帽子を被っている。佐藤の話によると、水に漬けておいた大豆を蒸すために、釜に移しているところだという。

「あれが上条です」

佐藤がそう言いながら、遠くを見やった。

唐沢は佐藤の視線を追った。佐藤の視線の先には、ひとりの男がいた。俯いた姿勢で、黙々と作業をしている。

——あの男が、上条庸一。

唐沢は、遠くから庸一を睨んだ。

視線を感じたのだろう。庸一は動かしていた手を止めて、こちらを見た。

目が合った。

唐沢の身体が硬直する。

庸一はすぐに視線を外した。何事もなかったかのように、作業を続ける。

唐沢は佐藤に言った。

「無理を言って申し訳ありませんでした。もう結構です。ありがとうございました」

深く頭を下げると、急に暇を告げた唐沢に驚いている佐藤に背を向け、急いで味噌蔵を出た。

車に戻ると、ハンドルに腕を預けて、詰めていた息を吐いた。

いましがた見た庸一の目を思い出す。

目が合ったのは、一秒にも満たないわずかな時間だ。しかし、その一瞬で唐沢は、庸一という人間を見たような気がした。

頭に被っている白い帽子と、口元を覆っているマスクの隙間から見える目は、泥のように濁っていた。陰気でどんよりとして、生気がなかった。その目の奥に、投げやりな狂気が潜んでいた。その狂気は普段は身を潜めているが、少しでも神経に触れたならば、なんのためらいもなく、相手に牙をむく。それが、幼い我が子だったとしてもだ。庸一の目には、そう思わせる危うさがあった。

唐沢の胸のなかに、激しい怒りが渦巻いた。

いままで幽霊のようにおぼろげだった存在が姿を顕（あら）わにしたことで迷いは消えた。

――このまま、見過ごすことはできない。

唐沢は覚悟を決めた。

庸一に対して、誰もが中途半端な意見しかしないから、あいつはお門（かど）違いな怒りを桂介にぶつけるのだ。庸一が自制せざるを得なくなる手を、早急に打たなければならない。桂介に手を出したら警察へ突き出す、でもいい。我が子の養育ができないのなら、市の福祉課へ電話して対応してもらう、でもいい。そうなれば、この街に住めなくなる、と脅すこともできる。嘘でも偽りでもいい。桂介に辛い思いをさせればお前が困ることになる、そう思わせることができれば、それでいい。

唐沢は枕田屋醸造の駐車場から車を出して、天和の近くまで戻った。庸一を摑まえるためだ。自宅へ帰るにしろ、雀荘へ行くにしろ、庸一は必ずこの道を通る。会社の近くで遣り合っているところを目撃されるのは、桂介のことを考えると好ましくない。

唐沢は時計を見た。三時を回ったところだった。仮に終業時間が五時だとしても、残業があれば退社はもっと遅くなる。庸一がここに現れるまで、少なくとも二時間以上は、待つことになる。それでもかまわない、と唐沢は思った。庸一を摑まえて、二度と桂介に手をあげないよう諭すつもりだった。

道の側の空き地に車を停めて、唐沢は庸一が現れるのをひたすら待つ。

先ほど、空き地の持ち主からエンジン音がうるさいと注意されたから、エンジンをかけることは躊躇われた。ヒーターがない車中は、吐く息が白くなるほど寒い。

だが、いまの唐沢にとって、寒さなど苦ではなかった。桂介を救うためなら、一日中待っていてもいいと思った。

道路沿いの街灯が、ぽつぽつと灯りはじめた。

時計を見ると、五時半を回っている。陽が落ちれば、人の顔の区別がつかなくなる。

外に出て庸一が来るのを待とうか、そう思ったとき、道の向こうから誰かが歩いてくるのが見えた。

庸一だった。ジャンパーのポケットに両手を突っ込んで、前かがみになりながらこちらに向かってくる。

庸一は歩きながら、ポケットから煙草を取り出し、ライターで火をつけた。深く吸い込んだ煙を、あたりに向かって大きく吐き出す。その態度が唐沢の目には不遜に映った。

唐沢は車から降りて、庸一が近くまで来るのを待った。胸のなかは、庸一への腹立たしさでいっぱいだった。殴りつけたくなる衝動を必死に抑えながら、庸一を待ち受ける。呼びとめるタイミングを見計らっていると、小さな影が目の前を駆け足で横切った。

桂介だった。

桂介は、庸一の側へ駆け寄る。

「お父さん」

桂介は、父親をここまで迎えにきたのだ。

「おう」

庸一が応える。

唐沢は車の陰からふたりの様子を窺った。

桂介は庸一の前に立つと、黙って父親を見上げた。

「なんだ、金か」

桂介が肯く。

「食うものは、家に残ってないのか」

桂介は再度、肯いた。

「一昨日(おととい)、パンを買っただろうが。それはどうした」

「もう、ない」

庸一が舌打ちをくれた。

「長く保たせろって言っただろうが。形は小さいくせに、食欲だけはいっぱしだな。お前みたいなのを、世間じゃ穀潰しっていうんだ」

庸一は地面に唾を吐くと、ジャンパーのポケットからなにかを取り出した。どうやら、金のようだ。

「ひい、ふう、みい……」

掌の上で金を数えると、庸一はその手を桂介に突き出した。

「これで二、三日保たせろ。いつも言ってるがわかってんだろうな。菓子なんか買うなよ。腹持ちがいいもんにしろ」

桂介が金を受け取る。庸一の手に、札が握られていた様子はない。いくらかの小銭で、数日しのげと言っているのだ。

唐沢は、自分でも気がつかないうちに、拳を強く握りしめていた。怒りで身体が震えてくる。

桂介は育ち盛りだ。これから伸びようとする身体は、いくら食べても足りないほど、栄養を欲している。それなのに庸一は、手にした金のほとんどを自らの享楽につぎ込み、子供にひもじい思いをさせている。そのうえ、暴力を振るい、身体だけでなく心にまで傷を負わせている。庸一に、父親の資格はない。

「お前は先に帰れ。俺は用事がある」

　そう言い残し、庸一は歩きだした。このまま雀荘へ行くつもりなのだ。

　桂介は後ろを振り返り、父親の背中を見つめた。寂しげな眼だった。引き止めても無駄だとわかっているのか、雀荘へ向かう父親を、黙って見送っている。

　唐沢はすぐにでも飛び出したい自分を必死に抑え、桂介がこの場から立ち去るのを待った。大人同士の諍い（いさか）の場を、まだ幼い桂介に見せるわけにはいかない。

　桂介が父親のあとをついていく形で歩き出した。雀荘の先にある家へ帰るのだろう。

　庸一は雀荘の前まで来ると、なにかを思い出したように立ち止まった。後ろを振り返り、息子の名を呼ぶ。

「桂介」

　桂介はその場に足を止めて、俯いていた顔をあげた。

「もらい物だ」

　そう言うと、庸一はポケットに突っ込んでいた右手を出し、桂介に向かってなにかを放った。

　飴玉だった。

　セロハン紙で包まれた飴玉が空（くう）で弧を描く。桂介は前に身をつんのめらせながら、両手でキャッチした。

　手のなかを見た桂介の顔が、見る間に綻ぶ。頬を紅潮させ、嬉しそうに父親に叫んだ。

「ありがとう、お父さん！」

庸一はなにも答えず、さっさと雀荘へ入っていった。

桂介はいま一度、手のなかの飴玉を見つめると、それがまるで宝物でもあるかのように胸に抱きしめ、家に向かって駆けだした。

車の陰に身を潜め、事の成り行きを見ていた唐沢は、身動きができずにいた。いましがた見た、桂介の顔が目に焼きついて離れない。

唐沢は、きつく目を閉じた。目頭が熱くなってくる。目から零れ落ちそうになるものを、必死に堪えた。

ひとつ息を吐いて、顔を勢いよく上げる。

父親から飴玉を受け取った桂介の顔を見るまでは、児童相談所か福祉関係に相談しようと思っていた。そのどちらも動かないならば、唐沢家に養子として引き取ることも頭にあった。

しかし、桂介の顔を見て、その考えが本当の意味で桂介を救うことにはならないのだと悟った。

父親から飴玉を受け取った桂介の表情は、これまで唐沢が一度も見たことがないものだった。暗く沈んでいた顔が飴玉を受け取った瞬間、光の放射を受けたようにぱっと輝き全身から声にならない喜びの感情が溢れ出ていた。

唐沢の家で、菓子や食事を食べているときでさえ、あのような顔を見せたことはない。桂介にとっては、美味い菓子や手料理より、父親がくれるたった一個の飴玉のほうが嬉しいのだ。

桂介が真に求めているものは、唐沢も美子も与えることはできない。それができるのは、父親だけなのだ。

他人から見れば、どうしようもないろくでなしの父親だが、母親を喪った桂介にとってはたったひとりの肉親だ。桂介が父親を欲している以上、庸一から桂介を引き離すことは、必ずしも桂介のためになるとは限らない。ならば、桂介を陰から守ろう。

そう決めた唐沢は、桂介のあとを、追いかけた。

雀荘から桂介の自宅まで、食料品をおいてある店は一軒しかない。日用品やパン、惣菜を売っている佐藤商店だ。桂介はそこで今日の夕食を買うはずだ。

唐沢は店に着くと、引き戸を開けた。やはり、桂介はいた。

店に入ってきた唐沢を見て、驚いている。

追いかけてきたことを悟られないよう、唐沢は偶然を装った。

「君も買い物かい。私も足りないものがあって店に来たんだよ」

桂介は唐沢の言葉を疑う様子もなく、澄んだ目で見つめている。

「なにを買うんだい」

桂介はしばらく考えていたが、八枚切りの食パンとコロッケがふたつ入ったビニール袋を手に取った。これが所持金で買える、精一杯のものなのだろう。

桂介は選んだ食料を、店の奥にいる老婆のところへ持っていった。老婆は金を受け取ると、買った商品と一緒に、側にあったみかんをふたつ紙袋に入れて、桂介に渡した。袋を受け取るとき、桂介はなにか言いかけたが、老婆はなにも言うなというように首を振った。

唐沢は平台の上に並んでいるアンパンと味噌おにぎり、クジラの竜田揚げを買った。

老婆に金を払い、桂介と一緒に店を出る。

外に出ると、唐沢は自分が買ったものを、袋ごと桂介に渡した。

「持っていきなさい」

桂介は驚いた顔で唐沢を見た。もらえない、というように首を振る。

「いいんだ。子供は遠慮するものじゃない」

唐沢は無理やり桂介に紙袋を持たせた。戸惑いながらも、桂介は紙袋を受け取った。拒む素振りは見せたが、本音は嬉しいのだろう。隠そうとしても隠せない喜色が、顔に浮かんでいる。

唐沢は腰を屈め、桂介と目の高さを合わせた。桂介の顔をまっすぐに見つめる。

「私と、ひとつ約束をしてほしい」

いつにない真剣な唐沢の声に、桂介は緊張した面持ちで身を固くした。

「毎週、日曜日に私の家に来なさい」

唐沢と知り合ってから、桂介はほぼ毎週、日曜日になると唐沢の家を訪れている。いまさら、なぜ約束などさせるのか。桂介の目が、そう聞いている。

唐沢は、桂介に訊ねる。

「君は将棋が好きだよね」

桂介が肯く。

「強くなりたいよね」

先ほどより、大きく肯く。

「君は筋がいい。ちゃんと学べば、きっと強くなる。大人だって負かすことができるようになる」

桂介の目が輝いた。

「私も、君に強くなってほしい。だから、これから毎週、私の家で将棋を指そう。いいね」

桂介の将棋の筋がいいという話も、桂介を強くしたいという気持ちも嘘ではなかった。が、桂介を強く家に呼ぶ本当の理由は別にあった。

それは、桂介の世話をしっかりとするためだ。

週に一度、桂介と一緒に風呂に入り、父親が度を越した暴力を振るっていないか確認する。桂介の身体が健康に育つために必要な食事を与える。彼が好きな将棋を教え、心が健全に育つよう導くためだった。

唐沢は桂介の肩を摑んだ。

「約束だよ」

肩を摑む手の強さから、なにかしらの決意を感じ取ったのだろう。桂介は一瞬、躊躇したが、唐沢の目を見つめて、しっかりと肯いた。

唐沢は桂介の肩を、ぽんと叩くと、屈めていた腰を伸ばした。

「さあ、もう帰りなさい」

桂介はふたつの紙袋を両手で握り締めると、唐沢に背を向けて駆け出した。

「知らない人に声をかけられても、ついていくんじゃないぞ。あと、車に気をつけるんだぞ」

道の奥へ駆けていく桂介が、肩越しに振り返る気配がした。

「おじさん、ありがとう」

桂介の声が聞こえる。

唐沢は口に両手を当てて叫んだ。

「これからは私のことを、先生と呼びなさい」

おじさんと呼ばれるのは、他人行儀で嫌だった。現役ではないいま、他の者から先生と呼ばれることには抵抗があるが、桂介ならいいと思った。

「はい、先生」

遠くから、桂介が答える。もう姿は見えない。やがて気配も、闇のなかに消えた。

唐沢はしばらくその場に立ち尽くした。吐く息が白い。身体は寒さで冷え切っているのに、胸のなかは強い使命感で熱くなっていた。

――桂介は、私が守る。

固く握りしめた両の手に、小さな肩の感触が残っていた。

第七章

早朝、隣町のコンビニエンスストアでコピーを取り、佐々木喜平商店をあとにした石破と佐野は、すぐに仙台から茨城県水戸市へ向かった。義則の父親から例の駒を買ったと帳簿に記載されていた、大洞という人物を訪ねるためだ。

県警には昨夜、当直に電話を入れ、出張の許可を得る根回しをしていた。今朝がた本部に確認すると、五十嵐管理官から正式に許可がおりていた。

仙台駅から新幹線やまびこに乗り、福島の郡山駅で水郡線に乗り換える。仙台から水戸まで、およそ四時間の道のりだ。

仙台駅で石破は、牛タン弁当とえんがわ寿司を買った。

いくら美味いと有名なご当地の弁当だとしても、朝っぱらから厚切りの牛タンや、えんがわの押し寿司という重い飯を食える胃袋に、佐野は感心を通り越し呆れた。見ているだけで胃もたれがしてくる。

「あっちに着いても、ゆっくり昼飯なんか食ってる暇はない。お前もしっかり食え」

そう言われても食欲がない。佐野は迷った末に、サンドイッチと缶コーヒーを買った。

案の定、石破は新幹線に乗車すると弁当をあっという間に平らげ、シートを倒して鼾をかきはじめた。

早飯早糞、どこでも寝る——これが刑事の必須条件だ、と石破はいつも力説している。教えに従い、佐野もサンドイッチを食べ終えると、シートを倒して仮眠を取ろうとした。うとうとしかけたとき、上着の内ポケットで携帯が震えた。まだ一部の者にしか支給されていない、捜査員専用のものだ。移動が多い調べのため、佐野が持たされた。

電話は、今回の事件で捜査本部の指揮官を務めている五十嵐からだった。管理官直通の固定電話からかかってきている。

佐野は急いでデッキに出ると、携帯に出た。

「おはようございます。佐野です」

携帯の向こうから、五十嵐のきびきびとした声が聞こえた。

「ご苦労。いま、移動中か」

「仙台から水戸市へ向かっているところです」

指揮官直々の電話に、緊張して声が上ずる。

五十嵐は佐野に、茨城県警の協力を得ることができた旨を伝えた。

佐野は、安堵の息を吐いた。

事件の捜査が他県に跨(また)がる場合、足を踏み入れる県の警察機関に一報を入れることが礼儀となっている。同じ警察といえども、それぞれ捜査領域が違うからだ。

事と次第によっては、今回のように捜査協力を得られる場合もある。他県の捜査員よりも、地元の捜査員のほうが多くの情報を握っているのは当然のことだ。土地鑑(とちかん)がある捜査員がいれば、自分たちだけで動くより捜査はスムーズに進む。

実際、例の駒を買った大洞の住所は手に入れたが、売買されたのはいまから三十年以上も前のことだ。その当時の住所がいまも存在するのか、大洞という人物がそこに現住しているのかもわからない。地域の細かい情報を持っている地元捜査員の協力はこのうえなくありがたかった。

おそらく、昨晩のうちに出張の経緯を知った五十嵐が、刑事総務課を通さず、自ら当該所轄に掛け合ってくれたのだろう。

「水戸中央署の署長は大学の同期でな。事情を伝えたら、快く捜査員を出してくれた。お前たちが水戸駅に着く時間に合わせて、捜査員が車で迎えに行くそうだ」

捜査員の名前は安立(あだち)。改札で待っているという。水色のワイシャツを着て、地元の新聞を持っているとのことだった。制服警官を避けたのは、署長の配慮だろう。

「ところで、石破とはうまくいってるか」

五十嵐が訊ねる。

佐野は咄嗟の言葉に詰まった。

どう答えていいかわからず、逆に問い返した。

「電話、石破さんと替わりますか」

察するところがあるのか、携帯の向こうで苦笑する気配がする。

「いや、いい。あいつのことだ。どうせ駅弁を平らげて、座席で白河夜船だろう」

すべてお見通しだ。

五十嵐は、佐野を宥めるような口調で言った。

「あいつは昔から我が道を行くやつでな。相方と喧嘩をして、問題になったこともある。だが、捜査の腕は県警の捜一でもピカイチだ。お前も大変だろうが、しっかり石破について捜査を進めてくれ」

五十嵐は埼玉県警捜査一課の管理官に就いて、まだ一年にも満たない。石破との付き合いは、さほど長くないはずだ。石破の捜査能力と人格的欠落は、それほど県警で知れ渡っているということだ。

正直なところ、石破の捜査の腕がどれほどのものなのか、佐野にはまだわからない。しかし、管理官の認める言葉は重かった。

佐野は姿勢を正すと、力強く答えた。

「承知しました。石破さんの指示に従い、捜査に全力を注ぎます」

水戸駅に着き改札を出ると、水色のワイシャツ姿で、地元の新聞を小脇に抱えている青年がいた。安立だ。

佐野と石破の年齢や特徴を、安立も聞いているのだろう。ふたりの姿を認めると、まっすぐに駆けてきた。

やってくると、安立は黒い革靴の踵を合わせて背筋を伸ばした。

「大宮北署地域課の佐野巡査と、埼玉県警捜査一課の石破警部補ですね。水戸中央署地域課巡査の安立直人です。今日は自分が、ご案内します」

まだ二十代前半だろうか。佐野を見つめるまっすぐな眼差しや、緊張を滲ませた口調から、初々しさを感じる。

安立は石破から見れば、階級、年齢ともにかなり下だ。自分の部下であれば、頭など下げないだろう。しかし、他府県警となれば話は別だ。そのあたりの仁義は重んじているらしく、石破は安立に向かって頭を下げた。

「お忙しいところご面倒をおかけします。捜査のご協力、感謝します」

石破の丁寧な謝意に、安立は慌てふためいた様子で低頭した。

安立に案内されて、駅の構内を出る。

駅の駐車場に停めていた覆面車両に乗り込むと、安立はエンジンをかけながら話を振った。

「署長の話によりますと、おふたりは昭和三十六年当時、市内の太子町に住んでいた、大洞進という人物を訪ねていらしたとのことですが」

佐野は後部座席から、わずかに身を乗り出した。

「先日、天木山の山中から発見された死体の遺棄事件に関与して、ある将棋の駒を追っているんです。その駒と同類のものを、水戸市に住む大洞という人物が購入している可能性があります。大洞さんに会えば、なんらかの情報が得られるのではないかと思って来ました」

安立は上着の懐から手帳を取り出すと、後ろを振り返り、佐野に差し出した。

「署長から聞いている、大洞進さんの住所です。間違いがないか、いま一度確認をお願いします」

佐野はページに目を落とした。自分の手帳を開き、メモした大洞の住所と照らし合わせる。同じだ。間違いない。

佐野は手帳を閉じると、安立に返答した。

「その住所に間違いありません。お手数をかけますが、そこへ行っていただけますか」

「そのことなのですが」

安立は手を伸ばして助手席のダッシュボードを開けると、なかから茶色の書類袋を取り出した。

「昭和三十六年当時に大洞進さんが住んでいた住所は、昭和四十五年に道路拡張のため取り壊されています。かつて太子町だった町名は太子新町に変更されて、いまは幹線道路が通っている商業地域になっています」

昭和四十五年といえば、日本の高度成長期後半の時期だ。鉄道や高速道路などの幹線が発達し、各地域でも街の整備が多く行われていた。太子町もその流れにのまれて消えたのだろう。

それまで佐野の隣で黙っていた石破が、安立に訊ねた。

「道路拡張後の移転先は、わかりますか」

安立は答える代わりに、手にしていた書類袋を石破に渡した。

「そのなかをご覧ください。午前中、市役所に行って調べてきた、移転に関する記録が入っています」

石破は書類袋から中身を取り出しざっと目を通すと、隣にいる佐野に渡した。佐野も急いで書類を読む。

大洞進の家は、昭和四十五年の道路拡張後、塚野(つかの)町という地域に移転していた。

安立の話によると、塚野町は市内の西はずれにあり、山を切り開いて宅地にした土地だった。当時は人気の新興住宅地だったが、市の中心地から離れていることと、坂が多く高齢者には不向きなことから、いまでは当時の半分ほどしか住人はいないという。

安立は説明を続けた。

「調べたところ、大洞家が塚野町から移転したという記録はありません。現在の世帯主の氏名は大洞進ではありませんでしたが、大洞忠司という同じ苗字の人物です。進さん本人がそこの住所にお住まいかは後ほど住民票を調べればわかりますが、少なくとも、進さんの身内がいることは確かだと思います。ですから、いまから塚野町へ向かおうと思うのですが、いかがでしょうか」

石破は満足げな笑みを顔に浮かべた。

「そうしてください。いやあ、仕事が速いですね。大変、助かります。うちの部下も、このぐらい気が回るといいんですが」

正確には、捜査本部が立ち上がっているあいだだけの部下なのだが、そんな細かいことを言っても意味がない。石破の嫌味を受け流し、佐野は書類を安立に返した。

「あとでその書類のコピーを取らせてください」

佐野が頼むと、安立はダッシュボードから別な書類袋を取り出し、佐野に差し出した。

「そうおっしゃると思って、同じものを用意しておきました。お持ちください」

礼の言葉が出るまで数秒かかった。

たしかに気が回る。

自分より優秀な部下を持つと、こんな気分になるのだろうか。なんだかばつが悪い。コピーが入った書類袋を受け取りながら目の端で隣を見ると、石破が不機嫌そうな顔で佐野を睨んでいた。

塚野町は、駅から西に車で二十分ほど走った地域にあった。時刻は午後一時を過ぎたばかりだ。

安立は、がら空きのコインパーキングに車を停めた。三人は車から降り、それぞれに辺りを見渡した。

二十年ほど前は賑やかだったと思われる町は、安立の話のとおり、すっかり寂れていた。山の斜面に建っている家の多くは屋根や壁が色褪せ、空き家と思われる建物が目につく。

「こっちです」

安立は先に立って歩きはじめた。

急な坂を上り、先に続く二股の道を左に折れる。長く続くコンクリートの塀に沿って進むと、安立は四本目の電柱の脇で足を止めた。

手にしている手帳と、電柱の街区表示板を交互に眺める。再び歩き出すと、電柱から三軒先の家の前で、ふたりを振り返った。

「この家です」

佐野は道路に面している門柱を見た。柱に、大洞忠司、と書かれた表札がある。

「どうぞ」

安立が佐野と石破を促す。自分はあくまで案内する役目だ、と心得ているらしい。

石破が門柱から家の敷地に入る。

門から家屋までは、庭が続いていた。一定の間隔で置かれた敷石の脇には、つつじや金木犀といった庭樹が植えられている。幹も葉も艶がなく、樹木に詳しくない佐野でも、弱っているのがわかる。手入れをすればいい庭になるのだろうが、いまの住人は造園に関心がないらしい。

石破は玄関のドアまで来ると、佐野にチャイムを押すよう、顎で指示した。

「誰か出てきたら、お前が話せ」

面倒な説明や調べ物は、部下に任せるのが石破のやり方だ。

佐野は、ドアの横にあるチャイムを押した。ドアの向こうで、軽やかなメロディが流れる。

誰か出てくる様子はない。もう一度チャイムを押そうとしたとき、奥から重い足取りが近づく気配がした。ドアがゆっくり開く。

「どちら様ですか」

ドアの隙間から、男が顔を出した。髪に白いものが混じり、顔には老いによるシミが浮かんでいる。身に付けている上下のジャージは、かなりくたびれていた。

進ではない。存命ならば、進はいま八十五歳だ。老けているとはいえ、男はそこまで高齢ではなかった。

この暑いのにスーツ姿でいきなり訪ねてきた三人を、筋の良くない訪問販売員だと勘違いしたらしい。男は勢いよくドアを閉めようとした。

「押し売りならごめんだ」

佐野は慌ててドアに手を掛けると、素早く半身を入れた。

「押し売りではありません。警察です」

ドアを閉めようとしている力が弱まる。

「警察って――お巡りさん？」

制服を着ていれば、すぐに信用してもらえたのかもしれないが、あいにく佐野たちは私服だ。信じていいものかどうか判断がつかないらしく、男は佐野たちを胡散臭い目で見ている。

佐野は盗難防止のためベルト通しに紐で繋いでいる警察手帳を、ズボンの尻ポケットから取り出して男に見せた。

「私は埼玉県警大宮北署の佐野直也といいます。後ろにいるふたりは、埼玉県警捜査一課の石破と、水戸中央署の安立です。ちょっと伺いたいことがあって来ました」

警察手帳の提示で、男はやっと三人が警察関係者だと信じたらしく、半開きにしていたドアを大きく開いた。

「聞きたいことってなんですか」

面倒なことはさっさと済ませたい。そんな口調だ。

佐野は、手帳を尻ポケットに戻しながら訊ねた。

「こちらは以前、太子町に住んでいた大洞進さんのお宅で間違いありませんか」

男が眉根を寄せる。

「ええ、そうですが、あなたは？」

佐野の問いに、戸惑いを見せながら男が答える。

「失礼ですが、あなたは……」

「息子の忠司です」

自宅は息子が継いだらしい。

佐野は来意を告げた。

「お訊ねしたいことというのは、進さんがいまから三十年ほど前に購入した将棋の駒についてです」

死体遺棄事件については伏せ、手短に事情を伝える。

「ある事件に、進さんが購入した駒が関わっている可能性があるんです。進さんからお話を伺いたいのですが、ご本人はご在宅でしょうか」

　忠司は困惑した態で答えた。

「父は六年前に亡くなりました」

　驚きはなかった。他界していてもおかしくはない高齢だ。忠司の話では、肺が悪いとわかってから、一年保たずに亡くなったとのことだった。

　佐野は首を捻り、後ろにいる石破を見た。指示を仰ぐためだ。

　石破は無言で、顎をしゃくった。

　このまま聴取を続けろ、という意味だ。顔を忠司に戻し、質問を続ける。

「進さんがお亡くなりになっているとは、知りませんでした。いきなり故人のことを訊かれて気を悪くされたのなら謝ります。しかし、さきほど事情をお伝えしたとおり、我々は捜査のために、失礼を承知でお話を聞かせていただかなければなりません。例の駒ですが、あなたは進さんが購入したことはご存じでしたか」

「それは……」

　答えかけた忠司は、佐野の背後を見やると、はっとしたように口を噤んだ。

　忠司の視線を追って振り返る。年配の女性がこちらの様子を窺うように、門から覗き込んでいた。近所の者だろうか。佐野の視線に気づくと、急いで立ち去った。

忠司は苦い顔をしながら、佐野たちを家のなかへ促した。

「人目がありますから、なかへどうぞ」

佐野は脇へ身を寄せると、石破に先を譲った。石破のあとから、佐野と安立が続く。

家のなかへ入った忠司は、短い廊下の奥の部屋へ、三人を通した。

そこは茶の間だった。入ってすぐ右側に仏壇が置かれ、真ん中に座卓がある。

庭同様、部屋のなかも、荒れていた。庭に面している障子のところどころは破れ、畳は表面がささくれだっている。座卓の上には、汚れがこびりついた茶碗や皿が置きっぱなしになっていた。

忠司は部屋の隅に積んでいた座布団を持ってくると、座卓のまわりに並べた。

「適当に座ってください」

忠司が座卓の上の食器を、茶の間と続きの台所へ運んでいく。そのあいだに佐野は、座布団の表面に積もっている埃を手で払った。

忠司は台所から戻ってくると、三人と座卓を挟んだ形で座った。

「男やもめなもんで、散らかっててすみません」

忠司の言葉に、佐野は横にある仏壇を見やった。位牌の横に、木製の額に入った写真がふたつ飾られている。ひとつは、目元が忠司とよく似ている年配の男性、もうひとつは穏やかに微笑んでいる中年の女性だった。

佐野の視線に気づいたらしく、忠司がぽつりと言った。

「父と妻です」

額に飾られている女性は、忠司とそう歳が変わらないように見える。額縁も新しい。おそらく、最近亡くなったのだろう。住まいが荒れている理由は、立て続けに身内を失くした喪失感からくるものかもしれない。

「ところで」

忠司の自宅を訪問したときからずっと黙っていた石破が、口を開いた。声の重みから、本題に入るのだと察する。佐野はシャツの胸ポケットからメモ用の手帳を取り出し、ペンを持った。

「我々が捜している駒――進さんが購入した駒は、いまお宅にありますか」

忠司は力なく首を横に振った。

「ありません」

「確かですか」

石破の声が鋭く尖る。

疑われたのが心外なのか、忠司は石破を睨むと、語気を強めた。

「その駒は、とっくの昔に父が手放しています。私が結婚した年ですから、よく覚えています」

「結婚なさったのはいつでしょう」

石破が被せるように訊ねる。

「昭和四十年です。私が二十九歳で、妻が二十六歳のときでした」

計算すると、忠司はいま現在、五十八歳ということになる。年の割には、かなり老け込んでいる。還暦を過ぎていると言われても、誰も疑わないだろう。

忠司は自分の父親の生い立ちを語りはじめた。

大洞家は三代続く和菓子屋で、水戸市では名の知れた老舗だった。進は四代目だったが、ひとりっ子の長男で甘やかされたせいか、自分の思いどおりにならないと癇癪を起こす子供だったらしい。中学校を卒業したあと、先代が懇意にしていた金沢の和菓子屋に修業に出されたが、酒と女遊びにうつつを抜かし、途中で帰されたとのことだった。

「父は武勇伝のように話していましたが、息子の私からすれば、どうしようもないクズでした。見た目もそこそこで、羽振りもいい。加えて老舗の跡取りとくれば、女にもてないはずがない。いろいろ浮名を流したあと、私を身籠った母と結婚しました。父が遊び人ということは、母も知っていたようですが、身を固めれば真面目になってくれると思ったようです。でも、人間そうそう変わるものじゃあない。父の放蕩は直らず、母は私が五歳のときに離婚して家を出ていきました。それでも父は懲りずに道楽を続け、長く続いた店まで潰してしまいました」

忠司は仏壇を見ると、自虐的に笑った。

「唯一、父を褒めるところがあるとすれば、長患いせずに逝ったことくらいだ」

世の中には、身近な人間には言えないが、見ず知らずの他人には話せることがある。

忠司は、いかに自分の父親が人間として失格だったかを語り、ひいては、妻が早死にしたのも、自分がひどい糖尿病で透析をしなければいけない身体になったのも父のせいだ、と言う。

佐野は、忠司の怨み言をどこまで記録すべきか迷ったが、ふと漏らした言葉に駒の行方に関する情報がないとも限らないと思い、話のすべてを手帳に書き留めた。なにより、上司の石破が黙って聞いている限り、横から口は挟めない。

いままで胸に溜めていた憤懣をひととおり吐き出して気が済んだのか、忠司はやっと駒の話をはじめた。

「あなたたちが捜している駒も、まだ金に困っていなかったころに、父が思い付きで買ったものでした」

石破がのんびりとした口調で話を合わせる。

「あなたの話によると、進さんは駒を昭和四十年に手放していますね。例の駒は名工が作った高価な品です。その駒をたった四年で手放した理由はなんですか」

忠司は自嘲気味に笑みをこぼした。

「さきほどもお話ししたとおり、父は飽きっぽい性格でしてね。女も趣味も、ころころ変わるんです。例の駒を買った理由も、別に将棋に特別な思いがあったわけじゃない。たまたま偉い将棋指しの先生の対戦を観る機会があり、興味を抱いて、一流の駒と将棋盤を買い揃えたんです。でも、いつものように、すぐに飽きた。そうこうしているうちに、道路拡張や私の結婚話が持ち上がり、それを機に家を新築することになったんです。そのときに父は、名工が作った高価な駒を手放して、伊東深水（いとうしんすい）の美人画を手に入れました。まあ、いまではその絵もありませんがね」

根っからの放蕩人を父に持ち、忠司も苦労したのだろう。忠司が進のことを語る言葉ひとつひとつに恨みが感じられる。

石破が苦笑いを浮かべながら、首の後ろを手で叩いた。

「息子さんから見れば、どうしようもない父親だったかもしれませんが、他人の私から見れば非常に魅力のある人物ですね。豪快というか豪胆というか。いまの時代、そういう人間に会いたいと思っても、なかなか会えませんよ。女にもてたのも納得できる」

自分が父親をどれほど憎んでいたとしても、肉親を他人から褒められるのは悪い気がしないものなのだろう。忠司の顔に浮かんでいた険が和らぐ。石破が持つ人の心を懐柔する手練は、さすがと言わざるを得ない。

忠司は石破の目をまっすぐに見ると、話を本筋に戻した。

「みなさんは、事件に関係があるかもしれない駒の行方を追っている。ということは、父が誰にその駒を売ったのか知りたいということですよね」

　石破が大きく肯いた。

「そのとおりです。進さんが駒を誰に売ったのか、わかりますか」

　忠司は、いいえ、と首を横に振ったがすぐに、でも、と言葉を続けた。

「父が誰に駒を売ったか知っている人は、わかります」

「誰ですか」

　石破が間髪を容れず訊ねた。佐野のペンを持つ手に、知らず力が入る。

「大阪の菊田という男です」

「その男の下の名前と、住所は覚えていますか」

　石破が即座に訊ねる。

「すみません」

　忠司は謝ることで、知らないと答えた。

「菊田さんは何度か家に来ていますが、私が会ったのは二回だけです。家に帰ってくると茶の間に父と見知らぬ男がいて、私は軽い挨拶を交わしただけですぐ自分の部屋へ引っ込みました。あとで父から、あの男は大阪で不動産業を営んでいる菊田という人で、将棋の駒について相談している、と聞きました」

「不動産？」

語尾を上げて、記憶違いではないのか、と石破が暗に訊ねる。

忠司は困った顔をした。

「私も父から菊田さんの職業を聞いたときは、将棋の駒と不動産業が結びつきませんでした。しかも、遠い大阪から訪ねてくるなんてどうしてだろうってね。でも、それには理由があったんです」

忠司の話によると、進と菊田は知人を介して知り合い、進が駒を手放すつもりでいることを知ると、菊田はその話を自分に預けてほしいと頼んだという。

「不動産業という仕事柄、いろいろな理由で家財道具を手放す人間を知っていたんでしょう。処分される品のなかには、車や家電など日常で使うもののほかに、絵画や骨董品のような、家人が趣味で持っていたものがある。そのなかに、まれに価値が高いものがあり、菊田さんはそのような品を所有していたようです。相談した結果、父は菊田さんが持っていた伊東深水の美人画と例の駒を交換したんです」

「菊田という男が経営していた、不動産会社の名前はわかりますか」

石破が訊ねる。

忠司は、いえ、と首を振った。

「さきほどもお答えしましたが、菊田という名前と、大阪で不動産業をしていたことしか知りません。父と私は仲が悪く、普段の会話もほとんどなかったし、できる限り、父とは関わらないようにしていましたから」

「菊田という男は、何歳くらいでしたかねえ」

石破が質問を変える。忠司は遠い記憶を手繰り寄せるように、腕を組んで遠くを見やった。

「当時、私は三十手前でしたが、私よりも少し年上のように見えました。三十半ばくらいだったんじゃないかなあ」

佐野は手帳にペンを走らせながら、頭のなかで歳を計算した。忠司の推測が正しいとしたら、菊田という男はいま現在、六十半ばくらいということになる。引退するにはまだ早い年齢だ。いまでも不動産業を続けている可能性はある。

石破がちらりと佐野を見た。忠司の話をすべて手帳に記録したか、と目が問うている。佐野は石破にだけわかるように、小さく肯いた。

もう聞くことはない。そう判断したのだろう。石破は時間をとらせた詫びを言い、腰をあげた。

玄関先まで見送りに出た忠司は、少し寂しげに目を伏せた。

「父の話をしたのは、久しぶりでした。生きているあいだは嫌で仕方がなかった父ですが、思い出話をしていると懐かしくなります。今日は仏壇に、父が好きだった水ようかんでも供えます」

忠司はそう言って、静かに玄関のドアを閉じた。

駅まで送ってくれた安立に丁重に礼を述べたあと、佐野と石破は水戸をあとにした。大宮北署に戻ったのは、夜の捜査会議がはじまる前だった。

三階にある大会議室に、五十名ほどの捜査員が揃う。佐野と石破も、いつも座っている窓際の席に腰を下ろした。

進行役である本間の号令で、会議がはじまる。本間は、科学捜査研究所に依頼している復顔の進み具合、地取り、鑑取り、佐野たちが託されている品割り(ナシ)の順に、捜査状況を報告するよう指示を出した。

まず、復顔の情報を担当している所轄の強行犯係、鳥井が報告する。状況に進展はなかった。遺体の復顔はまだ作業中とのことで、完成には当初の予定どおりあと半月ほどかかるという。

続いて、地取り、鑑取り班が報告するが、双方ともに、これといった新情報はない。

会議室前方の雛壇で、捜査員たちと対峙する形で座っている橘が、神経質そうに人差し指で机を小突く。

「遺体発見から半月が経つというのに、捜査の進捗状況が芳しくないのは甚だ遺憾だ。捜査方法に、なにか問題があるんじゃないのか」

　捜査本部のなかで上の立場にある者の不満は、会議室全体に重い空気を漂わせた。捜査員の多くは、書類に目を落とす振りをしながら、橘と目を合わせないようにしている。

　橘の苛立ちの原因は、想像に難くなかった。

　捜査の指揮を執っているのは、県警捜査一課管理官の五十嵐だが、実質の責任者は所轄の署長の橘になる。地方に腰かけで在籍しているキャリアにとっては、所轄での実績が、いずれ中央に戻るときの評価に直結する。評価が高ければ、中央でのいい席が確保されるが、なにかしらの落ち度が生じた場合、出世レースから振り落とされる可能性がある。

　失点の最たるものは不祥事だが、事件の迷宮入りも当然、そのなかに入る。橘にとって事件解決への道が遠ざかることは、出世の道が遠ざかることと同義なのだ。

　橘の右隣にいる五十嵐が、捜査員を庇うように横から進言した。

「遺体の身元が割れないことには、なんともなりませんな。言い換えれば、それがわかれば、捜査が一気に進む可能性が高いということです。捜査員の尻を叩くより、復顔を早急に完了させろと科学捜査研究所をせっつくほうが、捜査の進展に繋がると思いますが」

　年齢なら橘より五十嵐のほうが上だ。五十嵐は実質の責任者である橘に敬語を使う。

　橘は不機嫌な表情のまま、肯いて五十嵐の意見に賛同の意を示した。

　受けて五十嵐は、鳥井に向かい、科学捜査研究所に作業を急かすよう指示を出した。

本間が、石破と佐野に視線を向ける。

「次、品割り」

石破は会議の席上でめったに口を開かない。報告は佐野の役目だ。

佐野は椅子から立ち上がると、自分の手帳を開いた。

「石破警部補と自分が追っている例の駒ですが、五つのうち四つまでは所有者の確認が取れました。残りのひとつの行方を、いま追っている状況です」

佐野は端的に、駒の流れを説明した。佐々木喜平商店にあった駒が、遺体とともに発見された初代菊水月作のものではなく二代目のものだったこと。佐々木喜平商店が所有していた初代の駒は、茨城県水戸市の大洞進という人物が購入したこと。大洞は駒を購入した四年後の昭和四十年に、駒を手放していることを伝える。

「例の駒が大洞進から、当時、大阪で不動産業を経営していた菊田という男に渡ったところまではわかりました。いま、菊田という男の所在を洗い出している途中ですが、わかり次第、菊田を訪ねる予定です」

報告を終えた佐野は、手帳を閉じた。

橘の左隣にいる所轄刑事課長の糸谷が、機嫌をとるように橘のほうへ身を寄せる。

「遺体の身元はもちろんですが、遺留物の所持者が割れれば、そこから捜査が一気に流れるかもしれません」

わずかだが、捜査が進んでいると思われる報告に、少しは機嫌が直ったらしい。橘の険しかった顔が、かすかに緩む。

席に座った佐野に、五十嵐が訊ねた。

「菊田という男の調べは、どこまでついているんだ」

佐野は一瞬、戸惑った。駒が菊田という男に渡ったという話は、つい数時間前に判明したことだ。菊田本人については、まだなにもわかっていない。存命なのか他界しているのかすら不明だ。実際は、捜査になんの進展もないと知ったら、橘の機嫌が再び悪くなる。だからといって、事実を告げないわけにはいかない。

佐野は一度椅子に戻した尻を再び上げた。

「菊田の件は出張から帰る直前にわかったばかりで、実質的な捜査はこれからです」

案の定、橘は顔を歪めた。

橘の口から不満の言葉が発せられるのを遮るように、すばやく五十嵐が提案した。

「大阪府警に協力を仰ぎましょう」

橘は五十嵐の言葉を受けて、佐野を睨みながら訊ねた。

「大洞進が、菊田という男に駒を譲渡した時期は、昭和四十年で間違いないのか」

急いで手帳を捲り、メモを確認する。

顔をあげて、橘の問いに答えた。

「大洞忠司の記憶に誤りがなければ、昭和四十年で間違いありません」

橘が五十嵐と糸谷を交互に見やる。

「すぐに、大阪府警に捜査協力を求めろ」

「私が連絡します」

糸谷が即座に答えた。

「府警には以前、ホステス殺しの件で貸しがあります。その貸しを返してもらいましょう」

二年前、大阪でホステスが殺される事件が発生した。逃亡した被疑者が大宮市内に潜伏中という情報が警察庁に入り、埼玉県警と大宮北署は、捜査員を大量に動員して住居（ヤサ）を探り当て、大阪府警の身柄確保に協力した。糸谷が言っているのはそのときの件だ。

糸谷は佐野を見やると、声を張った。

「府警と話がついたら、段取りを伝える。明日は早朝から大阪へ行くことになるはずだ。会議が終わったら、速やかに出張の許可を取れ」

救われた思いで、佐野は糸谷に頭を下げた。

会議が終わり部屋を出ると、後ろから声を掛けられた。

「難儀そうだな」

振り返ると、五十嵐がいた。県警一といわれる長身が、近くで見るといっそう際立つ。五十嵐は、佐野の前を歩いている石破を見ていた。声を掛けられたことに気づいていないのか、気づかないふりをしているのか、石破は立ち止まらない。背を丸めた格好で廊下を歩いていく。部下の前では身勝手な性格もまかり通るが、上司に対しては通じない。佐野は急いで石破を呼び止めた。

「石破さん」

名前を呼ばれて振り返った石破は、ただでさえ不機嫌そうな顔をさらに曇らせて佐野を見た。

「なんだ。俺は疲れてるんだ。今日はもう寝る」

「いえ、自分ではなく五十嵐管理官が……」

言われて石破は、佐野の後ろにいる五十嵐へ目を移した。どこか投げやりな視線だ。上司にも不遜な態度をとる石破に、五十嵐が怒り出さないか不安になる。佐野の心配をよそに、五十嵐は顔に穏やかな笑みを湛えていた。

「疲れているところすまない。ひと言、労い（ねぎら）の言葉を言いたくてね」

石破は五十嵐を睨みながら、ぶっきらぼうに言う。

「疲れてるのは管理官も同じでしょう。現場を知らないキャリアのお偉いさんを宥めるのも、骨が折れる」

佐野は驚いて辺りを見渡した。署長を小馬鹿にするような物言いを誰かに聞かれたら、どこから本人の耳に入るかわからない。酒席ならまだしも、署内で、しかも勤務中でのこの口吻は、第三者に漏れたら訓戒ものだ。

五十嵐は心から可笑しそうに、声に出して笑った。

「それも仕事のひとつだよ」

石破の話に乗っかる五十嵐に、佐野は目を丸くした。五十嵐は県警の幹部だ。同じ立場の橋の側に立つのが当然だ。しかし、五十嵐のいまの言葉は、現場側の人間のものだった。

軽く受け流されたのが気に入らないのだろう。石破は皮肉な口調で言葉を返した。

「そっちの仕事が増えないことを、祈りますよ」

「ああ、私もそう願いたいね」

今度は石破が可笑しそうに笑った。

空気が和んだところを見計らっていたように、石破は自分を呼び止めた真意を五十嵐に訊いた。

「そんなことが言いたくて、俺を呼び止めたんじゃないんでしょう。本当の理由はなんですか」

五十嵐の顔から笑みが消えた。

「君の見立てを聞きたい」

石破が眉根を寄せる。五十嵐は言葉を続けた。

「いまの時点で、この事件の解決の大きな鍵がふたつある。遺体の身元と、遺留品の将棋の駒だ。会議の席でも言ったように、遺体の身元に関しては、復顔の完成を待つしかない。しかし、駒に関してはこっちで掘り進めることができる。捜査を工事に喩えるなら、君たちは現場でブルドーザーを運転しているようなものだ。その君に、手ごたえを聞きたい。この事件、掘り起こせそうか、それとも岩盤に突き当たりそうか。掘り起こせるとすれば、あとどのくらいかかりそうか——」

石破は少しのあいだ、なにかを考えるように、床にじっと視線を落としていたが、肩の凝りをほぐすように首をぐるりと回し、五十嵐に言った。

「いまの時点ではなんとも言えませんが、菊田の先を掘れば、遠からず光が見えるはずだ。駒の所有者は特定できると思います」

「そうか」

五十嵐がほっとしたように息を吐いた。

「ただ、気になってることがありましてね。ずーっと喉に引っかかって、腑に落ちないことが、ね」

「なんだね」

五十嵐が問う。

石破はぼそりと言った。

「理由です」

「理由？」

石破は肯く。

「高価な駒をなぜ遺体と一緒に埋めたのか。その理由に、本件のすべてがかかっている。理由さえわかれば、事件は九割方、解決する。そう思ってます」

事件の本質をつく石破に、佐野は息を呑んだ。

事件の捜査が長引けば長引くほど、捜査員たちはどんな些細な情報も見逃してはならないと躍起になる。一見、関係がないと思われる小さな情報が、事件解決の糸口になることはあるが、もっとも忘れてはならないのは、事件の動機の部分、事件の根幹だ。なぜ、この事件が起きたのか。そこから目を逸らしてはいけない。

五十嵐は押し黙ったまま石破を見つめていたが、目を伏せて納得したように大きく肯くと、呼び止めたときと同じような笑みを石破に向けた。

「刑事の腕は県警の捜一でピカイチという噂は、やはり本当らしい」

ぶすっとしながら言う。

「噂なんて当てになりませんよ」

五十嵐は石破の言葉に、手をかざした。

「まあいい。君は自分の考えるとおりに捜査を続けてくれ。なにか必要なことがあれば私に言うといい。難しい頼みでも、できる限りのことはする」

石破は肯くと、会釈して歩き出した。

佐野は五十嵐に頭を下げると、急いで石破のあとを追った。たまりかねて、石破に苦言を呈する。

「管理官にあんな態度をとるなんて失礼ですよ。せっかく石破さんのことを褒めてくださったのに」

石破は、息を短く吐くように笑った。

「刑事が褒められるのは、犯人を逮捕したときだけだ。それ以外の褒め言葉なんざァご機嫌取りか、なにか裏があると決まってるんだよ」

佐野は不愉快になった。この男は、どうして褒められたことを素直に喜べないのか。そう思いながら石破を見た途端、胸にあったわだかまりが霧消した。

石破の顔には、言われなければわからないほどわずかだが、喜色が滲んでいた。

第八章

——昭和四十八年四月

桂介が指した手に、唐沢は腕を組み唸った。

盤上を睨みつけて桂介が打ちつけた桂馬は、唐沢の攻めを防ぐだけではなく、先の反撃を見据えた攻防の一手だった。

唐沢の読みでは、十手後に唐沢の銀で桂介の玉が詰むはずだった。しかし、この桂打ちで勝負は互角に戻り、形勢は混沌としてきた。

唐沢は、桂介の表情をちらりと盗み見た。桂介の視線は、自分が指したばかりの桂馬から動かない。目元は熱を持ったように赤く染まり、唇は真一文字にきつく結ばれている。子供の顔ではない。勝負師の顔だ。

念を入れて読み、受けに回った。

が、唐沢の手を読んでいたかのように桂介は、ノータイムで、すっと端歩を突き出した。

自玉の懐を広げつつ相手に手を渡す、落ち着いた好手だ。

知らず、溜め息が漏れる。

――この子はいったい、どこまで強くなる。

庭に目を移す。家を買ったときに植樹した桜は大きく育ち、いまは満開の花を咲かせている。唐沢は舞い散る桜を見ながら、盤側の麦茶に口をつけた。

はじめて桂介と出会った冬から、二年余りが過ぎた。桂介は六年生になり、背も伸びた。

このおよそ二年のあいだ、唐沢は妻の美子と一緒に、桂介を陰から支えてきた。食事、洗濯などの生活面は美子が、学業へのアドバイスや将棋の指導は唐沢が面倒をみてきた。

桂介に将棋を教えはじめて一年が過ぎたころ、唐沢は桂介が持つ、特別な才能に気づいた。

もともと、将棋の筋がいいとは思っていた。教えた戦法は一度で記憶し、次の実戦ですぐに使ってくる。与えた詰将棋の問題集も、次に唐沢の家にやってくるときには、すべて解いてきた。帰るときに新しい問題集を与えると、美味い菓子を食べさせたときよりも嬉しそうな顔をして受け取っていく。

次第に唐沢は、桂介は将棋の天才的な資質を持っているとわかりはじめた。いくら筋がいいとはいえ、桂介の上達は尋常ではない。将棋のセンスがいいだけの者は、どこにでもいる。一流と二流の差は、先を読む力だ。何手先まで正確に読めるか、それがプロになれるかどうかの別れ道になる。

将棋のプロは、一度に百手以上を読む。有望な手を三手から五手くらいに絞り、それぞれにつき数十手先まで検討する。それには、卓抜した記憶力が必要だ。頭のなかに将棋盤を持ち、駒の配置を瞬時に図形として把握する力が必須となる。桂介にはそれができる。

唐沢は、笹本景子（ささもとけいこ）のことを思い出した。

笹本は、前年から引き続き桂介のクラスの担任になった教師だ。歳は三十代前半で、去年結婚した新婚だ。

笹本は桂介の家の事情だけではなく、唐沢が親代わりに面倒をみていることを知っている。笹本とは児島の店で会ったことがあり、そのときに、桂介と唐沢の関係を伝えていた。

数日前、街のスーパーで偶然、笹本と会った。

「こんにちは、唐沢さん。お買い物ですか」

先に声をかけてきたのは、笹本だった。日曜日の夕方の店内は、夕食の買い出しの客で混み合っていた。笹本も、夕食の買い出しだったのだろう。腕にかけているかごのなかには、肉や野菜などの食材が入っていた。

笹本は唐沢のかごのなかを覗き込み、くすりと笑った。

「晩酌の買い出しですか」

唐沢のかごのなかには、ビールと焼酎が入っていた。笑いながら肯く。

「年寄りの唯一の楽しみは、野球中継を観ながらの晩酌ですよ」

笹本は可笑しそうに笑うと、笑顔のまま唐沢を見た。

「もうひとつ、楽しみがあるじゃないですか」

すぐには、なんのことを言われているかわからなかった。

「上条くんのことです」

得心した唐沢は、ああ、と声を漏らした。

「そうでした。彼も私の楽しみのひとつです」

唐沢にとって桂介との関係は、楽しみというひと言で表されるものではなかった。

桂介は父親から、心と身体に傷を負わされている。身体的虐待こそ最近では減っているようだが、育児放棄により受けている心の痛みは変わっていない。そうした痕跡を目にするたび、唐沢は自分の人生をかけて桂介を守ろうと、改めて心に誓う。唐沢にとって桂介は、大切な生きがいになっていた。

笑顔だった笹本の表情が、ふと曇る。わずかな変化を、唐沢は見逃さなかった。

「どうかしましたか」

笹本は言い淀んでいたが、意を決したように唐沢を見やり、強く腕を引いた。通路の陰に連れて行く。

周りに人がいないことを確認すると、笹本は声を潜めて言った。

「上条くんのことなんですけど、ちょっと気になることがあって……」

唐沢の心臓が跳ねる。

「彼になにかありましたか」

「かつて教育者だった唐沢さんはご存じでしょうけれど、こういうことはたとえ元関係者でも口外してはいけない規則になっています。本来なら保護者である父親にご報告すべきだと思うんですが、上条くんのお父さんはお子さんのことをあまり考えていらっしゃらないというか、言ってもご理解いただけないのではないかというか……」

潜めていた声がさらに小さくなっていく。

唐沢は笹本を急かした。

「他言はしません。ここだけの話として聞きます」

笹本はほっとしたように、息を吐いた。

「実は、上条くん。とても、頭がいいんです」

唐沢は拍子抜けした。そんなことは、笹本よりつき合いが長い自分がよく知っている。

そもそも、わざわざ声を潜めて言うことでもないだろう。

唐沢の顔色から心内を悟ったのか、笹本は慌てて言葉を添えた。

「テストの点数がいいとか、そういうレベルではないんです。もっと根本的なところで、ほかの子と違うんです」

笹本は、五年生の秋に実施された知能テストの結果を告げた。

「驚いたことに上条くんの知能指数は、一四〇を超えていました」

笹本が口にした数字に唐沢は、まさかと思う一方、やはりという気持ちを抱いた。

笹本は、話を続ける。

「ＩＱ一四〇という数字が信じられなくて、春休み中に、上条くんにだけもう一回テストを受けてもらったんです。結果は同じでした」

知能テストの結果は、受ける者の集中力やそのときの精神状態、年齢によって変化する。五歳のときにＩＱ一二〇だったからといって、その結果が生涯にわたって変わらないわけではない。

知能指数は一般的に、二歳の子供が四歳の問題を解けた場合、ＩＱ二〇〇、六歳の子供が十歳の問題が解けたらＩＱ一七〇というように、実年齢とテスト結果の差異がどのくらいあるかで算出される。実年齢が五歳のときに十歳の問題が解けていたとしても、実年齢が十歳のときに十歳の問題しか解けなければ、ＩＱは相対低下する。

思春期はとくに算出しづらい。年齢による身体の変化に伴い精神状態が安定していないことが多いからだ。唐沢も教え子が小学五年生のときにＩＱに問題があるとの結果が出て要観察と指導されたが、一年後のテストではまったく問題ない数字だったことがある。

いままで見てきた知能検査に関わる経験から、桂介のＩＱ一四〇という数字を鵜呑みにはしない。しかし、桂介の並外れた記憶力を間近で見ていると、納得がいくことも確かだった。

話し終えた笹本は、重い息を吐いた。

「唐沢さんもご存じのとおり、上条くんは問題が多い家庭に育っています。学校では周りの子に溶け込めていないし、担任の私にもなかなか心を開こうとしません。もし、知能テストの結果が正しいものだとしたら、あの子の頭の良さが悪い方向に行かなければいいと、それが不安で……」

唐沢は笹本に訊ねた。

「あの子の——桂介くんの笑った顔、見たことありますか」

笹本は少し考えてから首を横に振った。

「ありません」

唐沢の頭に、桂介の笑顔が浮かぶ。桂介は唐沢の前では笑う。

唐沢は遠くを見やりながら、独り言のようにつぶやいた。

「私は彼の笑顔を見ています。大声で笑うことはないが、はにかむように笑う姿はとても愛らしい」

「はあ……」

唐沢がなにを言わんとしているのか測りかねているらしく、笹本は曖昧な返事をする。

唐沢は笹本に助言をした。

「先生はおおらかに彼と向き合ったほうがいい。子供は敏感です。特に桂介くんは繊細なところがある。先生が不安を抱いたまま彼に接したら、彼は先生の心を感じ取ってしまうでしょう。大丈夫。彼は悪い子じゃない。素直に育ちますよ」

唐沢の力強い言葉で元気が出たのか、笹本の顔に笑みが戻った。

唐沢は、桂介の健康状態だけは気に掛けてほしい、と言い添えて笹本と別れた。

自宅に戻ると、唐沢は台所にいる美子を茶の間に呼んだ。

「どうしたんですか。いま夕飯の支度をしているんですよ」

美子はエプロンの裾で手を拭きながら唐沢の向かいに腰を下ろした。唐沢は自分の膝がしらを摑むと、美子の目をまっすぐに見た。

「桂介を、奨励会へ入会させる」

美子が息を吞む。

桂介の驚くほどの上達ぶりは、いままでにも美子に伝えてきた。しかし、プロ棋士にさせたい、という話はしたことがなかった。

唐沢のなかに、ずっとくすぶっていた願望だった。桂介ほどの腕ならば、プロ棋士も夢ではない。だが、将棋関連の本を多く読んできた唐沢は、奨励会の過酷さをよく知っていた。奨励会入会の試験を受けるには、小学生名人のタイトルなどの実績があるとともに、現役のプロ棋士に弟子入りし推薦状をもらわなければいけない。万が一、奨励会に入れたとしたら会員同士の対局もあるし、千駄ヶ谷にある将棋会館へ足しげく通わなければ、上達は望めない。いま住んでいる諏訪市を出て、東京に下宿することになる。そうした条件をクリアできる自信が持てず、唐沢はずっと思い悩んでいた。しかし、笹本から桂介の類まれなる才能を聞いて決断した。桂介の力を、このままにしてはおけない。優れた才能を世に出さなければいけない、という使命感にも似た思いを強く抱いた。なにより、桂介に生きがいを持たせたかった。

唐沢は美子に向かって、膝を正した。

「奨励会に入れるとなれば、かなりの費用がかかる。金だけじゃない。生活の細かい世話も必要だ。それを、あの父親ができるとは思えない。お前にはいろいろ面倒をかけると思うが、肯いてくれないか。このとおりだ、頼む」

美子に向かって、唐沢は深く頭を垂れた。

頭を下げたまま美子の返事を待っている唐沢の肩に、手が触れた。

ゆっくりと頭をあげると、目の前に美子がいた。美子は微笑んでいた。心なしか、目が潤んでいるように見える。

「あの子のためになることに、私が反対するわけがないでしょう。大賛成ですよ」

美子なら承知してくれる、そう信じてはいたが、一抹の不安を抱いていた。いくら可愛がっているとはいえ、桂介は他人の子だ。それに、奨励会に入れるとなれば、いままでのように、食事や風呂の世話といった狭い範疇では済まない。金も労力も膨大にかかる。生半可な覚悟ではできない。その覚悟を美子が受け入れてくれるか、わからなかった。

「済まない」

唐沢は美子に詫びた。美子が首を横に振る。

「謝らないでください。あなたがあの子を我が子と思っているように、私もあの子を自分の子供だと思っているんです。あの子の才能を、育ててあげましょう」

礼を言いたかったが、言えばまた美子に窘められる気がした。唐沢は代わりに、肩に置かれている美子の手を強く握った。

美子と話をした次の日曜日、桂介が家にやってくると、唐沢は自分の部屋へ連れて行った。

いつもどおり将棋を指すものだと思っていたらしく、桂介は部屋の隅にある駒と盤を用意しようとした。その桂介を、唐沢は止めた。

「今日は、将棋を指す前に大事な話がある」

いつになく真剣な声音に、桂介は驚いた様子で唐沢を振り返った。唐沢の前に、膝を揃えて座る。

「君は、将棋が好きか」

わかりきったことをどうして訊くのか、というように、桂介が目を丸くする。唐沢は繰り返し訊ねた。

「将棋が好きかと聞いているんだ」

からかっているわけではないとわかったのだろう。桂介は真顔で答えた。

「好きです」

「学校の勉強と将棋、どっちが好きだい」

「将棋」

「お風呂と将棋は?」

「将棋」

桂介は迷いなく答える。

「これから先も——大人になっても将棋を続けたいかい」

この問いにも、桂介は即答した。

「ずっと、続けたいです」

唐沢は肯くと、本題に入った。

「君は、奨励会というものは、知っているね」

桂介は肯く。ふたりのあいだで話に出たことはないが、桂介が読んでいる将棋雑誌などに記事が載っている。奨励会がプロ棋士の育成機関だということは、知識にあるはずだった。

唐沢は単刀直入に言った。

「奨励会の入会試験を、受けてみないか」

時が止まったように、桂介が動かなくなった。突然のことに、ひどく驚いているらしい。唐沢は、桂介にはプロ棋士になれる可能性があること、奨励会の厳しい制度を乗り越える根性があること、なにより将棋に対する熱意があることを伝えた。

「君には、人にはない才能がある。どうだい。プロ棋士を目指さないか。プロ棋士になりたくないか」

桂介は俯き、少し考えてからつぶやいた。

「プロ棋士にはなりたい。でも……」

でも、のあとに続く言葉はわかっていた。唐沢は先回りして言った。

「お金の心配ならいらない。奨励会にかかわるものも生活費も、すべて私が用意する。君はひたすら、プロ棋士を目指せばいい」

それでも桂介は、首を縦に振らなかった。俯いたまま、黙り込んでいる。

唐沢は焦った。夢にも思っていなかった話が、いきなり目の前に現実となって現れたのだ。唐突すぎて戸惑っているのはわかる。しかし、桂介には時間がなかった。プロを目指すのなら早ければ早いほどいい。中学になってからでは遅すぎる。

奨励会の入会試験は八月末だ。あと四か月しかない。そのあいだに、大会に出て結果を残さなければいけないし、伝手を辿ってプロ棋士に弟子入りさせる手筈を整えなければならない。なにより、桂介の父親を説得しなければいけなかった。一日でも時間が惜しい。

唐沢は強引に出た。

「君は、いまのままでいいのか」

桂介が、はっとして顔をあげる。

「あの家で、お父さんとふたりで暮らしていく毎日でいいのか。ひもじい思いをして、怖い思いに耐えながら生きていく人生でいいのか」

桂介は、日々、耐えがたい暮らしを送っている。そのことを口にしたのは、はじめてだった。おそらくは桂介も、自分が父親から虐待を受けていることを唐沢は知っていると、薄々は気づいていたと思う。

しかし、はっきりと言われたことで、耐えてきた我慢の糸が切れたようだった。桂介の目に、涙が浮かんでくる。唐沢は小さい肩を強く摑んだ。

「君はプロ棋士になるんだ。強い、誰にも負けないプロ棋士になるんだ。君ならなれる」

桂介は唐沢の目を真正面から見て、しっかりと肯いた。


唐沢は桂介の家の玄関の引き戸を、手の甲で叩いた。

「ごめんください。唐沢と申しますが」

なかから小さな足音が聞こえ、引き戸がゆっくりと開く。玄関に桂介が立っていた。申し訳なさそうに、肩を落としている。

唐沢は溜め息を吐いた。

「今日も留守か」

桂介は首を深く垂れた。

唐沢は、桂介の頭を撫でながら、目の高さが合うように、腰を屈めた。

「お父さんに会えるまで、毎日来るさ」

桂介に奨励会への道を勧めた翌日から、唐沢は桂介の自宅に通っていた。父親の庸一に、奨励会受験の承諾を得るためだ。桂介の養育もせず、ときに手をあげる庸一に、父親を名乗る権利はないと思っている。だが、戸籍上は歴(れっき)とした父親だ。いくら、掛かる費用や労力は自分が責任を持つとはいえ、桂介の将来にかかわる重大なことを、他人が勝手に進めるわけにはいかない。

訪問する時間は、夕方の六時半にした。仕事を終えた庸一が、雀荘へ向かう前に自宅へ立ち寄るとしたら、そのあたりの時間だと思ったからだ。

庸一を仕事場で待ちかまえることも考えたが、止めた。こんな重要な話を、路上で交わすべきではない。それに、この話に庸一が反対しても、本人の口から固い決意を聞けば、不本意ながらも了承するだろうという思惑もあった。

桂介の自宅に通いだしてから今日で四日目になるが、いまだに庸一に会えていない。庸一に会えるまで、一週間でもひと月でも通う覚悟はできていた。

唐沢は屈めていた腰を伸ばすと、持ってきた紙袋を桂介に渡した。

なかには、握り飯三個と鶏のから揚げ、ポテトサラダが入っている。美子の手作りだ。

「冷めないうちに食べなさい」

紙袋を受け取ると、桂介は嬉しそうに肯いた。

「じゃあ、また明日」

唐沢は玄関の引き戸を閉めた。

少し歩いてから、唐沢は夜道を振り返った。薄暗い路地に、家々の灯りが漏れている。どこからか、小さな子供がはしゃぐ声が聞こえた。そのあとに、大人の笑い声が続く。

唐沢は薄手のジャンパーの襟を立てると、前を向いて歩きはじめた。

信州の春は遅い。桜の時期とはいえ、夜は冷える。

季節ならば、時間の流れが速かろうが緩かろうがかまわない。一巡すれば、また同じ春がやってくる。しかし、桂介は違う。プロ棋士の道を選ぶならば、一日でも早く奨励会へ入会すべきだ。次の春が来ても、桜が必ず咲くとは限らない。

奨励会には非常に厳しい年齢制限がある。満二十一歳の誕生日までに初段、満三十一歳の誕生日までに四段になれなければ、退会しなければいけない。プロ棋士を目指した多くの者たちが、この年齢制限の壁を乗り越えられずに奨励会を去っている。

奨励会の入会試験は、年に一度、八月末にしかない。もし、今年の試験を逃すか、もしくは試験に落ちたら、奨励会への入会が確実に一年は遅れる。この遅れは大きい。ただでさえ狭く厳しいプロ棋士への道が、さらなる隘路(あいろ)に変貌する。

桂介は今年で十二歳だ。夏の試験に合格したら、初段の年齢制限まで九年間ある。その時間を長いと感じる者もいるかもしれない。しかし、真の苦難はそのあとにある。

四段昇格を目指す三段リーグだ。

初段になっても、三段リーグを勝ち抜くことができずに、多くの才能が消えていく。一日でも早く初段になれば、三段リーグに挑戦する時間がそのぶん長く確保できる。プロ棋士になれるチャンスが、それだけ広がるのだ。

プロ棋士への道は時間との闘いといっても、過言ではない。なんとしてでも桂介に今年、将棋大会での実績を積ませ、試験を受けさせたい。試験さえ受けられれば、奨励会に合格できる──唐沢はそう確信していた。

空き地に停めていた車に戻った唐沢は、鍵を開けようとした。そのとき、道の先に人影が見えた。大通りのほうから、こちらに向かってくる。項垂れた姿勢でだるそうに歩く姿に、見覚えがあった。

庸一だった。

酒に酔っているのか、ふらふらしながら、自宅へ向かっていく。

やっと摑まった──

庸一が家に入るのを見定めると、唐沢は再び玄関の戸を叩いた。

「ごめんください。唐沢と申します。上条さん、いらっしゃいますか」

すぐに引き戸が開いた。目の前に、庸一が立っていた。どろりとした目で唐沢を見ながら言う。

「だから、もう少し待ってくれって言っただろう。嘘じゃねえよ。必ず払うよ」

唐沢を借金取りと勘違いしたようだ。

もう少し待ってくれ、必ず払う。借金常習者の常套句だ。

庸一の息は酒臭かった。夜中に帰宅することが多い庸一が、この時間に帰ってくるということは、負けて懐が空になったのだろう。

負けたことは、容易に想像できた。庸一はただの麻雀好きのカモだ。勝ったまま卓を離れることはしない。いや、できない。金があれば面子（メンツ）がいるかぎり打つ。すっからかんになって、仕方なく帰ってきたのだ。おそらくいまは、無一文だろう。

平気でその場しのぎの嘘を吐く庸一に、改めて人間性の卑しさを感じる。

これほど酔っていては、まともな話し合いなど期待できない。しかし、今日を逃したら、またいつ庸一に会えるかわからない。

唐沢は腹を固めた。

「私は、借金の取り立てに来たんじゃありません。桂介くんの件で来ました」

「桂介の？」

庸一の顔に、先ほどとは違う警戒の色が浮かぶ。

「桂介くんのことで、大事な話があります。聞いてください」

庸一は後ろを振り向いた。玄関と茶の間を仕切っている障子の隙間から、桂介がふたりの様子を見ていた。目が怯えている。

「桂介！　お前、なにしやがった！」

息子がなにか問題を起こし、唐沢が苦情を言いに来たと思ったようだ。

「なにか盗んだのか。誰かを殴ったのか、このガキ！」

庸一は乱暴に靴を脱いでなかへ入ると、桂介に摑みかかろうとした。

驚いて駆け寄り、庸一を後ろから羽交い締めにする。靴を脱ぐ間はなかった。

「待ってください。桂介くんはなにもしていません。落ち着いてください！」

庸一は顔だけ後ろに向けて、唐沢を睨め付けた。

「なんだと？　じゃあ、あんた、なんで来たんだよ」

「桂介くんの将来について、話をしに来たんです」

将来という言葉を聞いて、庸一は不可解そうに眉間に皺を寄せた。抵抗をやめて、唐沢をじろじろ見る。

「あんた、誰だよ」

「私は唐沢光一朗といいます。上森町に住んでいます」

唐沢は庸一の身体から腕をほどくと、玄関に戻り庸一と向き合った。

「私はここ二年ほど、桂介くんに将棋を教えています」

唐沢は桂介と自分の関係を、手短に伝えた。食事や洗濯など、生活面の面倒をみている話はしなかった。恩を売るために、桂介を支えてきたわけではない。

黙って聞いていた庸一は、唐沢の話が一段落すると、ぷいと顔を背けた。

唐沢の用件が、面倒事ではないとわかりほっとしたのだろう。庸一は大きく息を吐いた。しゃっくりをひとつすると、庸一は唐沢に訊ねた。

「で、なんだ。その、桂介の将来ってのは」

唐沢は本題を切り出した。

「桂介くんを、奨励会に入れたいんです」

「ショウレイカイ？」

素っ頓狂な声だった。奨励会を知らないのだ。

奨励会の制度を詳しく説明しても、酔いの回った頭には入らないだろう。唐沢は具体的な話は省き、奨励会とはプロ棋士を育てる場所であることだけ伝えた。

「受験費用や会費、東京で暮らすための生活費などすべて私が出します。責任を持って面倒を見ますから、どうか息子さんを私に預けてください」

瞼が半分落ちていた庸一の目が、かっと見開かれた。狭い玄関に、怒声が響く。

「帰れ！　帰れ、帰れ！」

庸一の剣幕に、唐沢は思わず腰が引けた。刹那、庸一が身体ごとぶつかってくる。

唐沢は足を踏ん張った。

この機会を逃したら、庸一は二度と唐沢の話を聞こうとしないだろう。唐沢は庸一に詰め寄った。

「話を聞いてください。桂介くんには優れた才能があります。必ず将来、歴史に名を遺す棋士になるでしょう。お子さんの将来を考えてあげてください」

「うるせえ！　桂介は俺の子だ！」

庸一は血走った目で、唐沢を睨みつける。

「こいつの将来？　こいつの将来はなあ、もう決まってんだよ」

庸一はぞっとするような冷たい目をした。

「こいつは将来、俺の面倒を見るんだ」

唐沢は絶望した。

金の問題がなければ桂介の奨励会入会を認めるのではないか。反対しても説得すればしぶしぶ肯くのではないか。そんな唐沢の淡い希望は木っ端微塵に打ち砕かれた。

この男は我が子を、自分を養う道具としか見ていない。子が親の犠牲になることを、当然のことだと思っているのだ。

いままで我慢してきたものが、唐沢のなかで切れた。

――こんな人間のクズに、桂介の未来を潰させるわけにはいかない。

唐沢は庸一の胸ぐらを摑みあげた。

「子供は親の所有物じゃない！」

唐沢の怒気に圧倒されたのか、庸一がわずかに怯んだ。

「あんたは我が子が可愛くないのか。ろくに食事も与えず、自分は酒と博打に遊び歩いて、それで親だと言えるのか！」

唐沢は断言した。

「桂介くんは、必ずプロ棋士になる。その力がある。子供の未来を潰してはいけない」

それに、と言いながら、唐沢は桂介に目を向けた。

「プロ棋士になりたいという希望は、桂介くん自身のものでもあるんです」

庸一は驚いたような顔で、自分の背後を見やった。

桂介は、玄関と茶の間を隔てる障子に縋りながら、震えていた。

唐沢は、桂介に向かって声を張った。

「桂介くん。君の望みを、自分の口から言いなさい」

桂介が父親を怖れる気持ちはわかる。しかし、いまここで自分の意思をしっかりと口にしなければ、桂介に未来はない。

桂介はなにも言わない。ふたりを見ながら、ただ震えている。

桂介はずっと父親に怯えながら、自分を殺して生きてきたのだ。その桂介にとって自分の意思を口にすることは、想像以上に勇気がいることなのだろう。

震えている桂介に、唐沢は力を込めて言った。

「怖がることはない。自分がどうしたいか、はっきりと言うんだ」

しばらくのあいだ、桂介は唐沢をじっと見ていたが、意を決したように唇を噛むと、小さいがはっきりとした声で言った。

「僕、プロ棋士になりたい」

「このくそガキ！」

庸一は桂介に摑みかかった。

「お前、なにを勝手なこと言ってんだ。プロ棋士？　そんな話、俺は聞いてねえぞ！」

「上条さん、落ち着いてください。上条さん！」

唐沢は庸一に飛びかかり、桂介から引き離そうとした。しかし、庸一の心火（しんか）は治まらない。さらに強い力で、桂介の首を絞め上げる。

「このガキ、なに言ってやがる。俺は許さねえぞ！」

子供ながらに、ここが自分の命運を決める重要な局面だとわかっているのだろう。桂介は父親の手を振り払うと、庸一に向かって叫んだ。

「お父さん、僕、プロ棋士になりたいんだ」

桂介が父親に歯向かったのは、おそらくはじめてだったのだろう。庸一は呆然と立ち尽くした。

部屋のなかが静まり返る。

「上条さん」

唐沢は声をかけた。

名前を呼ばれて我に返ったのだろう。庸一は、肩をびくりと動かすと、当惑した目で、唐沢を見た。

唐沢は改めて懇願した。

「お願いです。桂介くんを、私に預けてください」

唐沢は頭を下げた。その姿を見た桂介は、その場に座ると、父親に向かって土下座した。

「僕を、奨励会へ行かせてください」

桂介が本気だとわかったのだろう。庸一は、さきほどよりもはるかに強い怒りを露わにして叫んだ。

「うるせえ、俺は絶対、許さねえぞ！」

桂介は顔をあげた。怒りと悲しみが入り混じった目で、父親を見る。

庸一は仁王立ちのまま、桂介を見下ろした。

「お前、誰のおかげででかくなったと思ってんだ。俺だよ。俺がお前を育てたんだよ。俺がいたから、お前は生きてこられたんだ。その命の恩人を、お前は捨てるのか」

ひとしきり雑言を吐き出すと、庸一は桂介の前にしゃがんで、怯えている息子に顔を近づけた。

「お前は俺といるんだよ。一生――」

地の底から聞こえてくるような囁きだった。唐沢の身体に、怖気(おぞけ)が走る。

気づくと、庸一の肩を摑み強く引き寄せていた。

振り返った顔を、思い切り殴りつける。

庸一が背中から畳の上に倒れた。
上に跨ろうとした。
その唐沢の腹に、庸一の右足がめり込む。
今度は唐沢が、もんどり打って倒れた。
「この野郎！」
庸一が飛びかかってくる。
寝返りを打つように、素早く身をかわした。庸一が床に頭から突っ込む。
後ろから摑みかかろうとすると、庸一が振り向きざまに肘鉄（ひじてつ）を放った。
顔面に食らう。
目の前に火花が飛び、激痛が走った。
鼻から液体が流れる。床に落ちた。血だった。
「おらあ！」
庸一が身体ごと突進してくる。
全身で受け止めた。
床の上で揉み合いになる。息があがった。声を絞り出す。
「子供は、親の所有物じゃない！」
言いながら、顔を殴る。

「うるせえ！」

庸一の拳があがる。

が、酔いに任せた拳は空を切った。唐沢以上に、息があがっている。

体勢を崩した庸一の胸ぐらを摑んだ。

「なにが俺が育てただ。なにが命の恩人だ。ろくに面倒も見ないくせに。子供に辛い思いをさせているだけのくせに！」

手を振り払おうと、庸一が腕を回す。

「悪いか！　あいつは俺のもんだ。自分のものを、俺がどうしようと勝手だろうが！」

「クズが！」

互いの叫び声が響き、揉み合いが続いた。

庸一の息が完全にあがった。空気を求め、喘いでいる。

床に仰向けの状態で、庸一は声を絞り出した。

「あいつは、どこにも、やらねえ」

「子供が可愛くないのか」

「他人が、出る幕じゃねえ」

「身内であろうと他人であろうと、子供のことを一番に考えるのが人間だろう」

「御託なんか、聞きたくねえ」

庸一は聞く耳を持たない。

唐沢は心を決めた。

いま、この男から引き離さなければ、桂介の人生はここで終わってしまう。

唐沢は、床に寝ころんでいる庸一を見下ろしながら言った。

「あなたに桂介くんは任せておけない。彼は、私が引き取ります」

庸一は驚いた顔で首をもたげて、唐沢を見た。

唐沢は庸一にもう一度、きっぱりと言う。

「桂介くんは、私が養子として引き取ります」

進路のことだけではなく、桂介の親権にまで話が及ぶとは思っていなかったのだろう。

庸一は言葉を失っている。

唐沢は桂介を見た。桂介の目にも、庸一と同じように驚きが浮かんでいた。

唐沢は桂介に訊ねた。

「桂介くん、私の子供にならないか」

桂介は目を見開いたまま、唐沢を見つめている。

「君を、私の息子にしたい」

唐沢は桂介の返事を待った。奨励会の話はしていたが、桂介の前で養子の話を口にするのははじめてだった。

桂介の目に、驚きに代わり別な感情が浮かんだ。それは、希望や喜びといったものだった。

桂介はごくりと唾を飲むと、なにか言いかけた。

そのとき、庸一の怒声が響いた。

「言うな！」

桂介はびくりとして、庸一を見た。

唐沢は視線を戻した。

庸一は床から身を起こすと、這うようにして、桂介に近づいていく。

「お前は、俺の子だ。誰がなんと言おうと、俺の子だ。春子が生んだ、俺の子だ」

庸一は独り言のようにつぶやく。

「あいつは死んじまった……俺を置いて、逝っちまった。お前は……たったひとりの、俺の子だ」

桂介は目を見開いたまま、庸一を見つめている。逃げ出そうにも、足が竦んで動けないのか。

桂介の前に行くと、庸一は床からゆっくり立ち上がり、桂介に向かって叫んだ。

「お前は俺の子だ！」

唐沢は、はっと我に返った。桂介に摑みかかる庸一を止めようとしたが、間に合わなかった。庸一は桂介の胸ぐらを両手で摑むと、柱に強く叩きつけた。

「俺がいるから、お前は今日まで生きてこられたんだ！　俺がいなけりゃ、お前はとっくの昔にくたばってるんだよ！」

桂介は手を振りほどこうと、もがく。しかし、庸一の手はびくともしなかった。桂介が苦しそうな声をあげる。

「やめろ！」

唐沢は庸一を、力ずくで引きはがした。勢い余って、ふたりとも床に倒れる。桂介はその場に座り込み、激しく咳き込んだ。

唐沢は身を起こすと、床に座ったまま庸一を見た。庸一は仰向けに倒れたままだ。反撃してくる様子はない。もう立ち上がる力もないのだろう。それは唐沢も同じだった。口のなかに痛みを感じ、口角を手の甲で拭うと、血が出ていた。

狭い玄関に、庸一と唐沢の短い息遣いだけが聞こえる。

やがて、庸一の息遣いが不規則に乱れはじめた。見ると、庸一は手の甲を目元に当てて、嗚咽を漏らしていた。

「桂介ェ……」

庸一が名前を呼ぶ。

「桂介……お前もいっちまうのか……あいつみたいに、俺を残していっちまうのか。俺をひとりぼっちにしてよお」

父親が泣いている姿をはじめて見るのか、桂介は知らぬ他人を見るような眼差しで、庸一を見つめている。

庸一の口から漏れる嗚咽は、やがて号泣に変わった。手の甲で隠れている庸一の目尻から、涙が流れている。

見ると、桂介も泣いていた。

「桂介くん……」

唐沢はようやく、言葉を絞り出した。

それ以上、なにも言えなかった。

庸一を見つめる桂介の目には、哀れみが浮かんでいた。

庸一は決していい父親とは言えない。しかし、たったひとりの親だ。泣いて引き止める父親を、見捨てることはできない。

桂介の目はそう言っていた。

唐沢は床から立ち上がり、桂介の側へ行った。

桂介は肩を震わせながら、唐沢に詫びた。

「ごめんなさい」

桂介はプロ棋士への道を諦め、庸一の息子として生きることを選んだ。

優しく桂介の頭を撫でると玄関へ戻り、いつのまにか脱げていた靴を履いた。

玄関を出ようとしたとき、背中から桂介に呼ばれた。

「先生……」

振り返ると、桂介に言った。

「お父さんの顔、冷やしてあげなさい。明日になると、かなり腫れるだろうから」

桂介は何も言わなかった。

黙って頭を下げる。この二年間余りの礼を表すような、深いお辞儀だった。

「いつでもおいで。また将棋を指そう」

そう言い残し、唐沢は玄関を出た。まだ冷たさを残す夜風が、唇にできた傷口に染みた。

その日の夜、顔に青痣をつくって帰った唐沢に、美子は顔色を失った。

美子の手当てを受けながら、唐沢は顚末を伝えた。

多くは語らなかった。桂介は奨励会に進む気持ちはなく、唐沢たちの養子になる意志もないとだけ話した。

話を聞かずとも、唐沢の傷を見て、美子はすべてを察したようだった。桂介の決断が本心からのものではなく、苦渋の選択だったこともわかっているのだろう。美子は着けていたエプロンの裾で、目頭を押さえた。

手当てを終えた唐沢は、肩を落としたまま美子を諭した。

「彼が選んだ道だ。見守ってやろう」

美子はしゃくりあげながら、何度も肯いた。

その日を境に、桂介は唐沢の家に来なくなった。

唐沢が差し伸べた手を取らなかった以上、もう甘えられないと思ったのか、将棋への熱が冷めてしまったのか。

いずれにしても、桂介は奨励会へ入会しないし、もう唐沢を頼らない。桂介がそう決めた以上、唐沢にできることは、もうなかった。


桂介と再会したのは、一年が過ぎたころだった。

唐沢は欲しい本があり、駅の近くにある書店に行った。そこに桂介がいた。桂介はひとりだった。壁に備え付けの本棚の前で、熱心に雑誌を立ち読みしている。

桂介は中学校の制服を着ていた。

誰かからのお下がりを譲り受けたのか、真新しいものではない。背負っている学校指定の学生鞄もそうだ。

しかし、桂介に卑屈な様子はなかった。雑誌を目で追う横顔には精悍さが溢れ、伸びた身長からは、小学生のころにはなかった逞しさが感じられた。

唐沢は目頭が熱くなった。

父親に手をあげられて、怯えていた桂介はもういない。もし、父親がいまだに桂介に暴力を振るっていたとしても、中学生になった桂介は無抵抗ではないだろう。風呂も洗濯も、自分でできる。食費や授業料も、新聞配達で稼いだ金で遣り繰りしているはずだ。まだ人並みとまではいかずとも、以前よりはまともな暮らしを送っていることが、凛とした佇まいから窺えた。

唐沢は桂介に声をかけた。

「久しぶりだね。大きくなったな」

声をかけられた桂介は、驚いて唐沢を見た。遠目にはかなり大人びて見えたが、目にはまだ懐かしい幼さが残っていた。

「いま帰りかい。にしては、ずいぶん早いな」

桂介は姿勢を正した。

「今日は部活が休みなので、いつもより下校が早いんです」

「部活はなにに入ったんだい」

訊ねると、桂介は言葉に詰まった。視線を下に落とし言い淀んでいる。

桂介が手にしている雑誌を見た唐沢は、それ以上、訊ねなかった。桂介の肩を、軽く叩く。

「時間ができたら、いつでもおいで。久しぶりに一局指そう」

桂介はなにも言わずに、頭を下げた。

求めていた本を購入した唐沢は、店を出た。道路の向かいにある公園を眺める。

公園には、敷地を囲うように、桜の樹が植えられていた。花が散った樹には、青々とした葉が生い茂っている。

唐沢は青葉に目を細めながら、いましがた桂介が立ち読みしていた雑誌を思い返した。「将棋ワールド」、上級者向けの将棋の月刊誌だ。

桂介が通っている中学校には、将棋部があったはずだ。きっと桂介は将棋部へ入ったのだ。唐沢に言わなかったのは、プロ棋士になる夢を諦めたのに、まだ将棋に未練があることを知られるのが恥ずかしかったからだろう。

桂介が上級生を相手に将棋を指している姿が浮かぶ。上級生たちは、この春、将棋部に入った新入生の強さに舌を巻いていることだろう。桂介のはにかむように笑う顔が、目に浮かぶ。

――桂介、頑張れ。

唐沢は青葉を見つめながら、心でつぶやいた。

第九章

——昭和五十五年三月

なにかが落ちる音で、唐沢は浅い眠りから覚めた。

ベッドの横を見ると、読んでいた本が床に転がっている。転寝(うたたね)をしてしまったらしい。唐沢は身体を起こし、本を取るため床に手を伸ばした。その瞬間、腹に強い痛みが走った。

唐沢は昨年の秋に、胃を手術した。

諏訪湖周辺の山々が紅葉に染まりはじめたころ、唐沢は胃の不快感を覚えた。なにを食べても美味くなく、常に胃液が込み上げてくる感じがある。最初は、夏の疲れがでたのだろうと様子を見ていた。が、一向によくならず、むしろ不快感はひどくなっていく。

美子から説得されて、近くの総合病院を受診した。医師の診断は胃潰瘍だった。早く手術をすればよくなるという。

医師の言葉が嘘だと、唐沢にはわかっていた。七十年以上をともにしてきた身体のことは、自分が一番よく知っている。なにより、不自然に明るい美子の姿に、胃の病は悪いものだと確信した。

手術から五か月が経ち、傷の痛みはだいぶ和らいだ。日常の生活を送る範囲ならば、耐えられない痛みではない。しかし、身体に無理な力をかけたり捩じったりすると、激しく痛む。

読みかけの本を床から拾い上げると、唐沢は窓の外を見た。

庭樹の向こうに、諏訪湖が見える。薄氷が張る湖面は、春の日差しを受けて輝いていた。

唐沢は、桂介とはじめて会った日のことを思い出した。

いまから九年前、桂介はまだ小学校三年生だった。父親から手をかけてもらえず、みすぼらしい格好で、いつも腹を空かせていた。将棋の才能があることに気づき、将来のプロ棋士を目指して奨励会に入れようとしたが、父親の反対と桂介自身の意志で、唐沢はその道を諦めざるを得なかった。

あの幼かった少年が、今年、大学へあがる。

桂介が唐沢の家に来なくなってから、もうすぐ七年が経つ。桂介は中学校を卒業したあと奨学金を得て、長野市にある県内トップクラスの進学校へ入学した。三年間、勉学に励み、この春、現役で東京大学に合格した。あと一週間で、桂介は諏訪を出ていく。

大学の合格発表の日、桂介は突然、家にやってきた。

チャイムの音で飛び出していった唐沢と美子に、桂介は息を弾ませながら受験結果を報告した。

「僕、東大に合格しました」

桂介が東大を受験したことは、守岡（もりおか）から聞いていた。守岡は桂介が通う高校の教頭で、唐沢の元教え子だ。桂介との具体的な関係は伏せ、近所の顔見知りということで唐沢はそれとなく桂介の様子を守岡に訊ねていた。

桂介は学年で常にトップクラスの成績を維持していた。桂介のＩＱが高いことは、彼が小学生のときに、当時の担任から聞いて知っていた。桂介の頭のよさを聞いても感心することはあれ、守岡のように驚くことはなかった。

桂介の頭脳ならば、東大合格は難しくない、と思っていた。しかしだからと言って、不安がなかった訳ではない。桂介の頭のよさはよく知っているが、全国には同等の、もしくはそれ以上の頭脳を持つ人間がいることも、唐沢は知っていた。

東大は誰もが知っているとおり、日本で最難関の大学だ。地方の高校でこそ頭脳の明晰さが際立つ桂介だが、全国規模で見た場合、受験競争に楽に勝てるほど東大の門戸は広くない。桂介が東大を目指していると聞いてから、神棚に合格を願わない日はなかった。

玄関で胸を張る桂介の凜々しい姿に、唐沢の目頭は熱くなった。隣にいる美子は堪え切れず、涙を流した。

久しぶりに家にあがった桂介は、茶の間の座布団の上で膝を正しながら、三月末に東京へ行く、とふたりに告げた。

美子が嬉し涙をそっと拭い、台所へ立った。

唐沢は感無量で言葉が出てこなかった。

茶に口をつけ、東京ではどこに住むのか訊ねる。安い下宿を借りる、と桂介は答えた。

「大学へは奨学金で通います。アルバイトをすれば、なんとかやっていけます」

唐沢は迷いながら、桂介に訊ねた。

「お父さんは、なんておっしゃってるんだい」

庸一の姿は、街でときどき見かけていた。昔と変わらず、いまも雀荘へ通っているようだった。

桂介は達観した表情で答えた。

「最初はすごい剣幕で反対しました。何度、学費は奨学金で賄うし、生活費も自分でなんとかするって言っても、聞く耳を持ちませんでしたが、僕が家出してでも大学へ行くと言ったら、しぶしぶ了承しました。僕が切り札として使った、いい大学に入ればいい就職先が見つかって金が稼げる、という言葉が効いたようです」

昔は恐れていた父親を、巧みにあしらえるようになった桂介に、時の流れを感じる。

「バイトはやっぱり、新聞配達か」

唐沢の問いに、桂介は首を横に振った。

「東京は広すぎます。土地勘がない僕には無理だし、現役の大学生だともっと割りのいいバイトがあるみたいなんです。塾の講師とか、家庭教師とか」

なるほど、東大生ならば家庭教師のバイトはたくさんあるだろう。それに、桂介は人当たりがいい。きっと生徒や家の者から好かれるはずだ。

しかし、いいバイトが見つかっても、桂介は苦労するだろう。

バイトをしながら大学に通う学生は、たくさんいる。だが、その多くは、家からの仕送りがあり、ほかの足りない分をバイト代で補うという形だ。桂介の場合、家からの仕送りはないうえ、卒業したあと、奨学金も自分で返済していかなければいけない。東大に合格できたからといって、楽な暮らしが保証されているわけではない。

「大変だな」

唐沢は、ぽつりとつぶやいた。

唐沢が何をもってそう言ったのか、桂介は察したらしかった。唐沢を安心させるためか、本心からそう思っているのかはわからないが、なにかが吹っ切れたような顔で言う。

「働くことには慣れています。大丈夫です」

唐沢は深く肯いた。

「もちろん、君なら大丈夫だ。私が保証する」

桂介は世辞だと思ったらしい。困った顔で笑っている。

しかし、唐沢は本当にそう思っていた。幼いころ母親を亡くし、父親の暴力と空腹に耐えながら生きていた桂介なら、これからなにがあっても、逞しく生き抜いていくだろう。

美子が茶の間に戻ってきて、三人分の湯呑とお茶菓子を座卓に置いた。菓子は桂介の好きな黒糖まんじゅうだ。

桂介が子供のような声をあげて喜ぶ。久しぶりに見る桂介の笑顔に、唐沢と美子は和んだ。

菓子を食べ終えると、桂介は立ち上がった。

「いろいろと手続きがあるので、今日はこれで失礼します」

美子が名残惜しそうにしながら、玄関まで送っていく。唐沢もあとに続いた。

玄関で靴を履いている桂介に、唐沢は声をかけた。

「忙しいところ悪いんだが、東京へ行く前にもう一度、家に来てくれないか」

桂介は振り返ると、笑顔で肯いた。

「もちろんです。上京する前にご挨拶に伺います」

出会ったころ、唐沢の胸元までしかなかった背丈は、いまや唐沢より頭ひとつ分も大きくなった。桂介は深く頭を下げると、玄関を出ていった。

窓の外を眺めていた唐沢は、昔、桂介をワカサギ釣りに連れて行ったときのことを思い出した。はじめてワカサギ釣りをした桂介は、釣れた小魚に目を丸くして、唐沢がその場で揚げたワカサギの天ぷらを、美味そうに食べていた。

唐沢は苦笑した。

最近、昔の事を思い出すことが多くなった。それだけ、死期が近づいたということなのだろう。諏訪を出ていく桂介と、ふたたび会える可能性は限りなく低い。

唐沢はベッドから出ると、自分の机に向かった。

机の上には、紫の風呂敷に包まれているものがあった。結び目を解く。なかには、桐箱があった。

唐沢はそっと、桐箱の蓋を開けた。なかに入っている西陣織の駒袋を開き、一番上の駒をひとつ取り出した。王将——初代菊水月作、錦旗島黄楊根杢盛り上げ駒だ。

教員を辞めるときに、長年、勤め上げた勲章のようなものが欲しくて購入したものだ。

絵画、骨董品、調度品など、ほかにもいろいろ考えたが、将棋の駒に決めた。

絵や壺、珊瑚(さんご)の置物など、それぞれに美しさがあるが、唐沢にとっては将棋の名駒が最も優麗なものだった。

　木目の出方や駒字の繊細さもさることながら、名工が心血を注ぎ磨き上げた駒には、ほかの美術品にはない鬼気が感じられた。トップ棋士がタイトル戦で実際に使用し、全身全霊をもって闘ってきた来歴ゆえだろう。棋士たちの気迫が、駒に乗り移っているように思われた。

　これと思う駒を、唐沢は探した。美しいだけではいけない。名だけが独り歩きしているものでもいけない。歴史的価値と麗しさ、重さがある駒を求めた。

　望みの駒に出会えたなら、自分が出せる上限の金を用意することも、厭わなかった。

　初代菊水月作の駒に出会ったとき、世の中はすべて、神仏の導きによって動いているのだ、と唐沢は強く思った。

　求めていた駒は、意外な形で唐沢の目の前に現れた。古い知人が、ある駒の買い手を探しているというので話を聞いてみると、その駒はまぎれもなく唐沢が求めていた名駒だった。

　唐沢は、その駒をこの目で見たい、と切望した。しかし、先方が断ってきた。すでに、買い手が見つかったというのが理由だった。

　唐沢の落胆は大きかった。初代菊水月作のような名駒に、そうそう出会えるものではない。

諦め切れずに鬱々と過ごしていると、知人から連絡が入った。駒の買い手が急逝し、あの話は破談になったという。

再び商談を持ちかけられた唐沢は、すぐに現物を見せてもらい、その場で買い取りを決断した。値段は四百万。決して安くはなかったが、いまこの駒を手に入れなければ必ず後悔する、これ以上の駒とはもう一生出会えない、と思った。

初代菊水月作錦旗島黄楊根杢盛り上げ駒との出会いが運命ならば、桂介と出会ったのも運命だったのだ、と唐沢は思う。

桂介と共に過ごした時間は、二年余りと短い。しかし、唐沢にとってその時間は、なにものにも代え難い、尊いものだった。

唐沢は掌の王将を、駒袋へ戻した。

自分の人生で運命と呼べる出会いを感じた桂介に、やはり運命に導かれて入手した駒が渡るのは、必然だと思う。

唐沢は、初代菊水月作の駒を、桂介に譲るつもりだった。

この駒は芸術品としての価値も高いが、駒そのものの値も高い。売れば、当面はしのげるだけの金になる。

桂介のことだ。餞別と称して現金を渡しても、決して受け取らないだろう。逆に、いままでの恩を返さねば、と重圧をかける結果になりかねない。

唐沢たち夫婦は、桂介に恩を売った覚えもなければ、施しをしてやったと思ったことも
ない。むしろ、これほど愛しいと思う少年に出会えたことに、感謝の念を抱いている。

これから桂介は旅立つ。いつまでも見守っていてやりたい。なにかあったときは、すべてを擲(なげう)ってでも力になってやりたい。だが、それが叶わないことは、唐沢自身がよく知っていた。桂介が困難な出来事にぶつかったとき、おそらく唐沢はもうこの世にはいない。それがわかったとき、この駒を桂介に渡そうと決めた。この駒はきっと、桂介を守ってくれる。

唐沢は壁に掛かっている時計を見た。午後二時。今朝、桂介から、今日の午後二時に家に伺います、と電話があった。

玄関のチャイムが鳴った。階下から、美子の呼ぶ声がする。

「あなた、桂介くんが来たわよ」

「いま行く」

唐沢はそう答えると、駒袋を桐箱に納め、丁寧に風呂敷で包んだ。

第十章

駅のホームへ降りた石破は、眉間に皺を寄せあたりを睨んだ。

「おいおい、なんだよ、この暑さは。尋常じゃねえな」

ぶつくさと文句を言いながら、足早にホームから改札階へ下りていく。

佐野は急いであとを追った。

佐野と石破は始発の電車と新幹線を乗り継いで、大宮から新大阪へ来ていた。大阪で不動産業を営んでいたとされる、菊田という男を調べるためだ。しかし、大洞が例の駒を菊田に売ったのは、いまから二十九年も前のことだ。菊田がいまでも不動産業を続けているのかどうかもわからない。それどころか、生きているのかすら不明だ。

菊田の件については、昨夜のうちに糸谷が大阪府警に応援を仰いでいた。

糸谷から応援を頼まれた府警の捜査共助課は、捜査員に昭和四十年当時の企業記録を調べさせ、菊田が関わっていそうな不動産会社をすでにリストアップしてくれている。

大洞のときもそうだが、捜査が広範囲にわたる場合、地元警察の協力は必要不可欠だ。地域の捜査員でなければ知り得ない情報を持っているのはもちろんのこと、地元以外の人間ならば書類上の手間がひとつもふたつもかかるところ、電話一本で話が通る。

階段を下りる石破が、突然、振り返った。

「おい、府警の応援とは、どこで待ち合わせてるんだ」

佐野は胸ポケットから手帳を取り出し、待ち合わせ場所を確認した。

「南口の改札です」

「間違いないんだろうな。このクソ暑いのにあっちこっち歩かされたんじゃ、たまったもんじゃねえ。年寄りには暑さが応えるんだよ」

またはじまった、と佐野は思う。

石破は都合のいいときだけ、自分を年寄り扱いする。コンビを組んだ当初は、あれこれ気を遣って石破の身体を労っていた。しかし、普段そうしようものなら、年寄り扱いするな、と叱責が飛んでくる。

だが、石破の自分勝手さにも、次第に慣れてきた。というより、石破の身勝手な言動を、なんとか往なすことができるようになってきた、というほうが正しい。

石破とコンビを組んで、今日で一週間になる。

たかが一週間だが、されど一週間だ。佐野にとっては、石破がどういう人間かを知るには充分な時間だった。

石破は、外部への気配りはするが、身内への配慮は一切なかった。部下は下僕扱いだし、上席にすら愛想がない。

県警内部の誰に対しても、いいものはいい、悪いものは悪い、と言えるのは美点かもしれないが、つまるところ唯我独尊なのだ。事の善し悪しの判断は自分がつける――という自己中心派で、他人から指図されることを、なによりも嫌う。

最初は子供のような言動に面食らったが、いまではそれも楽かもしれないと思うようになってきた。パートナーを組む上司が、無口でなにを考えているかわからない男だったら、逆な意味で神経をすり減らしたかもしれない。そう思えば石破の口の悪さも、許容することができた。

暑さが応えると言いながら、石破の足取りはタフだった。脇目もふらず、大股で南口の改札へ向かっていく。若い佐野のほうが、息があがりそうだった。

改札を出ると、自動券売機の横にいる、若い男が目についた。

紺色のズボンに白いワイシャツ。ネクタイはしていない。小脇に大阪のグルメ雑誌を抱えている。大阪府警難波南署地域課の新関徹平(にいぜきてっぺい)巡査だ。二十代後半くらいか。自分とそう違わない年回りに見える。

佐野は歩み寄り、名前を確認した。

「失礼ですが、新関さんですか」

自分と同類の臭いを嗅ぎ取ったのだろう。新関は佐野と石破に向かって、気をつけの姿勢を取った。

「石破さんと佐野さんですね。今日、お伴する新関徹平です。大阪生まれの大阪育ちなので、自分、地理には自信があります。なんでもおっしゃってください」

新関は通行人に気遣って、県警の名前や階級を呼ばなかった。人混みのなかの対応としては上出来だろう。だがいかんせん、姿勢が警察学校で仕込まれた直立不動のそれだった。

石破はにやりと笑うと、新関の背中を親しげに叩いた。

「まあそう、しゃっちょこばらずに行きましょう。まずは車にご案内願えますかね。この暑さと人混みは、年寄りには応えるんですよ」

新関は慌てて、石破に向かって頭を下げた。

「気が回らずにすみません。お年を召した方には大阪の暑さはきついですよね。すぐ、車へご案内します」

自分で言う分にはいいが、人から年寄り扱いされるのは面白くないのだろう。石破は少しむっとした。石破の隣でふたりのやり取りを見ていた佐野は、笑いを堪えた。石破がもっとも苦手なものは、掛け値なしの純朴さかもしれない。

駐車場に停めてあった覆面車両の後部座席に乗り込むと、石破はさっそく本題に入った。

「で、お願いしていたやつ、見せてもらえますかね」

新関は助手席に置いていた鍵付きの書類ケースから、Ａ４の用紙を取り出した。肩越しに振り返り、石破へ手渡す。

「昨日、お聞きした条件に該当しそうな人物のリストです。ここから先の絞り込みは、お任せします。自分は命じられたとおりに動きます」

石破が渡されたリストを捲る。その横から、佐野も首を伸ばして用紙を見やった。

リストには五人の菊田の名前があった。それぞれの氏名の横に、不動産会社の名前、会社の登記がなされた年月日が書かれている。そのうち三軒は、すでに登記が抹消されていた。不動産業は、それだけ浮沈の波が激しいということだろう。

リストを見ながら難しい顔をしていた石破は、用紙を佐野に差し出した。

「お前なら、どこを当たる」

佐野は受け取ったリストを見ながら答えた。

「二番目の菊田勲（いさお）と、五番目の菊田栄二郎（えいじろう）です」

「理由は」

「会社が登記された年です」

菊田勲が経営する西宝（せいほう）不動産が登記された年は、昭和三十年。菊田栄二郎が経営する栄（えい）

公不動産が登記された年は昭和二十五年だ。

大洞忠司の話によると、父親の大洞進から例の駒を入手した菊田という男は、さまざまな理由で財産を手放す人間から家財道具を引き取っていた。

家財を引き取るのは簡単だろうが、売るとなるとそうはいかない。美術品や骨董品など高価になればなるほど、人脈と信用が必要になる。その両方とも、短い時間で手に入るものではない。

「そう考えると、長く商いをしているところを当たるべきだと思います」

佐野はリストの名前を指さしながら、説明を続ける。

西宝不動産と栄公不動産以外の三軒は、会社を登記した年が昭和三十七年、昭和三十九年、昭和四十年となっている。例の駒が大洞から菊田に売却されたのは、昭和四十年だ。たかだか二、三年、ましてや登記してまもない不動産業者が、高額の品を取引できるような人脈や信用を保持していたとは思えない。

「駒が売買された昭和四十年まで、西宝不動産は十年、栄公不動産に至っては十五年の歴史があります。それなりの伝手と信頼はあったはずです」

さらに、と佐野が説明しようとしたとき、石破が続く言葉を遮った。

「年齢はどうする。大洞忠司の話だと、当時、菊田は三十代半ばくらいだったと言っていた。もし、俺たちが追っている菊田と、ふたりの菊田が同一人物だと考えると、二十歳そこそこと二十代半ばで会社を創ったことになる。法律上は可能だが、現実的には若すぎる」

「身内から引き継いだと考えれば、無理はないと思います」

佐野は反論した。

「親、もしくは親戚でもいいです。大洞から駒を買った菊田が、同じ菊田の姓の人間から会社を引き継いだと考えれば、推論は成り立ちます」

石破はにやりと笑った。

「同感だ」

褒められたのだ。思わず、顔が緩みそうになる。

石破は他人の意見を参考にしないものだと思い込んでいたが、そうではなかった。部下の考察力を試していたのだ。

「で、このふたりに絞るわけだが――」

佐野の感慨など斟酌しないかのように、石破が淡々と話を進める。

「西宝のほうは五年前に店を閉じているが、栄公は続いてるな。よし、栄公のほうから当たろう」

佐野は、はい、と短く答えると、後部座席から身を乗り出して運転席の新関に頼んだ。

「この五番目にある、栄公不動産に行ってください」

自分でも声が弾んでいるのがわかる。

「わかりました」

新関はそう答えると、車のエンジンをかけた。


「ここですね」

新関は自分の手帳と、目の前のビルを交互に見ながら言った。

栄公不動産は、和津下（わっか）にあった。和津下は駅から目抜き通りを西に、車で二十分ほどの地域だ。商業地区として知られているが、駅周辺に立ち並ぶ近代的な商業ビルや、全国規模の大企業が連なっている土地ではない。大半が地元の店だった。いま佐野が見上げている八馬（はちうま）ビルも、色褪せた壁に取り付けられたエアコンの室外機が苦しい唸り声をあげている、古い雑居ビルだ。

栄公不動産は、四階建てのビルの一階にあった。道路に面している入り口は、サッシの引き戸になっている。ガラスには不動産情報のチラシが隙間なく貼られていた。

「では、自分は車で待機しています」

新関はそう言うと、車を停めた近くのコインパーキングへ戻って行った。

佐野は引き戸を開けて、なかへ入った。

外観から察してはいたが、思っていたとおり、なかは狭かった。大人がふたり並ぶのがやっとくらいの幅の受付があるほかは、二畳分のスペースに簡易型のテーブルと丸椅子が置いてあるだけだ。

受付には、三十代半ばの女性がいた。紺色の事務服を着ている。佐野たちを客と勘違いしたのだろう。女性は明るい声で応対した。

「いらっしゃいませ。どのようなご用件でしょうか」

佐野は、いいえ、と言いながら、顔の前で手を振った。

「客ではないんです。実はちょっとお聞きしたいことがありまして」

佐野はズボンのベルト通しに紐で結んでいた警察手帳を、女性にかざした。

警察手帳を見せたときの人の反応は、大別して三つある。興味を示すか、迷惑そうな顔をするか、怯えるか、だ。女性のそれは一番目だった。刑事ドラマの撮影を見るかのように、目を輝かせる。

「おふたりとも刑事さん？　埼玉県警？　ほんまに？」

興奮からか言葉が、接客用から地元のものに変わっている。

佐野はいままでのように、重要なところを伏せて捜査の協力を頼んだ。

女性は受付の前にあるパイプ椅子を、嬉しそうにふたりに勧める。

「どうぞおかけになってください。喜んでご協力します。警察への協力は国民の義務やから」

石破が無言で、どっかと腰を下ろす。

石破に続き椅子に腰かけると、佐野は女性に詫びた。

「お仕事中にすみません」

女性は明るい声で、けらけらと笑う。

「たしかに開業中やけど、見てのとおり古い店ですやん。お客さんなんて滅多に来え(け)へんのですよ。仕事のほとんどが、退去か更新の書類手続き。あとは電話番やし。電話も大半は大家と店子(たなこ)のあいだで起きるトラブルの仲介役。これが結構、大変なんですよ。このあいだも騒音の問題で、出ていけ出ていかん、の騒動が起きて──」

女性はかなり話好き──というよりは噂話が好きらしく、石破と佐野が店に来てからずっと話し続けている。

ふたりに冷えた麦茶を出すと、女性はやっと口を閉じて、名刺を差し出した。栄公不動産スタッフ、大守江美(おおもりえみ)とある。

石破が江美に訊ねる。

「こちらの経営者は、菊田栄二郎さんという方らしいですが、間違いありませんか」

江美は、ええ、と答えた。

「栄二郎のおっちゃんは、ここの社長です」

「おっちゃんってことは、お身内ですか？」

佐野の質問に、江美は肯いた。

「おっちゃんは、うちの母の兄です。大学を出たはええけど、なかなか就職が決まらへんうちを見かねて、腰かけでもよければって、ここで雇ってくれたんです。忙しくないし、定時で帰れるし、ちゃんと休みはあるし。おっちゃんさえよければ、ずっとここで働かせてもらおうか思うてます」

江美の仕事は事務員というより、店番に近いのかもしれない。

よほど退屈していたのか、江美の世間話は止め処なく続く。

このままでは、肝心の話を聞けないまま時間だけが過ぎてしまう。話が途切れたところを見計らい、佐野はすかさず話を本筋に戻した。

「栄公不動産は、ずっと栄二郎さんが社長ですか」

江美はこくりと肯いた。

「そうです。昔からずっとおっちゃんが社長です。なんでも、うちが小さいとき、おっちゃんが身体を壊したことがあって、店を誰かに譲ろうと思ったこともあったらしいけど、おっちゃん独り身だし子供がおらんから、なんとか踏ん張って乗り切ったらしいです。いまはすっかり元気で、毎日遊び回ってます」

いまも店にはいない。家で寝ているか、馴染みの喫茶店にいるかのどちらかだろう、と言う。

江美はうんざりしたように息を吐いた。

「おっちゃん、お酒を飲むと昔の話をするんですよ。その大半は苦労話。暗記するぐらい聞かされました」

雇ってもらった恩を考えれば、昔話を聞かされるぐらいどうってことないだろう。石破の嫌味を毎日聞かされている佐野はそう思ったが、もちろん口には出さなかった。胸ポケットから手帳とペンを取り出し、質問を続ける。

「栄二郎さんですが、いまいくつですか」

江美は考えるように、小首を傾げた。

「おっちゃんと母はきょうだいで、四歳違うんですよ。うちの母が今年古稀やから、おっちゃん七十四歳ちゃうやろか。見た目はすごく若いよ。六十代でも充分いける」

栄公不動産が登記されたのは、昭和二十五年。いまから四十四年前だ。となると、栄二郎は三十歳で会社を立ち上げた計算になる。駒が売買された昭和四十年当時、栄二郎は四十五歳だ。社会的にそれなりの信頼があって然るべき年齢だ。忠司は三十代半ばに見えたと言っていたが、当時から実際の年齢より若く見えていたのだろう。

「栄二郎さんは不動産業のほかに、美術品や骨董品を取り扱っていませんか」

江美は小さな目を、これ以上ないほど大きく見開いた。いきなり噴き出す。

「おっちゃんが美術品？　それなんの冗談？　そんなん、ないない」

江美はさも可笑しそうに笑いながら、掌を顔の前で振る。

「おっちゃんと美術品なんて、豚に真珠やわ。美術品いうもんで、おっちゃんが興味あるとしたら、女の人の裸くらいのもんですよ。それも、裸婦像なんて上品なもんやない。興味があるんは、エロ本に載ってるヌード写真みたいなもんだけや」

江美はひとしきり笑うと、呆れた顔で佐野を見た。

「それ、どこの情報？　刑事さん、あんまり優秀やないみたいやね」

大阪人特有の明け透けな口調に、たじろぐ。

どう返していいかわからず戸惑っていると、見かねたのか、横から石破が助け船を出した。

「こいつがどうこうは別にして、警察ってのはいろんな方向から捜査を進めるもんです。あなたから見ると見当違いに思えるかもしれませんが、我々にとっては重要な質問なんですよ」

良くも悪くも素直なのだろう。石破の説明に江美は納得したのか、感心したように肯いた。

「へえ、そういうもんなんですか」

話の流れを受けて、石破が江美への質問を続けた。

「栄二郎さんは、絵画や壺のような美術品には興味がなかったようですが、将棋などはどうでしたかねえ」

「将棋？」

江美が素っ頓狂な声をあげる。美術品から将棋への話の振れ幅が大き過ぎて、戸惑ったようだ。石破が説明を加える。

「将棋といっても、指すほうじゃなくて、駒や盤のほうです。栄二郎さんは、将棋の道具とかはお好きじゃありませんか」

江美は真顔で、ふたたび手をぶんぶんと振った。

「ないない。ないですよ。お店に来たお客さんに請われて、暇つぶしに指すことはたまにあるけれど、将棋に興味はありません。それに、暇つぶしならおっちゃんの場合、こっちだから」

こっちと言いながら江美は、何かを鷲づかみにするような仕草をした。パチンコのハンドルを握る真似だ。

「栄二郎さんがいままでに、家屋や土地を手放した人の家財を引き取っていた、という話は聞いたことがありませんかね」

「それもないわあ」

江美は溜め息混じりに言う。

江美の話によると、栄二郎は不動産業を営んではいるが、扱う物件は賃貸が主で、夜逃げや自己破産に伴う家財の処分などは扱っていないとのことだった。

「さっきも言うたけど、おっちゃん独り身ですやん。自分の食い扶持さえ稼げればええ言うて、あまり手広い商いはせんのです。おっちゃんのことを、あの人は欲がないって言うお客さんもいてはるけど、身内から言わせれば単なる面倒臭がりやわ。せやから結婚もよう せんのよ、と母は言うてます」

石破が横にいる佐野に、ちらりと目をくれた。もう聞くことはないというサインだ。

佐野は速やかに椅子から立ち上がった。

「お忙しいところ、ありがとうございました。大変、参考になりました」

江美は、ええー、と語尾を伸ばしながら言うと、残念そうな顔をした。

「もう、取り調べは終わりですか」

テレビの刑事ドラマに、かなり影響されているらしい。正しくは取り調べではなく、聞き取りだ。

佐野は念のために、なにか思い出したことがあったら連絡が欲しいと言い添えて、自分の名刺を江美に渡した。所轄の代表番号が記されているものだ。刑事の名刺をもらえたことがよほど嬉しいのか、江美は歓声を上げながら両手で受け取った。

車を停めているパーキングに戻ると、新関は車のなかで待っていた。運転席側の窓をノックすると、新関は驚いた顔で佐野を見て、車の鍵を開けた。

「お疲れさまでした。いかがでしたか」

石破と佐野が後部座席に乗り込むと、新関が訊ねた。佐野はバックミラー越しに答えた。

「次に向かいます」

そのひと言で、調べが空振りだったことを察したらしい。

佐野の指示を受けた新関は、ワイシャツの胸ポケットから手帳を取り出し捲った。

「頼まれていた菊田勲の住所ですが、市役所の住民票から転居先がわかりました。藪目町です」

栄公不動産に向かう車中で佐野は新関に、西宝不動産を営んでいた菊田勲の所在を調べてほしいと頼んでいた。

リストの情報によると、西宝不動産は五年前に店を閉じていた。訪ねる店がないならば、経営者だった菊田勲本人の現住所を訪ねるしかない。そう考え、石破と佐野が栄公不動産を訪問しているあいだに、新関に菊田勲について調べてもらっていた。

新関は自分と同じ地域課の捜査員に頼み、菊田勲の現住所を入手してくれていた。

新関はパーキングから車を出すと、運転しながら説明した。

「藪目町は大阪市内の住宅地では、一等地と呼ばれている場所です。高層マンションもありますが、一戸建ても多く最寄り駅からタクシーワンメーターで行き来できる利便性もあり、地価はかなりの額です。親から家を受け継いだ者か、社長、先生と呼ばれる職業に就いている者しか住めない土地です。私らにはどう転んでも縁がありません」

新関の話によると、菊田がいまの住所に移り住んだのは、昭和四十五年。いまから二十四年前だ。

「それまでは、南安戸(みなみあんと)に住んでいました。大阪市内でも、地価が下から数えたほうが早い地域です。昔から日雇い労働者が多いところで、治安はあまりよくありません。新人が一番行きたがらない交番が南安戸です。酔っぱらいの喧嘩や万引き、肩がぶつかったぶつからないといった類の揉め事が、しょっちゅうあるんです」

新関の話から思うに、菊田勲は自分の会社を立ち上げてから十五年で、ひと財産築き上げたのだろう。不動産で儲けるには、土地を転がすのが一番だ。菊田勲が成り上がった後ろには、菊田とは逆に天国から地獄へ堕ちた人間がいる。

前を見ていた石破が、佐野の隣でぼそりと言った。

「世の中、あこぎな奴が高笑いすると、相場は決まってんだ」

ほかの人間が言ったなら、負け惜しみともとれる言葉だ。だが、様々な事件を嫌というほど見てきた石破が言うと、重みがある。

運転席の新関には、石破のつぶやきが聞こえなかったのだろう。神妙に肯くでも唸るでもなく、はきはきとした声で言葉を続けた。

「藪目町までは、三十分ほどかかります。お疲れでしょうから、ゆっくりしていてください」

　その言葉を待っていたかのように、石破の頭が後部座席のシートに深く沈んだ。

「そう言っていただけるとありがたい。朝から動きっぱなしは、年寄りにはきついんでね。甘えさせていただきますよ」

　そう言って、石破は腕を組んで目を閉じた。

「佐野さんも、どうぞ」

　どうぞと言われても、上司と助っ人を前にして、太々(ふてぶて)しい態度を取れるはずがない。短い礼を述べて、目的地に着くまでのあいだ、佐野はずっと窓の外を眺めていた。


　藪目町は、昔と現在(いま)がちょうどよく折衷された街だった。

　近代的な高層ビルのあいだに、街路樹や公園の樹木といった緑がバランスよく配置されている。築数十年は経っていそうな日本家屋も目立つが、古めかしく傷んだという印象はない。伝統的な屋敷町といった趣だ。敷地を取り囲んでいる塀や庭樹、家の手入れが行き届いているからだろう。家々を眺める佐野の頭に、上流階級という言葉が浮かぶ。

　菊田勲の現住所となっている屋敷の前で、新関はいったん車を停めた。石破と佐野をその場に下ろすと、近くに地域図書館があるのでそこの駐車場で待機してます、と言い残し、その場を立ち去った。

「こりゃあ、でけえな」

石破はこれ見よがしに手で庇をつくると、眼前の家を見上げた。

周囲を高層マンションに囲まれた二階建ての一軒家は、都心のビル群のあいだにぽっかり開けた、由緒ある自然公園を思わせた。庭だけで三百坪はありそうだ。黒々とした瓦を葺いた純日本家屋は、周囲を圧する風格を具えている。

塀が続く門をまじまじと見た石破は、口の端をわずかに歪め、乾いた笑いを漏らした。

「まるで武家屋敷だな」

格子の引き戸の上には、瓦屋根があった。石破の言うとおり、時代劇でよく見る、数奇屋門だ。門柱に木製の表札がかかっている。墨字の書体で「菊田」とある。浮き彫りだった。

「ほれ、頼もう、頼もう、だ」

石破が顎で、佐野に命じる。佐野は門の横にある、古風な家屋とは不釣り合いな人工的なインターホンを指で押した。

すぐに応答がある。

「どちらさまでしょうか」

男性の声だ。太く掠れていることから、年配のように思える。

佐野は身元を名乗り、来意を伝えた。いつものように、事件の詳細は伏せる。

「こちらに、菊田勲さんという男性はいらっしゃいますか。その方からお話を伺いたいのですが」

インターホンが切れて、ほどなく、門から玄関へ続くアプローチの奥から、男性が現れた。紺無地の甚平に雪駄を履いている。白いものが混じった髪を五分刈りにしている。

男性は門の施錠を外して引き戸を開けると、石破と佐野を上から下まで眺めた。目つきは値踏みする鑑定士のそれだ。

「埼玉の刑事さんが、わしになんの用ですか。警察に話すようなことは、なんも思い当たりまへんけど」

この男が菊田勲だ。

意外だった。これだけ広い屋敷の主人が、直に出てくるとは思っていなかった。てっきり、使用人か家族が取り次ぐものとの、先入観があった。

佐野の驚きをよそに、勲は来訪者を憤然とした態度で見ている。迷惑そうな表情を隠そうともしない。眉間に刻まれた皺が、ふたりを歓迎していないことを物語っている。

勲の機嫌がこれ以上悪くならないように、佐野は気を遣いながら説明した。

「菊田さんにご迷惑がかかるような話ではありません。五年前まで菊田さんが経営していた不動産業について、ある事件の参考にお訊ねしたいことがあるだけです」

不機嫌そうな顔に、怒りが加わった。

「それが迷惑だってことが、あんたらにはわからんのか！」

勲は怒声をあげた。

いきなりのことで、佐野は面食らった。勲の迫力に、思わず一歩退く。

ちょっと大きな声を出されたくらいで弱腰になる若手刑事と、冴えない姿で突っ立っている中年刑事を、勲は侮蔑を込めた目で交互に見た。

「あんたら警察にとっちゃあ、こうして他人の家にやってきて事情を聞くことなんか、三度の飯と同じくらい当たり前のことなんだろうよ。でもな、その当たり前と思っていることを、反吐（へど）が出るくらい嫌がっている人間がいるってことくらい覚えとけ」

勲が全身に漲（みなぎ）らせている怒りは、相当なものだった。

おそらく、かつて勲と警察のあいだになにかあったのだろう。それがなにかはわからないが、勲が警察に抱いている憎しみは、この場で和らげられるようなものではなかった。

勲は門の中央に立ちふさがったまま、唾を吐き捨てるかのように言った。

「さっきも言うたように、あんたらに喋ることはなにもあらへん。とっとと帰ってくれ」

ここから先へは一歩も通さない、そんな雰囲気だ。

聞き取りは任意だ。むろん法的拘束力はない。だが、佐野としてもこのまま、はいそうですか、と引き下がるわけにはいかなかった。なんとしてでも、勲から話を聞き出さなければならない。

とはいえ、頑な勲の態度をどうすれば和らげることができるのか、すぐには浮かばなかった。

勲の口を開かせる糸口を佐野が懸命に探していると、横で石破が悠長な声を発した。

「それにしても、見事な庭ですな。とくにあのアカマツ。あれほど貫禄がある庭樹は、滅多にお目にかかれるものじゃない」

見ると、石破が門の上に目をやっている。視線の先には、青々と緑を纏った松の枝があった。垣間見られる枝ぶりからでも、よほどの樹齢を経たものだとわかる。

松の枝を見ながら、感じ入ったようにつぶやく。

「クロではなくアカというところが、また憎い」

勲は相手の腹を探るような目で石破を見ていたが、年配の刑事が庭樹に詳しいと思ったのか、やがてぽつぽつと松の謂(いわ)れを話しはじめた。

「この家を建てるときに、クロかアカか迷ったがアカにしたんや。屋根を能登瓦(のとがわら)にしたから、庭までクロじゃあ重すぎる、思うてな」

石破が大きく肯く。

「なるほど、たしかに。母屋も庭も黒では、少々、重すぎますな。いや、いいセンスをしていらっしゃる」

険しかった勲の表情が、わずかに緩む。

石破は松の枝から勲に、視線を移した。

「これだけの庭だ。手入れが大変でしょう」

勲が首を振る。

「わしの楽しみは、今も昔も庭園造りだけや。そうは言うても、ほんまもんのごっつい庭を手に入れたんは、この家を建てたときやけどね。若い時分は箱庭造りで、渇きを癒しとったもんや」

石破が感心した態で呻き声を漏らす。

「ほう。若いころから庭造りがご趣味とは、またずいぶん渋いですな。ほかに夢中になったものはないんですか。車とか旅行とか、なにかの収集とか」

「ありまへんな」

勲が即答する。

石破は顎を摩(さす)ると、話を本筋へと誘導した。

「私は昔、将棋に夢中になったことがありましてね」

上手いものだ、と佐野は素直に感嘆した。趣味の話題から、肝心の情報を引き出そうとしている。

石破は世間話を装いながら、話を続けた。

「腕のほうは縁台将棋どまりでしたが、こっちは自信があるんですよ」

こっちと言いながら、石破は自分の目を人差し指で指した。

「指すのも好きでしたが、道具にも凝った時期がありましてね。もちろん、安月給で買えるものなんて、限度があります。でも人間ってのは、手に入らないと余計に執着するものでねえ。見るだけでもいいってんで、けっこう碁盤店や将棋資料館なんかに足繁く通ったんですよ。そのおかげで、将棋の道具を見る目は、その辺の質屋よりもあると思っています」

石破の口八丁ぶりに、佐野は感心すると同時に、心のなかで苦笑いを浮かべた。駒の目利きとは大きく出たものだ。

自分の庭を褒められた手前、調子を合わせなければと思ったのか、勲は大人しく話を聞いている。

「ところで――」

石破は仕切り直すように、歯切れよく言った。

「さっき、こいつが言っていたお訊ねしたいことなんですがね。実はその将棋の駒のことなんですよ」

話が雑談からいきなり捜査の話に変わり、動揺したのだろう。勲は慌てた様子で首を振った。

「だから、その話はもう済んだやろ。なんも喋ることはないし、そもそも将棋の駒やなんて、わしは興味あらへんがな」

「まあまあ」

石破は宥めるように、両手を勲にかざした。

「ある駒を捜しているんですが、その駒を以前、菊田さんが扱ったことがないか知りたいんです」

「扱うて、どういうことやねん」

勲が逆に問う。

「わしが扱うてきたんは土地や建てもんだけや。それ以外、関わったことあらへん」

「それは確かですか？」

石破が食い下がる。

「ない」

勲は自信を持って言い切った。

「ぎょうさん事件を扱うてきたあんたなら、わかるやろ。不動産屋いうんは、人が考えている以上に因果な商売やねん」

勲はふっと息を吐くと、地面に視線を落とした。

「先祖から受け継いだ土地や家屋を売ったり買ったりするんには、それなりの事情ちゅうもんがある。土地や建てもんをやり取りしながら、不動産屋ちゅうもんは人の人生を扱うてるようなところがあるんや。自分のそろばん勘定ひとつで、人を幸せにも不幸にもできる」

勲は投げやりに笑うと、石破と佐野を斜に見た。

「わしもひょんなことからこの商売はじめたが、こんな因果な商売、できるんやったらすぐにでもやめたかったわ。せやけど人生には、しがらみっちゅうもんがある。銭を稼げばそれだけ、しがらみも増えるっちゅうわけや。雁字搦めに縛られて、結局、気がついたら三十年も経っとった。いろいろあってな。いまは、こんな広い屋敷に独り住まいや。寂しいもんやで、ほんま」

いまは、ということは、以前は誰か一緒に住んでいた者がいたのだろう。そう思うと、広い敷地と屋敷が、妙に寒々しく思えてくる。

勲は、はっきりそれとわかる溜め息を漏らすと、視線を落として言った。

「将棋の駒を扱うたことはない。役に立たんですまんが、もう帰ってくれ」

完全に空振りだ。

佐野は石破の様子を、横目で窺う。石破も同じ考えなのだろう。

「お手数をお掛けしました。時間を割いていただき、ありがとうございます」

そう言って、石破が踵を返す。

勲に頭を下げて、あとを追った。

背後で、門の閉まる音が寂しげに響いた。

新関が待つ駐車場へ向かう道すがら、佐野は石破の背中に声を掛けた。

「すみません、石破さん」

佐野の前を歩いていた石破が、振り返らずに言う。

「なんだ、小便か。たしかこの先にコンビニがあったはずだ。そこまで我慢しろ。その辺でするなよ。軽犯罪法一条二十六号でしょっ引くぞ」

顔が熱くなった。

「違いますよ！」

わかっていながらからかう石破に、思わず大きな声が出る。

佐野の強い口調に、石破が動じる様子はなかった。知らん顔で歩いていく。

佐野は駆け足で石破に追いつき、歩調を合わせた。気持ちを鎮めるためにひとつ息を吐いてから、見立て違いを詫びた。

「俺の読みは、間違っていました」

新関が作ったリストから、菊田栄二郎と菊田勲のふたりをピックアップしたのは自分だ。石破も考えに同意してくれたが、いまになれば、石破には別な見立てがあったのかもしれない。世の中には、ひょうたんから駒という諺もある。ここはひとつ、新米の意見に合わせて動いてみるか。そんな風に考えただけだったのかもしれない。そうだとしたら、先輩に褒められたと思い込んで喜んでいた自分が、恥ずかしくなってくる。

項垂れて石破の後ろを歩いていると、石破が急に足を止めた。路面に目を落として歩いていた佐野は、石破の背中にぶつかりそうになり慌てた。

駐車場はまだ先だ。

「どうしたんですか」

訊ねると、石破は佐野を振り返り、道の横を指さした。

「ちょっと、寄っていくぞ」

石破の指の先には、コンビニがあった。

一度は鎮まった頬の火照りが、ぶり返してくる。石破はまだ部下をからかっているのか。

佐野はむきになって言い返した。

「だから、小便じゃないって言ってるじゃないですか」

石破は佐野の言葉を無視し、コンビニへ向かっていく。

佐野はあとを追いながら、引き止めようとした。

「待ってください、石破さん。聞こえたでしょう。トイレに行く必要はありません。早く新関さんのところへ戻って次の対策を考えましょう」

捲し立てる佐野の言葉に、やっと石破が反応した。呆れ顔で振り返る。

「ひとりでなに喚いてるんだ。俺はこれを吸いたいんだよ」

石破は煙草が入っている胸ポケットを手で軽く叩くと、コンビニの外にある喫煙コーナーへ歩いていく。

佐野は、さきほどとは違う意味で顔が熱くなった。すっかり石破のペースだ。掌の上で簡単に転がされている。

佐野は大きく息を吸い込んだ。苛立ちの持って行き場がない。乱暴に自分の髪をくしゃくしゃと掻いて、石破のあとをついていく。

備え付けの灰皿の前で、石破は美味そうに煙草をふかした。満足そうな顔で、不機嫌な部下を見やる。

「お前、そんな顔してるといつまで経っても女にモテねえぞ。もとはそれなりの面してんだから、もう少し愛想よくしろよ。まあ、頑張っても所詮、それなりはそれなり、だけどな」

自分では面白いことを言ったつもりでいるのだろう。石破は豪快に笑った。

佐野は、苦笑いすら出なかった。

奨励会に入会したばかりのころ、上手にいいようにあしらわれ、為すところなく完敗した将棋を思い出す。感想戦でも完膚なきまでにへこまされ、二度負けた気分になったものだ。いまの気持ちはそれに近い。

石破は二本目の煙草に火をつけると、煙を上に向かって大きく吐き出した。

「どいつもこいつも、いまの若いやつは諦めが早えな。俺が若いころは、納豆を百回も二百回もかき混ぜるぐらいの粘りがあったがなあ」

喩えはよくわからないが、石破なりに慰めようとしていることはわかる。

上司の気遣いを無下にもできず、佐野は無理に唇の端を持ち上げた。歪んだ表情にしか見えないかもしれないが、笑顔を作ろうとした努力は認めてくれるだろう。

佐野は自分の足元を見た。

「あたまから、ふたりの菊田のどちらかが、該当する人物だと思い込んでいました。でも違っていた。車に戻ったら、新関さんに指示を出さなければなりません。でも、次にどこを当たればいいかわからない。当てが外れた場合、次は誰を当たるかまで考えておくべきでした」

石破は煙草を口に咥えると、両手でゆっくりと拍手した。

「はいはい、よくできました」

明らかに、小馬鹿にした態度だった。思わず石破を睨む。

石破は、肩の凝りをほぐすように首をぐるりと回した。

「試験だったら模範解答だ。だがな」

石破は言葉を区切ると、佐野を睨み返した。

「現場じゃあ、落第だ」

佐野は返す言葉に詰まった。

石破は煙草をふかしながら、遠くを見やった。

「俺は若いころから悪いところばかりだ。頭、顔、口。おまけに柄も悪いときてる。いいとこなんかありゃしねえ。でもな、悪いとこでひとつだけ褒められたことがある」

「それは、なんですか」

石破はにやりと笑った。

「諦めの悪さよ」

石破は煙草を指ではじいて、灰皿に灰を落とした。

「刑事に一番必要なのは、諦めの悪さだ。頭がよくても、読み筋がよくても、小さな躓きで諦めるようなやつは刑事には向かねえ」

石破は短くなった煙草を灰皿で揉み消すと、後ろから佐野の腰を強く叩いた。

「お前は筋はいいが、いかんせん腰が弱い。もっと粘り腰になれ。それがいい刑事になる条件だ。それに腰が強くなると、もっといいことがある」

「なんですか」

訊ねる佐野を見ながら、石破は口元に下卑た笑いを浮かべた。

「女が寄ってくる」

下品な冗談に、佐野は声を荒らげた。

「俺は真面目に話を聞いてるんですよ！」

石破が声をあげて笑う。

ひとしきり笑い終えると、石破は真顔に戻って佐野を見た。

「おちょくってるわけじゃねえよ。どっちも本当のことだ。腰に粘りを持て。そうじゃなきゃあ、刑事も男も務まらん」

煙草を吸い終わった石破は、喫煙所をあとにした。

前を歩く石破の背中が、頼もしく見える。

空を見上げた。

夏の強い日差しが、真上から降り注いでいる。気がつくと、勲の家を出てから感じていた息苦しさがなくなっていた。深く息を吸い込み、佐野は石破のあとを追った。


地域図書館の駐車場に着くと、新関の車を探した。建物から離れた場所に停まっている。

新関は運転席のドアを開け放ち、シートにもたれていた。

「お待たせしました」

佐野が声をかけると、新関は倒していたシートを急いで起こした。後部座席に佐野と石破が乗り込む。

新関はドアを閉めてエンジンをかけると、冷房を入れた。

「お疲れさまでした。これからどのように動きましょうか」

新関に訊ねられ、佐野は返答に困った。石破から刑事の心得を説かれたまではいいが、これからどう捜査を進めるか、まだ決めていなかった。

どう答えればいいか迷っていると、横から石破が指示を出した。

「もう一度、栄公不動産へ行ってもらえますか」

佐野は驚いた。新関も同じらしく、バックミラー越しに石破を見る。

「和津下に戻るんですか」

石破が肯いた。

「そうです。お願いします」

まだなにか聞きたいような顔をしていたが、新関はそれ以上なにも聞かなかった。黙って車を発進させる。

車の揺れに身をまかせながら、石破が言う。

「よく、現場百回って言うだろう。あれと同じだ。目をつけたところは、十回でも百回でも足を運ぶ」

栄公不動産で応対してくれた大守江美が、今日の午前中に話したこと以上の情報を持っているとは思えない。しかし、いまは素直に石破の意見に従える。たとえ栄公不動産での聞き込みが再び空振りに終わっても、そのときはそのときだ。いまはひたすら、粘り腰の精神で踏ん張るしかない。

　車がまもなく高速インターを下りるというとき、佐野の携帯が胸元で震えた。液晶画面を見ると、埼玉県警の交換からだった。

　佐野は急いで携帯に出た。交換の女性は佐野に、大宮北署から伝言を預かっていると伝えた。

「大阪市和津下にある栄公不動産という名前に、聞き覚えはありますか。そこの事務員と名乗る女性から大宮北署に電話があり、至急、佐野巡査に連絡が取りたいと言っているそうです」

　佐野は面食らった。いまから再び訪ねようとしていた相手から、先に連絡を求められるとは思ってもいなかった。

　店を出るときに渡した名刺にある大宮北署の代表番号へ電話したのだろう。

「もしもし、聞こえていますか」

　反応がないことで交換の女性は、携帯の電波が届いていないのかと、不安になったらしい。佐野は急いで返事をした。

「聞こえています。了解しました。いまからすぐに先方へ連絡します」

　そう答えて、佐野は携帯を切った。

切迫した佐野の口調から、重要な連絡だと察したのだろう。石破が閉じていた目を薄く開けて訊ねた。

「どうした」

佐野は胸元から手帳を取り出した。栄公不動産の電話番号を書き留めているページを開きながら答える。

「栄公不動産の大守江美から電話がありました。すぐに、連絡が欲しいとのことです」

「ほう」

石破が目を見開いて、沈んでいたシートから身を起こした。

「詳しい理由はわかりませんが、なにか言い忘れていたことを思い出したのではないでしょうか」

石破は意地の悪い笑みを顔に浮かべた。

「単に忘れ物の連絡かもしれんぞ。お前、あそこになにか忘れてこなかったか」

佐野は焦って、自分の持ち物を確認した。洋服のポケットを叩き、脇のバッグを開けて、中身を覗く。

動揺しながら、上着のポケットや自分のバッグのなかを覗いている佐野を、石破が笑う。

「冗談だ、冗談」

一気に冷や汗が噴き出る。石破はどこまで自分をからかえば気が済むのか。

どっと疲れを感じると同時に、不安が過った。

「もしかして、事件とは関係のない話かもしれません」

石破は声を嚙み殺すように笑った。

「馬鹿野郎。大守江美が連絡してきた理由は、百パーセント事件に関することだ。どうでもいい理由なら、交換に用件を伝えればそれで済む。わざわざ調べに来た刑事本人から連絡が欲しいなんて、なんらかの情報を伝えたいからに決まっている」

なるほど。石破の意見に納得する。

「栄公不動産に電話します」

佐野は逸る気持ちを抑えながら、栄公不動産の電話番号を押した。

電話はすぐに繋がった。元気のいい声が、栄公不動産です、と社名を告げる。大守江美だ。

「先ほどお邪魔した埼玉県警大宮北署の佐野です。大守さんが連絡が欲しいと言っていると署より聞いて電話しました」

佐野がそう言うと、江美は嬉々とした声で答えた。

「私、警察に電話するんははじめてなんで、緊張しちゃいました。思うてたより丁寧な受け答えなんですね。もっと、ぶっきらぼうな感じなんかな、て想像してたから、ちょっとびっくりで——」

江美がはじめて警察へ電話をかけた感想など、どうでもいい。早く、用件が知りたい。

佐野は途中で、被せるように言葉を発した。

「連絡が欲しいとのことでしたが、なにかありましたか」

江美はもったいぶるように少し間を置き、得意げな声で答えた。

「刑事さんたちが帰ったあと、おっちゃんに電話したんですよ。いま、店に埼玉の刑事さんがやってきたいうて。おっちゃん、びっくりして理由を訊ねたから、ざっくりと刑事さんたちとのやり取りを伝えたんです。そしたら、おっちゃん、なんて言うたと思います？」

焦らすような言い方に、気が焦る。しかし努めて冷静を装い、話を合わせた。

「なんと、おっしゃったんですか」

携帯の向こうで江美は、本人の言い方を真似て声を作った。

「わしは一度だけ将棋の駒を扱うたことがある、そう言うたんです」

「ほんとですか！　ちょっと待ってください」

佐野は携帯を握り締め、石破を見た。自分でも、目に力が籠っているのがわかる。石破は目の端で佐野を見ていた。佐野の鋭い目つきから、江美の答えを悟ったらしい。石破は後部座席のシートから運転席へ身を乗り出すと、新関に訊ねた。

「あとどのくらいで、栄公不動産に着きますかね」

佐野と石破の雰囲気から、当たりが出たとわかったのだろう。新関は昂奮した様子で声を張った。

「二十分もあれば、充分だと思います」

新関の答えを聞いた佐野は、江美に伝えた。

「あと、二十分ほどでそちらに伺います。そのときに、栄二郎さんご本人から、直接、お話を伺うことはできますか」

「もちろんです」

即答だった。

「刑事さんたちが来るなら教えてくれって。来る時間に、おっちゃんも店に顔を出す言うてました」

佐野は送話口を手で覆うと、隣の石破に顔を寄せ声を落とした。

「本人から話が聞けます」

石破が前方を見ながら、大きく肯く。

佐野は電話に戻った。

「まもなくそちらに着くと、栄二郎さんにお伝えください」

そう言って電話を切ろうとした佐野を、江美が慌てて引き止めた。

「待ってください、刑事さん。ひとつお願いがあります」

江美にしては神妙な声だ。身構える。

「なんでしょう」

江美は声を潜め、佐野に言った。

「私が、おっちゃんと美術品なんて豚に真珠だって言うたこと、内緒にしといてください」

栄公不動産に到着したのは、江美との電話を切ってから、十五分後だった。

車から降りると、店のなかにいた江美が目ざとく見つけ、おいでおいでをするように、ふたりを手招いた。

「刑事さん、この人がおっちゃんです」

店のなかに、ひとりの男がいた。来客用の丸椅子に座っている。頭頂部の髪はかなり薄く、腹だけが前に大きくせり出している。江美は栄二郎を七十四歳と言っていたが、肌艶がよく、たしかに年齢よりも若く見えた。

栄二郎は椅子から立ち上がり、頭を下げた。

「菊田栄二郎だす。待たせたらいかん思うて、家から自転車とばして来ましてん」

住居はたしか、同じ町内だった。

「お忙しいところ申し訳ありません。埼玉県警の石破です」

「同じく佐野と申します」

堅苦しい雰囲気が苦手なのだろう。江美は取り成すように、ふたりに椅子を勧めた。

「どうぞおかけになってください。いま、冷たいもんでも出しますから。いやあ、またお会いできるなんて嬉しいわあ」

江美はいそいそと、受付の奥にある冷蔵庫へ向かう。

石破がテーブルを挟んで、栄二郎の向かいに腰を下ろした。その隣に、佐野は腰掛ける。

ふたりが座ると、栄二郎は前に身を乗り出し、テーブルの上で手を組んだ。血筋なのだろうか。江美と同じ、好奇心の強そうな目をしている。

佐野は呼びつける形になったことを詫び、さっそく話を切り出した。

「こちらに伺ったのは、ある事件についてお聞きしたいことがあったからです。詳しいことは申し上げられませんが、ある事件というのは——」

そこまで言ったとき、栄二郎は片手を顔の前で大きく振り、佐野の説明を遮った。

「ええです、ええです。話はざっくりと江美から聞いてます。おたくさんらが捜していはるんは、将棋の駒でっしゃろ?」

どうやら、せっかちな性格らしい。無駄な説明をする手間が省けて、こちらとしてはやりやすい。佐野は肯くと、話を進めた。

「そうです。我々が追っている駒が、昭和四十年、いまから二十九年前に、当時、大阪で不動産業を営んでいた菊田さんという方に渡ったところまでは調べがついています。その将棋の駒を入手した菊田さんを、捜しているんです」

　佐野は祈るような気持ちで、駒の名を口にした。

「その駒は、初代菊水月作、錦旗島黄楊根杢盛り上げ駒。お心当たりはありませんか」

　栄二郎は組んでいた手を解き、昔を思い出すように宙を見やった。

「おたくさんたちが捜してはる菊田は、たぶんわしやと思います」

　佐野の心臓が大きく跳ねた。

「わしィ昔、人に頼まれていくつか、不動産以外の商いしたことありまんねん。そのうちのひとつが、将棋の駒でした。えらい高い駒でなァ、駒師の名前も菊水とか月水とか、いま刑事さんがおっしゃった、そんな名前でしたわ」

　栄二郎の話によると、金を貸していた古い知り合いに泣きつかれて、不動産の売買代金を用立てる代わりに、名のある美人画を受け取ったことがあったという。

「名前は覚えてまへんけど、その美人画もえろう有名な画家のもんでしたわ。好きな人にはたまらん品なんでしょうが、わしのように絵とか壺とか、そんなん毛の先ほども興味がない人間にしたら、わやですわ。昔、世話になった恩人やさかい無下にもできまへんしな。案の定、その人の会社は倒産してしまいましてな。受け取った担保を始末しようにも、どこにどう持ち込んだらええかもわかれへん。往生しましたわ、ほんまに」

　冷たい麦茶を三人の前に置いた江美が、ちらりと佐野を見た。伯父と美術品など豚に真珠だ、そう言ったことが正しかっただろうと目が言っている。

「そこで」

と言いながら、栄二郎は姪が目の前に置いた麦茶をぐいっと飲んだ。

「これはわしが持っていても、宝の持ち腐れや。なんとか金に替えられへんかと思うて、伝手を頼っていろいろ聞いて回っとったら、ひょんなことからその美人画と、将棋の駒を交換したい人がいる話を耳にしましてな。話を持ってきた人間に詳しゅう聞いたら、その駒は折り紙つきの逸品で、金に替えたら四百万円は堅い、あんたえらい得やで、とこうですわ。わしも半信半疑で、調べてみたら、たしかにその通りでした。倒産した知り合いに貸したんは三百五十万やさかい、五十万儲かりまんねん」

栄二郎は、商売人らしく、にっかりと笑った。

再び麦茶で口を湿らせると、話を続ける。

「ほんまならそれこそ、ひょうたんから駒や。とにもかくにも、当人に会いに行きました」

佐野は我慢ができずに、口を挟んだ。

「どこの方ですか」

栄二郎は、佐野を見やり答えた。

「茨城ですわ。名前は大洞進さん。当時、茨城の水戸に住んでおられました。関西ではあんまり聞かん苗字やさかい、よう覚えてますわ」

佐野は、自分の膝頭を強く摑んだ。ついに、糸が繫がった。宝くじに高額当選したら、こんな気持ちになるのだろう。当選番号を確かめるように、栄二郎に問う。

「菊田さんは間違いなく、水戸の大洞進さんから駒を入手したんですね」

栄二郎は、軽く舌打ちをくれた。

「なんや、信用できんのかいな。わし、歳はとっとるけど、記憶力はたしかやで」

弁解しようとした佐野を、石破が手で制した。

「いやいや、信用しないわけじゃありません。我々の仕事は、一にも確認、二にも確認でして。気を悪くされたんなら謝ります」

栄二郎はまだ、不服そうな顔をしている。

「おっちゃん」

窘めるように江美が口を挟んだ。

「刑事さんらは悪気があって言うてはるんやないやない。機嫌、直しいな」

石破は懐から煙草を取り出すと、箱から一本だけ頭を出し、栄二郎に差し出した。

「どうですか」

よく見ると、栄二郎の歯は黄ばんでいた。おそらく、煙草のヤニによる汚れだろう。

栄二郎はしぶしぶと言った顔で煙草を受け取り、口に咥えた。

石破は自分も一本口に咥え、百円ライターで栄二郎の煙草に火をつけた。続いて自分の煙草にも火を移す。

一服して気が鎮まったのだろう。大きく吸い込み、煙を吐き出した。

ところで、と石破が話を本筋に戻す。栄二郎の表情が、ようやく和らいだ。

「その駒ですが、その後、どうされました。いまでも手元に置いてらっしゃるんですか」

栄二郎が顔の前で手を振った。

「まさか。さっきも言うたやろ。価値がわからへん人間が持っといても宝の持ち腐れや。銭に替えましたがな。商売仲間の知り合いから、将棋の駒を欲しがっとる人がおると聞いて、その人に売りました。四百万で——。その人えらい喜んでなあ、もっと吹っかければよかった、思うたくらいでしたわ」

三十年近く前の取引を、栄二郎はまるで昨日のことのように語る。

石破は煙草の灰を、灰皿に落とした。

「その駒を菊田さんから買った人物を覚えていますか」

栄二郎は自分の頭を指さした。

「さっきも言うたでしょ。わし、記憶力はええんや」

一拍置いて、石破が訊ねる。

「どこの、誰です」

栄二郎は煙草を灰皿で揉み消すと、もったいぶるように、佐野と石破を交互に見やった。

「長野県諏訪市の、大河原（おおがわら）いう人や。下の名前はたしか、信じる信に数字の二で、信二（しんじ）です」

（下巻に続く）

『盤上の向日葵』二〇一七年八月　中央公論新社刊
（文庫化にあたり、上下巻に分冊しました）

中公文庫

盤上の向日葵（上）

2020年9月25日　初版発行
2024年6月25日　8刷発行

著　者　柚月裕子

発行者　安部順一

発行所　中央公論新社
〒100-8152　東京都千代田区大手町1-7-1
電話　販売 03-5299-1730　編集 03-5299-1890
URL https://www.chuko.co.jp/

DTP　ハンズ・ミケ
印　刷　三晃印刷
製　本　小泉製本

Published by CHUOKORON-SHINSHA, INC.
Printed in Japan　ISBN978-4-12-206940-4 C1193

中公文庫既刊より

各書目の下段の数字はＩＳＢＮコードです。978－4－12が省略してあります。

ま-33-2
王　手　升田幸三
不世出の将棋名人・升田幸三の勝負哲学が奔放に語られる随筆集の第二弾。人事百般を盤上の形勢に置きかえ、将棋をとおして人生の定跡をさぐる。
204168-4

ま-33-3
名人に香車を引いた男　升田幸三自伝　升田幸三
強烈な個性と鬼神の如き棋力をもって不世出の将棋名人となった升田幸三が、少年時代から名人位獲得までの波瀾の半生を奔放に語った自伝。主要棋譜を収録。
204247-6

さ-77-1
勝負師　将棋・囲碁作品集　坂口安吾
木村義雄、升田幸三、大山康晴、呉清源……、盤上の戦いに賭けた男たちを活写する。小説、観戦記、エッセイ、座談を初集成。〈巻末エッセイ〉沢木耕太郎
206574-1

か-61-3
八日目の蟬（せみ）　角田光代
逃げて、逃げて、逃げのびたら、私はあなたの母になれるだろうか……。心ゆさぶるラストまで息もつがせぬ傑作長編。第二回中央公論文芸賞受賞作。〈解説〉池澤夏樹
205425-7

き-41-2
デンジャラス　桐野夏生
一人の男をとりまく魅惑的な三人の女。嫉妬と葛藤が渦巻くなか、文豪の目に映るものは。「谷崎潤一郎」に挑んだスキャンダラスな問題作。〈解説〉千葉俊二
206896-4

つ-33-1
青空と逃げる　辻村深月
大丈夫、あなたを絶対悲しませたりしない――。突然、日常を奪われてしまった母と息子。壊れてしまった家族がたどりつく場所は……。〈解説〉早見和真
207089-9

や-65-3
つみびと　山田詠美
灼熱の夏、彼女はなぜ幼な子二人を置き去りにしたのか。追い詰められた母親、痛ましいネグレクト死。圧巻の筆致で事件の深層を探る、迫真の長編小説。
207117-9